CLAIRE DE CHANDENEUX

VAISSEAUX
BRULÉS

PARIS

THÉODORE OLMER, LIBRAIRE-ÉDITEUR
53, RUE BONAPARTE, 53

A LA MÊME LIBRAIRIE

579. — Abbeville. — Typ. et stér. Gustave Retaux.

VAISSEAUX BRULÉS

579. — ABBEVILLE. — TYP. ET STÉR. GUSTAVE RETAUX.

CLAIRE DE CHANDENEUX

VAISSEAUX

BRULÉS

PARIS

THEODORE OLMER, LIBRAIRE-EDITEUR

53, RUE BONAPARTE, 53

—

1877

VAISSEAUX BRULÉS

CHAPITRE PREMIE

LE MEILLEUR CLIENT DE L'ÉTUDE.

— Maître Desplanches, s'il vous plaît?

La voix qui faisait cette interrogation, sur le seuil d'une étude de notaire, était si modeste, presque si piteuse, que le saute-ruisseau, seul de tous les employés, releva la tête pour répondre sans autrement se déranger :

— Entrez, c'est ici.

Un grand jeune homme blond, fluet, de mine inquiète, entra d'un pas glissant dans la salle de l'unique étude de Bréneroy, la jolie petite ville qui baigne ses premières maisons dans l'Allier et dresse son château pseudo-gothique sur une colline verdoyante.

Du premier coup d'œil, le saute-ruisseau, qui connaissait son Bréneroy par cœur, vit qu'il avait affaire à un étranger.

1.

Son naturel hospitalier ne se traduisit, toutefois, que par un geste bref dans la direction d'une chaise.

Le grand jeune homme, qui paraissait encore plus triste que fatigué, s'y effondra silencieusement.

On n'entendit pendant quelques minutes que les plumes grinçantes des deux clercs qui grossoyaient avec ardeur.

La porte s'entr'ouvrit tout à coup.

— M. Desplanches pourrait-il me recevoir?

L'accent était jeune, ferme et souriant.

Le deuxième clerc daigna se soulever et répondre lui-même :

— Je le pense, Monsieur, si vous voulez l'attendre un instant.

Cette fois, ce fut un jeune homme très-brun, de taille moyenne, élégante et dégagée, qui fit son entrée dans l'étude.

Le deuxième clerc lui offrit un siége et le considéra par-dessus ses lunettes avec une certaine curiosité.

A l'extrême surprise du saute-ruisseau, le nouveau venu était encore un étranger.

— Bon ! pensa-t-il, à en juger par leurs mines, l'un vient pour un contrat et l'autre pour un testament.

Les plumes avaient repris leurs grincements
effrénés. La salle, tapissée de papiers jaunis dans
des cartonniers béants, exhalait une vague odeur
de moisissure et d'encre grasse. Par la fenêtre,
ouverte sur la grande rue, entraient la vapeur
chaude et la poussière intense d'une matinée de
juillet.

Pas un bruit au dehors, si ce n'était, bien loin
encore, le trot paresseux d'un cheval.

Il se dégageait de cet ensemble une monotonie,
ou, pour mieux dire, un ennui contagieux tel, que
les deux jeunes gens, assis près l'un de l'autre,
sans se parler, étouffèrent ensemble un bâillement
identique.

Pour mieux le dissimuler, le plus petit des
deux tourna vers la fenêtre son visage satisfait.
Dans le cadre de bois vermoulu se dessinait un
cavalier, celui, sans doute, dont l'approche avait
troublé le silence de ce petit coin provincial.

Une seconde après, le cavalier, laissant sa monture aux mains d'un domestique, faisait irruption
dans l'étude en demandant d'une grosse voix ré-
jouie :

— Desplanches est là ?

Il se fit aussitôt dans la salle quelque chose
comme un changement à vue. Le saute-ruisseau
se dressa sur ses pieds ; le second clerc salua jus-

qu'à toucher du nez son pupitre ; le maître-clerc
courut au nouvel arrivant avec un sourire plein
de miel.

— Prenez la peine d'entrer, monsieur le baron ;
maître Desplanches n'est point encore descendu ;
mais dès qu'il saura que monsieur le baron l'attend, il s'empressera de venir le saluer.

— Très-bien, très-bien, répondit le gros homme,
pourvu que Desplanches se dépêche un peu. Je
n'ai pas déjeuné, que diable ! et j'ai à lui parler
avant de remonter à Montchenetz.

Le maître-clerc se retourna furieusement vers
le saute-ruisseau.

— Comment, gamin, tu entends monsieur le
baron dire qu'il est pressé et tu es encore là ?

— Je vais chercher le patron en deux temps
cria l'enfant en se précipitant dans l'escalier.

En attendant son retour, et toujours avec les
formules de l'obséquiosité la plus quintessenciée,
le maître-clerc fit entrer le baron de Monchenetz
dans le cabinet du notaire.

Pour ce faire, il fallait déranger les deux jeunes
gens, assis tout proche de l'entrée du sanctuaire
qui leur était encore interdit, bien qu'ils eussent
le droit de priorité.

Le premier arrivé se leva sans mot dire, effaçant sa maigre personne contre le mur.

Le second dit simplement au maître-clerc :

— Vous voudrez bien apprendre à Me Desplanches que M. Gontran Clavel a eu l'honneur de le demander, il y a près d'une heure.

Le premier clerc fit un salut léger, en homme qui s'embarrasse bien peu d'une réclamation de ce genre lorsqu'il y a un baron de Montchenctz, le meilleur client de l'étude, à contenter avant tout.

Me Desplanches partageait sans doute cette opinion, car, en faisant enfin son apparition tant désirée, il n'accorda qu'un regard rapide à ses deux clients inconnus et s'engouffra dans son cabinet.

La porte en retomba avec un bruit sec ; mais, dans sa précipitation à ne pas faire attendre le visiteur important, maître Desplanches avait négligé de faire suffisamment glisser sur sa tringle la lourde portière de damas fané qui servait de capitonnage économique au sanctuaire.

L'étoffe resta donc demi-tombante, demi-relevée, au grand déplaisir du jeune homme, qui dut même la repousser un peu pour reprendre sa place.

— Çà, dit le premier clerc à ses camarades, nous devrions profiter de la visite du baron pour aller lestement déjeuner... moi, du moins.

— Oui, vous... corrigea le second clerc avec une pointe de jalousie ; je ne peux pas laisser l'étude quand des clients attendent.

— Oh !... sourit l'autre d'un air fin qui parut à Gontran Clavel faire l'inventaire dédaigneux de sa personne.

Il sortit, et, dès qu'il eut disparu, son camarade tira de son pupitre le livre de commerce d'une modiste de Bréneroy, dont il établissait les comptes à ses moments perdus.

Le gamin, non moins soulagé, courut au vitrage ouvert et entama un entretien suivi avec le petit domestique qui tenait les chevaux en laisse dans la rue.

De nouveau le silence se fit dans l'étude, silence assez complet pour que la conversation du notaire et du baron de Montchenetz y devînt aisément perceptible.

La voix du notaire, prudente et voilée, n'y arrivait que fort assourdie; mais le verbe tapageur de son interlocuteur aurait eu grand besoin de la portière préservatrice, indûment relevée.

— Mon cher Desplanches, disait le gros homme, vous voyez le garçon le plus à plaindre... le plus contrarié... le plus vexé, disons le mot, de France et de Navarre.

— Que dites-vous là, monsieur le baron?... c'est à n'y pas croire !

— Cela est, pourtant.

— Vous! l'homme le plus estimé, le plus influent, le plus opulent de notre ville?...

— Oui, moi... dont le château fait l'admiration des touristes, dont les équipages font la jalousie des voisins, dont la santé défie la fièvre, rit de la goutte et se moque des épidémies!... Il paraît, notaire, que château, meutes et bonne mine ne font pas le bonheur absolu.

— Ah! mais aussi, le bonheur absolu!... c'est peut-être beaucoup demander. Et, pourtant, voyez, monsieur le baron, je vous en croyais doué plus que pas un.

— Il est certain que je passe pour très-heureux... que je le suis même, si vous y tenez; mais du diable si l'on soupçonne mes ennuis d'intérieur!... Desplanches, j'ai une nièce.

— Une belle et charmante personne, que mademoiselle Odette de Montchenetz!

— Très-belle, très-charmante, je suis de votre avis, mais terriblement embarrassante, allez.

Jusque-là, les deux jeunes gens, assis près de la porte indiscrète, soit qu'ils n'eussent point entendu, soit qu'ils n'eussent attaché aucune importance aux lambeaux de phrases qui leur arrivaient ainsi, n'avaient manifesté ni surprise ni contrariété de ce voisinage.

A ce point de la conversation, Gontran Clavel y

voyant introduire un nom de femme, recula doucement son siége et chercha à s'isoler dans ses
propres préoccupations.

Il était inaccessible à une curiosité vulgaire et
sa délicatesse souffrait de cette indiscrétion, dont
il ne voulait point être complice.

Le jeune homme blond ne fit pas un mouvement. Le baron, de sa voix sonore, continuait le
récit de ses chagrins intimes.

— Certainement, elle me tient compagnie, dirige la maison, reçoit mes visites et, au besoin,
règle avec les fermiers.

— Mais, pour un garçon comme vous, c'est un
paradis que l'on vous crée là, monsieur le baron.

— Paradis !... paradis !... je voudrais vous y
voir, mon cher notaire.

— Monsieur le baron, vous rouvrez une des
plaies de mon ménage. Vous avez sans doute oublié que madame Desplanches ne m'a pas donné
d'héritier.

— Eh ! mon Dieu ! vous en avez souffert, sans
doute, puis vous avez pris votre parti philosophiquement. Et maintenant, s'il survenait tout à coup
dans votre maison paisible la complication d'une
belle fille comme ma nièce Odette, avouez, notaire, que vous en seriez quelque peu désarçonné.

— J'avoue, que cette perspective souriante...

— Pas de phrases, allez, mon bon ami. Je me souviens, moi, de ma stupeur, quand, mon frère mort, je me suis vu de par la loi, de par la nature, de par les convenances, enrichi d'une nièce de seize ans, jolie, bonne et candide comme on ne l'est plus.

— Tout le pays a constaté la bonté de votre cœur et la générosité de vos procédés lors de l'installation de mademoiselle de Montchenetz à votre foyer.

— Oui, j'ai été ce que je devais être pour cette enfant, que j'aime beaucoup, du reste. Et voilà trois ans que je porte ma double charge d'oncle et de tuteur de la façon la plus exemplaire.

— C'est une justice qui vous est hautement rendue.

— Et qui ne me soulage guère, allez !

— Je ne puis imaginer que vous soyez las de votre affectueuse tâche ?

— Ah ! ma foi, si ! vous pouvez bien vous l'imaginer, mon cher ami ; je m'en ouvre à vous tout carrément : un notaire, c'est presque un confesseur.

L'organe du baron avait un tel éclat en laissant échapper cet aveu, dont la crudité parut déconcerter M⁰ Desplanches, que Gontran Clavel se leva en murmurant :

1.

— Cela devient insoutenable.

Et, transportant sa chaise à l'extrémité d'une table vide, il se mit à feuilleter un livre de droit, seule littérature en usage dans l'étude.

Le jeune homme blond paraissait endormi. Dormait-il vraiment?

— Comment, vous ne comprenez pas? reprit le baron avec vivacité. Je suis resté garçon, je ne sais trop pourquoi, au fait... peut-être par entêtement méconnu, peut-être par égoïsme. Toujours est-il que j'avais bien acquis le droit de vivre seul et en paix comme un gentilhomme campagnard, grand chasseur que je suis. Point. Une jeune fille me tombe du ciel, bouleverse ma maison, y introduit les recherches féminines, le confort ingénieux, la grâce de sa présence. Elle me force à mitiger mes mauvaises habitudes, à renoncer à quelques relations, à en faire de nouvelles, à devenir sage comme un bon père de famille et rangé comme une demoiselle bien élevée. Dam! vous jugez de l'effet!... Je vous certifie, notaire, que c'était dur. Enfin, on se fait à tout, même à la raison, même à la gravité, même à la tutelle d'une fillette... car elle renversait les rôles, cette enfant-là, sans avoir l'air de s'en douter.

— Mais, monsieur le baron, je ne vois rien là qui puisse...

— Vous ne voyez rien qui puisse... Eh bien, parlons net. Ces charges de famille, ces obligations de sagesse, m'ont fait pousser l'envie, fort naturelle, ma foi! d'en avoir au moins les priviléges, puisque j'en acceptais les déboires. J'ai résolu de me marier.

Le notaire étouffa une exclamation joyeuse. Quelque chose d'éblouissant comme la vision du plus beau des contrats passa devant ses lunettes d'or.

— Ah! monsieur le baron, balbutia-t-il, quelle joie pour le pays! quelle heureuse inspiration pour tous!

— N'est-ce pas? dit M. de Montchenetz avec complaisance.

— Une châtelaine! une vraie châtelaine à Bréneroy sera la couronne de notre petite ville et la vraie Providence de ses habitants.

— Certainement... certainement.

— Car je ne doute pas, monsieur le baron, que l'élue de votre choix ne soit la vertu autant que la grâce et ne rehausse votre noblesse personnelle de toute celle de ses ancêtres.

Le baron eut un léger accès de toux.

— Enfin, notaire, mon cher ami, reprit-il sans s'arrêter aux enthousiastes insinuations de son confident, j'ai bravement passé le Rubicon d'un célibat endurci, et, tel que vous me voyez, je n'attends plus que le mariage d'Odette pour l'imiter en toute hâte.

La perspective d'un second contrat qui luisait inopinément aux yeux du notaire, dans cette bienheureuse matinée, illumina subitement son visage.

— Est-ce que mademoiselle Odette?... commença-t-il.

— Ah! voilà ce qui bouleverse tous mes projets et me rend si malheureux.

— Mais quoi donc, enfin?

— Je voudrais marier promptement ma nièce, m'étant assuré de façon certaine que la future baronne de Montchenetz entend régner seule dans ma maison.

— Très-sage, souffla le notaire.

— Oui, mais très-délicat. Je ne puis contraindre Odette à faire un choix, et, par une fatalité inexplicable, elle s'entête à refuser tous les partis que je lui présente.

— Notre département est pourtant riche en jeunes gentilshommes, et... sans aller bien loin, nous avons M. de Cervry.

— Refusé.

— M. de Lonfroy?

— Refusé.

— M. de la Ménétière?

— Elle le trouve trop vieux.

— Alors, M. de Saint-Aubois?

— Elle le traite de lycéen en vacance.

— Diable!... nous avons encore M. Germont, très-riche?

— Elle le prétend niais.

— Et enfin M. Le Sénéchal, fort beau garçon?

— Un Adonis surfait, à son avis.

— Je commence à comprendre votre embarras, si mademoiselle de Montchenetz repousse ainsi la fleur de notre jeunesse.

— De dépit, je l'ai envoyée, sous prétexte de retraite, chez les Visitandines de Moulins, espérant qu'elle prendrait dans cette sainte maison le goût de la vie religieuse.

— Eh bien?

— Point du tout. Odette m'est revenue hier soir en compagnie de sa gouvernante, beaucoup plus tôt que je ne l'attendais, disant que, les exercices religieux clos, elle avait hâte de me retrouver.

— Plaignez-vous donc, oncle trop aimé!

— Eh oui, je me plains!... Eh oui, je suis furieux! Cela devient intolérable. Si je lui parle mariage, elle rit et se dérobe. Si je lui parle couvent, elle prétend ne pas se sentir appelée à y entrer. En attendant, les semaines passent, les prétendants repoussés s'éloignent, et je reste en face d'une position qui menace de devenir ridicule.

— La future baronne de Montchenetz en est... peut-être peinée ? interrogea doucereusement maître Desplanches.

— Dites qu'elle en est outrée !.. qu'elle menace de tout rompre, si une solution prompte ne me rend ma liberté absolue.

— Et qu'avez-vous résolu?

— Voici. Je dirai tout à Odette, qui ne se doute pas de mes projets. Je la connais : un peu fière, elle voudra se retirer. Je lui ferai comprendre l'inconvenance de cette retraite à son âge. Mais, en même temps, je lui présenterai un dernier parti, acceptable, qu'elle devra agréer enfin, sous peine de récompenser mon dévouement passé par une ingratitude étrange.

— Et ce dernier parti est trouvé?
— C'est vous qui me le fournirez.
— Moi?

— Sans doute. J'ai épuisé les prétendants de la ville et même de la province. Trouvez-moi quelque client de votre étude, vous devez en avoir, sarpejeu !... qui soit suffisamment riche et bien tourné pour que, venant de loin, on ne songe point à trop s'enquérir, à trop faire la difficile...

— Noble?

— S'il se peut. Mais un bourgeois bien renté et de mine avenante ferait encore notre affaire.

— J'y songerai, monsieur le baron. Toutefois, les jeunes gens tels qu'il vous les faut ne sont point là prêts à être harponnés, et peut-être faudra-t-il du temps.

— Du temps !... alors vous ne m'avez pas compris. Ma patience est à bout !.. celle de la future baronne de Montchenetz l'est plus encore, si c'est possible. Il faut qu'avant quinze jours Odette ait fait un choix, et que, dans un mois, je puisse m'occuper de mon propre mariage.

Maître Desplanches, abasourdi, s'inclina sans mot dire ; M. de Montchenetz se leva.

— C'est convenu, mon cher notaire. Fouillez vos souvenirs, consultez vos relations, dénichez-moi un neveu présentable. Mais surtout hâtez-vous... hâtez-vous !.. Mes cinquante-huit ans ne veulent plus attendre.

Le baron prit congé, par une rude poignée de main, de son nouveau confident et sortit du cabinet du notaire.

La portière, décrochée par le mouvement de la porte, retomba lourdement.

Mᵉ Desplanches l'écarta de nouveau en s'effaçant pour laisser passer le gros homme.

Le jeune blond, dérangé dans son apparence de

sommeil, se leva en réprimant un bâillement, et parut fort joyeux de voir arriver son tour d'audience.

— Je vous demande pardon, lui dit assez légèrement Mᵉ Desplanches, qui ne flairait point là un client d'importance ; me voici tout à vous.

Cette fois, la portière docile emprisonna strictement, derrière ses plis discrètement retombés, le cabinet du notaire.

CHAPITRE II

LUCIEN FIRMEROL.

Le jeune homme blond jeta un regard vif sur l'usure de ses habits et l'aspect lamentable qu'offraient les bords de son chapeau. Un peu de rougeur lui en monta au front.

Non point de cette rougeur naïve, qui plaît sur un jeune visage, mais de cette flamme rapide qu'allume le dépit.

— Monsieur, demanda-t-il en s'asseyant le plus dans l'ombre qu'il lui fut possible, avez-vous

connaissance du testament de madame veuve
Forgeot, ma tante, décédée le mois dernier à Bréneroy, en m'instituant son légataire universel?

— Aucunement, répondit le notaire en cherchant dans ses souvenirs ; mais je connaissais un
peu la veuve Forgeot, une digne femme qui vivait bien isolée, un peu infirme et sans attaches
dans ce pays, qui n'était, du reste, pas le sien.

Le jeune homme tira de sa poche une sorte de
grande lettre, usée par de fréquentes lectures, et la
passa au notaire.

Celui-ci rajusta ses lunettes, fit entendre un
petit râclement de gorge qu'il jugeait indispensable
avant la lecture d'une pièce officielle et lut à haute
voix :

« Je déclare laisser tout mon bien à mon neveu,
» Jean-Lucien Firmerol, à seule charge de faire
» prier pour le repos de mon âme.

                      » Augustine-Marie Forgeot.
« Fait à Bréneroy, le 15 juin 1872. »

— Vous êtes M. Jean-Lucien Firmerol ?
— Oui, monsieur.
— Eh bien ! monsieur, cette pièce constitue un
testament olographe d'une authencité suffisante,
l'écriture de la défunte et votre propre identité
étant, je le suppose, faciles à constater.

Tandis que Lucien Firmerol étalait sur le bureau une poignée de papiers destinés à établir clairement ses nom, prénoms, qualités et prétentions, le notaire puisait dans un carton plein de factures quelques reçus qu'il tenait de la main de la veuve Forgeot.

Les factures et le testament étaient tracés de la même grosse écriture tremblottante.

Maître Desplanches se déclara pleinement satisfait de ce double examen.

— Nous allons remplir les formalités légales, monsieur Firmerol, dit-il en revenant au jeune homme, et j'espère que vous n'attendrez point trop longtemps l'entrée en jouissance de votre héritage.

— Est-ce... considérable ?

— Hum !... une petite maison proprette au milieu d'un jardinet riant, le tout au bord de l'Allier,

— Et d'une valeur de ?...

— Dix ou douze mille francs.

Un vif désappointement se peignit sur les traits fatigués du jeune homme. Peut-être avait-il rêvé mieux.

La conversation tourna dès lors entre le notaire et lui sur le terrain purement légal. Dix minutes après, il saluait et cédait le sanctuaire au jeune homme brun qui avait dit se nommer Gontran Clavel.

Celui-ci, las sans doute d'une attente de près-de deux heures, venait de quitter l'étude.

Maître Desplanches griffonna quelques minutes à l'intention de Lucien Firmerol, puis se renversant tout à coup dans son fauteuil :

— Qui pourrait bien être cette mystérieuse future baronne de Montchenetz? murmura-t-il tout soucieux.

Lucien Firmerol fit au hasard quelques pas dans la grande rue de Bréneroy, le front penché, dans l'attitude d'un homme absorbé dans d'intimes préoccupations.

Un peu plus, il eût parlé tout haut, tant était compliqué, insoluble, bizarre, le problème qu'il se posait à lui-même.

— Où aller? se disait-il; que faire avec douze mille francs?... Et pourtant, quel atout dans mon jeu depuis une heure!... Perdre une occasion semblable, c'est renoncer à la fortune. Je n'y veux pas renoncer !

Quelque chose le heurta au passage. C'était le saute-ruisseau qui, voyant sortir les clients de l'étude, se hâtait d'y rentrer de toute la vitesse de ses jambes grêles.

— Pardon, m'sieu, fit-il en courant toujours.

Mais une idée venait de venir à Lucien Firmerol.

— Eh! petit! appela-t-il en faisant volte-face.

— Qu'y a-t-il pour votre service? demanda l'enfant, plus par curiosité que par bonne grâce.

— Veux-tu m'indiquer un appartement de garçon, meublé convenablement, dans une maison honnête?... Es-tu capable de comprendre ce que je désire?

— Si je suis capable?.. pardine, la belle affaire! Vous ne voulez pas une auberge, et vous voulez mieux qu'une chambre garnie.

— C'est cela même.

— Allez chez madame Turquet.

— Conduis-moi.

— Je peux pas. M⁰ Desplanches n'a qu'à me demander; s'il voit que je me suis donné de l'air une heure, il m'en donnera tout de bon. Voilà.

— Monsieur, dit une voix derrière Lucien, si vous voulez m'accompagner, je vais tout droit chez madame Turquet.

Quoique cette proposition n'eût rien de précisément aimable dans la forme, ni surtout dans l'accent dont elle était faite, son à-propos charma Firmerol, qui se retourna pour saluer son collègue en longue attente du matin.

— Je viens d'entendre votre question et la réponse du petit bonhomme, expliqua froidement Gontran Clavel, et j'ai pensé qu'étrangers tous deux, un peu d'aide ne fait pas de mal.

Ce disant, sans attendre de remerciement,
M. Clavel se remit à marcher, persuadé d'être suivi
par Lucien Firmerol.

Les deux jeunes gens — ils n'avaient guère l'un
et l'autre plus de vingt-cinq à vingt-sept ans —
traversèrent toute la longue rue de la petite ville
sans échanger plus d'une douzaine de phrases.

— Je viens à Bréneroy pour y recueillir une
succession, dit M. Firmerol.

— Je viens à Bréneroy pour y remplir le poste
de garde général des eaux et forêts, dit M. Clavel.

— J'aurai probablement une petite propriété à
y vendre.

— J'ai l'intention d'y acheter, pour ma mère,
une maison avec jardin.

— Le pays paraît fort beau.

— La ville est d'une propreté recherchée.

Ce fut à peu près tout. La jeunesse, confiante et
bavarde, ne paraissait pas devoir étendre son insouciant privilége aux deux interlocuteurs.

M. Clavel s'arrêta devant la maison de madame
Turquet. C'était un grand logis du siècle dernier,
comme on en trouve fréquemment en province,
s'étendant sur un vaste espace, peu élevé d'étages,
solidement construit et garni de barreaux de fer
comme une prison.

Une portion de la maison était louée au percep-

teur des contributions directes. La poste aux
lettres était établie dans l'autre. Deux ou trois
petits appartements meublés occupaient un angle.

A l'angle opposé, un joli petit pavillon de cons-
truction toute moderne, avec perron de marbre
sous une marquise agrémentée de jasmin de Vir-
ginie, servait d'habitation particulière à la maîtresse de céans, madame veuve Coraly Turquet.

Gontran Clavel s'arrêta devant le pavillon.

— C'est là qu'il faut vous adresser, Monsieur,
dit-il, si vous avez l'intention de louer quelque
chose dans cette grande maison.

Il salua et s'engouffra sous une large porte co-
chère ouverte entre la poste et le bureau du per-
cepteur, tandis que Firmerol le remerciait encore.

Celui-ci sonna bravement au pavillon.

— Il n'y a plus qu'un appartement à louer, monsieur, répondit une femme de chambre à la question qui lui fut posée. Un joli salon, une petite
chambre; ce n'est pas grand, mais c'est très-frais.

— Voyons, dit brièvement Firmerol.

La femme de chambre disait vrai. Dans une des
vastes pièces qui composaient primitivement l'a-
gencement intérieur du logis, la spéculation con-
temporaine avait découpé deux appartements de
garçon, toujours assez facilement loués aux employés de Bréneroy.

Les fenêtres immenses tenaient à elles seules autant de places que tout le reste. Le salon était microscopique ; la chambre, remplie aux trois quarts par un lit étroit et une toilette lilliputienne. Les tapisseries claires riaient à l'œil, les glaces renvoyaient un jour éblouissant, les meubles venaient d'être recouverts.

Cet ensemble séduisit Firmerol, qui avait peut-être des raisons pour n'être pas insensible au bien-être, si mince qu'il fût.

Le prix était modeste, du reste, et tout à fait en rapport avec les usages d'un petit chef-lieu de canton.

Lucien Firmerol se déclara locataire immédiat, pour un temps indéterminé, dépendant des affaires dont la solution l'amenait dans ce coin de l'Allier.

— Monsieur va faire apporter ses bagages tout de suite ? demanda la femme de chambre.

Lucien eut une légère hésitation.

— Mes bagages sont restés à Moulins, répondit-il, mais je m'installe immédiatement, en attendant leur arrivée.

Il demanda de l'encre, du papier, l'adresse du meilleur hôtel, l'heure de la table d'hôte, celle à laquelle il pourrait présenter ses respects à madame veuve Turquet, et, satisfait des renseignements donnés, il congédia la femme de chambre par un geste où il essaya de combiner la dignité et la bienveillance.

Une fois seul, il se plaça devant une glace, et, lentement, procéda à l'examen de sa personne.

— Oui, disait-il à mesure qu'avançait son examen, j'ai tout à détruire, tout à oublier, tout à créer de nouveau. J'ai le visage altéré : il me faut demain une mine rose ; j'ai les yeux fiévreux : il me faut un regard avenant ; j'ai l'échine humble : il me faut une pose assurée ; j'ai la tournure d'un pauvre diable : il me faut l'allure d'un homme opulent ; j'ai des habits rapés : il me faut des bijoux à la mode ; j'ai dix mille francs problématiques par droit d'héritage : il me faut trois cent mille francs positifs par droit de conquête.

A mesure aussi, qu'il prononçait à demi-voix ces paroles, à la fois étrangement réalistes et follement irréalisables, la métamorphose annoncée commençait en lui.

L'œil s'allumait, le teint blême revêtait une transparence rosée, la taille fléchie se redressait peu à peu, et, dans la bouche aux coins découragés où renaissait un sourire d'espérance, on sentait vaguement comme un suprême défi porté à une destinée mystérieuse.

Perdu dans des méditations laborieuses, il laissa

couler une à une toutes les heures de cette longue après-midi.

Avait-il déjeuné? En tout cas, il ne dîna point. Les renseignements demandés à la femme de chambre n'avaient rien perdu, toutefois, de leur netteté dans son esprit; mais il entrait dans ses secrets projets de rester encore inconnu à Bréneroy pendant ce premier jour d'installation.

Seulement, à la nuit close, il se glissa hors de la grande maison avec les précautions d'un coupable qui s'évade, s'orienta, gagna la place de l'église où stationnait une patache qui faisait le service entre Moulins et Bréneroy, et vit, avec une satisfaction sans mélange, que les chevaux y étaient attelés.

Ses souvenirs l'avaient bien servi : on allait partir.

— Avez-vous une place de rotonde? demanda-t-il au conducteur.

— Oui, bourgeois, nous allons marcher bon train.

Lucien, qui était arrivé le matin par la même voiture, savait trop ce que le bonhomme appelait marcher bon train pour n'en être pas effrayé.

— Faut-il s'inscrire au bureau?

— Pas besoin, bourgeois; il n'y a pas de presse ce soir.

2

Lucien monta rapidement, s'accota dans un angle de la rotonde, paya silencieusement sa place et se prépara à subir le supplice d'une des dernières *diligences* existant encore en France.

Par impossible, il se trompait. La pataclie ne mit guère que deux petites heures pour franchir les quatre lieues qui séparent Bréneroy de Moulins.

CHAPITRE III

JEUNE VEUVE ET JEUNE FILLE.

En sortant de l'étude de M° Desplanches, le baron de Montchenetz remonta à cheval, aussi lestement que le lui permettait un embonpoint des plus majestueux, et pressa fort sa monture.

Il avait grand'faim, le baron, et peut-être aussi redoutait-il les mignons reproches de la charmante enfant qui remplissait au château les fonctions de maîtresse de maison.

C'est qu'il avait appris depuis trois ans l'exactitude, la politesse, la bonne grâce, toutes choses avec lesquelles il s'était passablement brouillé pendant son isolement de célibataire.

Grand chasseur, ami des plaisirs champêtres, fumeur enragé, il avait dû tout doucement rentrer à heure fixe, délaisser les compagnons de parties joyeuses et changer sa longue pipe d'écume de mer au tuyau tout semblable à une cheminée de forge, contre l'inoffensive cigarette.

Ce n'est pas que mademoiselle Odette de Montchenetz fût un tyran bien effroyable; mais elle avait une attitude si plaintivement résignée quand elle attendait longtemps, seule, en face d'une table refroidie !

Elle se retirait avec tant de sérieux attristé quand le baron recevait une société peu digne de son rang !

Elle faisait une mine si gentiment scandalisée quand la longue pipe entrait en ébullition!

Toutes ces jolies façons féminines, d'un mutisme éloquent, avaient converti le vieux garçon aux convenances mieux que les réprimandes ou les supplications.

Il subissait le joug charmant qui ne s'imposait pas et auquel il avait tendu bonassement son cou de taureau.

Si bien que, ce jour-là même où il venait de manifester ouvertement l'intention de recouvrer son

indépendance à tout prix, fût-ce, s'il le fallait, en
sacrifiant les goûts et le bonheur de sa nièce, il redoutait de lui déplaire et se hâtait de regagner le
château pour ne la point contrarier.

L'imprudent assez mal avisé pour dire au baron
que cette inconséquence révélait une grande faiblesse de caractère eût été le bienvenu, en vérité!

Le baron se croyait fermement l'homme le plus
énergique du monde.

Parvenu à quelques centaines de mètres du château, qui pointait vers le ciel ses tourelles d'une
heureuse imitation gothique, M. de Montchenetz
appela son petit domestique, sorte de groom rustique monté de la ferme au manoir.

— Galope, allons, lui dit-il. Porte mes excuses
à mademoiselle, et fais servir. Je vais monter plus
doucement la rampe.

Le groom piqua sa monture sans répondre et
tourna dans le chemin montant qui abrégeait fort
la route et qu'on appelait « la rampe. »

Le baron s'arrêta aussitôt. Si pressé qu'il fût, il
ne savait point passer devant certaine muraille en-
lierrée, qui longeait le chemin, sans retenir sa
monture et sonder anxieusement les profondeurs
d'un petit parc, qu'un saut de loup indiscret révélait au passant. Ce saut de loup s'ouvrait au coude
de la route, de façon qu'il était impossible de l'a-

percevoir, ni d'en haut, ni d'en bas, avant d'en approcher de très-près. Entre les grilles serrées, on entrevoyait un banc moussu, une façon de kiosque primitif et de sombres allées s'entrecroisant en labyrinthe. Une statue à demi-brisée penchait sur un socle verdi. Un livre était ouvert sur le banc.

La vue de ce livre mit un rayon triomphant sur le front chauve du baron.

— Cette bonne et prudente amie ! murmura-t-il avec admiration ; elle m'a vu hier si désespéré de sa résolution implacable, qu'elle veut adoucir un peu son arrêt. J'ai compris... Me voici... Mais, où donc est elle ?... le signal est là pourtant.

Le baron était descendu de cheval et, rapproché de la grille, il attendait avec une visible impatience la « bonne et prudente amie » qui ne paraissait pas.

Enfin, le kiosque s'ouvrit lentement et une jeune femme, d'une distinction douteuse, quoique d'une beauté certaine, daigna se montrer sur le seuil.

Au salut radieux du baron, elle répondit par une inclination de tête très-froide et s'avança à pas comptés, comme une personne fort mécontente d'avoir à accorder un entretien.

— Monsieur le baron, dit-elle dès qu'elle fut assez proche, je viens vous prier instamment de ne plus commettre l'imprudence dont vous vous

                                                    2.

rendez parfois coupable... et dans laquelle vous
retombez en ce moment même.

— Quoi ! chère madame, voudriez-vous m'in-
terdire de vous saluer au passage?.. lorsque déjà
vous me privez du bonheur de vous approcher à
Bréneroy ?

— En effet, monsieur, il ne saurait me convenir de vous voir vous autoriser d'une indulgence
que je regrette... pour compromettre une réputation que je tiens à honneur de conserver intacte.

— Mais, avez-vous donc oublié...

— Je n'oublie rien.

— ...Que vous avez daigné m'accorder cette jolie
main qui se retire aujourd'hui devant la mienne ?

— Ai-je accordé cela ?... En ce cas, j'étais in-
sensée.

— Que dites-vous ?... voyons... qu'y a-t-il?

— Oh ! fort peu de chose. Je viens d'apprendre
que mademoiselle Odette de Montchenetz, malgré
votre promesse formelle de la maintenir au couvent, venait de rentrer hier au château.

Rien n'était plus vrai. Ce retour, il l'avait dit
au notaire, ruinait la dernière espérance du baron.
Aussi balbutia-t-il en se sentant blêmir :

— Elle est revenue sans me prévenir... Il paraît que la retraite était close chez les dames Visitandines.

La jeune dame eut un rire faux.

— La retraite !... il s'agissait bien de retraite momentanée, vraiment ! Vous me trompiez donc indignement, monsieur, lorsque hier encore, à cette même place, vous m'affirmiez, pour vaincre mes, refus que je pourrai entrer en souveraine absolue à Montchenetz, où mademoiselle Odette n'aurait plus droit de séjourner désormais ?

— Mais non, chère madame... chère amie... Pouvais-je prévoir que cette enfant ne prendrait nullement le goût de la vie religieuse ?

— Oui, monsieur, vous pouviez le prévoir et ne pas m'exposer à de nouvelles amertumes.

— Est-il possible !

— On a pu vous voir à cette grille m'adresser quelquefois la parole, car, Dieu merci, je ne vous ai jamais permis, monsieur, de m'entretenir de vos projets de mariage dans ma maison de Bréneroy.

— Hélas ! soupira le pauvre baron.

— Il suffit d'un œil malveillant, d'une parole indiscrète pour me nuire. Une jeune veuve, monsieur, dépend de l'opinion publique plus tyranniquement qu'on ne le peut supposer.

— Mais vous échangerez bientôt cette position dépendante contre l'indépendance de mon nom.

— Nous n'en sommes plus là. Bien m'en a pris, monsieur le baron, de dissimuler à la curiosité d'une petite ville la demande dont vous m'avez honorée.

— Et pourquoi, Madame ?... pourquoi ?

— Parce que mademoiselle Odette revenue, ne voulant ni se marier, ni se faire religieuse, ce n'est plus dans quinze jours que je vous donnerai la récompense que vous sollicitez, c'est à l'heure même : je déclare rompre un projet... que j'avais la faiblesse de chérir.

Ces derniers mots, dits avec une savante émotion, bouleversèrent le pauvre homme. Pourpre, il se redressa :

— Écoutez-moi, je vous en supplie !... c'est la dernière fois que je vous causerai le trouble d'une situation fausse. Ne craignez ni pour votre réputation ni pour votre repos. Dans quinze jours, avais-je dit ce matin, Odette aura fait son choix. Ce n'est pas dans quinze jours, c'est dans huit... c'est dans trois... c'est demain.. Coraly, je vous jure que ce sera demain !

Devant la solennité grotesque de ce serment, force fut à la jeune femme de se départir de son inexorabilité.

— Vous feriez cela ? interrogea-t-elle avec doute.

— Je le ferai, dussé-je demander un épouseur pour ma nièce aux quatre vents du ciel.

Elle baissa les yeux, toute rougissante. Sa petite main courte, mais d'une appétissante blancheur, s'étendit timidement entre les grilles.

— Au revoir ! murmura-t-elle.

— Oh ! merci ! vous ne me dites pas adieu ! fit-il avec ravissement.

— Oui, au revoir, répéta-elle ; mais seulement quand mademoiselle Odette quittera Montchenetz au bras de son mari.

La jeune dame retira sa main, dont deux doigts seulement s'étaient aventurés au dehors, jeta en s'enfuyant un charmant sourire et disparut entre les arbres.

Le baron, électrisé, regrimpa sur son docile cheval et le lança dans la rampe montueuse avec une allure inusitée.

En deux minutes il atteignit le château et se précipita comme un ouragan dans la salle à manger.

Une jeune fille l'y attendait respectueusement.

Debout près de la table servie, dont aucune fumée ne montait plus, mademoiselle de Montchenetz lui dit d'une voix calme :

— Je crains que votre déjeuner ne soit tout à fait froid, mon oncle. Il est servi depuis une heure.

D'ordinaire, quand pareille dérogation se manifestait dans ses habitudes régulières, l'oncle n'avait pas assez de douces paroles pour se faire pardonner son retard.

Les douces paroles ne vinrent pas.

— Que n'avez-vous déjeuné sans m'attendre ? répondit brusquement le baron ; vous m'eussiez épargné vos reproches et laissé mon indépendance.

Une telle réponse était si en dehors du langage amical du châtelain, que mademoiselle de Montchenetz en ressentit une commotion douloureuse.

L'épouvante se peignit sur sa physionomie. La pensée que son oncle ne pouvait parler ainsi que sous l'influence d'un coup imprévu, d'un malheur, d'un dérangement mental, peut-être, traversa son esprit.

Elle le connaissait si bon ! elle avait su le rendre si sociable !... Non, ce n'était qu'un instant d'oubli. Le baron allait reprendre avec elle les paternelles conversations du repas.

Il n'en fut rien. La présence des domestiques pouvait à la rigueur expliquer le silence du baron ; mais elle cessa quand le dessert fut servi, et le mutisme obstiné de M. de Montchenetz ne se démentit pas.

On pouvait suivre sur ses traits le travail énorme

d'un cerveau surmené. La tendresse, la crainte, la colère y traçaient tour à tour leurs lignes révélatrices.

Quand le baron songeait, les yeux baissés, sans doute des pensées agréables souriaient à son horizon ; quand il relevait sur sa nièce ses yeux gris, si paisibles d'ordinaire, on y voyait luire une menace inexpliquée.

Ce n'était pas la première fois que mademoiselle de Montchenetz avait surpris chez son oncle des signes de préoccupation ou d'impatience ; mais jamais encore elle n'avait assisté au muet spectacle d'un cœur honnête aux prises avec l'injustice et la passion.

Au café, il se fit une évolution nouvelle dans les sentiments du baron. La chaude boisson communiqua sans doute à ses résolutions l'énergie qui leur manquait pour se produire.

— Odette, dit-il tout à coup en reposant sur la table sa tasse à demi vidée, je dois vous faire part du changement que j'apporte à mon existence.

Elle le regarda, charmée de le voir rompre son cruel silence.

Et lui, vivement, comme pressé d'en finir avec une obligation pénible :

— Je vais me marier, prononça-t-il avec emphase.

Cette fois, ce ne fut pas seulement de la surprise, mais une joie sincère que ressentit mademoiselle de Montchenetz.

Dans son cœur simple, où n'entrait aucun calcul, aucune jalousie, il se fit une riante clarté. Ce
cher oncle hésitait à lui annoncer la bonne nouvelle ; il craignait de la peiner ; c'était là le motif
de son attitude étrange. Ah ! comme il se trompait ! et comme Odette savait mieux aimer que
cela !

D'un bond plein d'enfantine câlinerie, mademoiselle de Montchenetz sauta au cou de son oncle
qu'elle embrassa sur les deux joues en riant de
tout son cœur.

— Ah ! que je suis contente !... Voilà donc le
grand secret !... Vous aviez l'air bien méchant
tout à l'heure... allez... et maintenant, je n'y pense
plus... Songez donc, mon oncle, nous allons être
deux à vous aimer !

M. de Montchenetz écoutait, confus, ce gracieux
babillage où le bon cœur de la jeune fille éclatait
tout entier. Qu'il y avait loin de cette candide confiance à l'implacable dureté de sa fiancée !

Il eut comme une vision. Mais plus ces deux
femmes étaient dissemblables, plus il devenait
obligatoire d'écarter celle dont l'angélique candeur offusquait l'ambition de l'autre.

— Deux à vous gâter, deux à vous faire la vie souriante ! continuait Odette avec entrain.

— Celle qui doit vous remplacer ici, mon enfant, répondit le baron, est assez bonne et dévouée pour suffire seule à cette tâche.

Odette eut comme un frisson au cœur. « Celle qui doit vous remplacer ici... »

Pourtant elle n'avait pas encore compris.

— Ah ! dit-elle en éteignant le joyeux éclat de sa voix, je sais bien que je devrai lui remettre à la fois le soin de conduire votre maison et celui, plus doux, de veiller sur votre bien-être ; mais pourvu qu'elle me laisse l'aider un peu dans ce devoir, qui est depuis trois ans mon meilleur plaisir, je serai bien heureuse encore.

Une rougeur épaisse grimpa comme une flamme honteuse au front du baron.

— Peut-être serait-elle jalouse de la part qui vous serait ainsi laissée, hasarda-t-il.

Cette insistance la troubla.

— Jalouse ! répéta-t-elle.

— Tout le monde ne possède pas votre égalité d'âme, votre bon petit cœur irréfléchi, Odette.

Ainsi son élan généreux et tendre n'était que de l'irréflexion. La jeune fille sourit tristement.

— Je me suis mal expliquée... mal exprimée, dit-elle. J'aurais dû commencer par vous deman-

3

der si votre Odette pouvait paraître de quelqu'utilité ou de quelque douceur à celle que vous avez choisie, mon oncle.

— Eh! le sais-je? fit-il avec un retour subit à sa brusquerie première.

Ce fut une lueur pour Odette.

— Hélas! peut-être même eût-il mieux valu m'informer si l'orpheline recueillie par vous ne semblerait pas gênante à madame de Montchenetz, dit-elle avec amertume.

— Eh bien! qui vous empêche, ma pauvre Odette, de vous en informer, en effet?

Elle se sentit devenir toute pâle.

— Encore faut-il savoir son nom?

Le baron se redressa comme piqué par une décharge électrique. Sa bouche s'ouvrit, ses yeux papillotèrent; puis, subitement, en homme qui prend un élan décisif :

— J'épouse madame veuve Coraly Turquet, déclara-t-il d'une voix éclatante.

Odette se leva toute droite, les mains cramponnées à la table.

— Madame Turquet! répéta-t-elle avec un frémissement d'indignation qui la secoua tout entière.

Un éclair jaillit de ses yeux bleus si francs, un éclair où le baron put lire toute la répulsion que lui inspirait un tel choix.

Puis, sans un geste, le front haut, avec une dignité souveraine, elle sortit de l'appartement.

M. de Montchenetz resta hébété de surprise. Peut-être s'attendait-il à des exclamations, à des reproches, à des prières, à tout enfin, plutôt qu'à ce dédain glacial.

Un accès de rage le saisit. Qu'allait donc dire le monde qu'il se disposait à braver, quand une jeune fille, dans la seule droiture de son innocence, puisait le courage de ce blâme silencieux?

— Ah! la malheureuse! s'écria-t-il, comme elle méprise ma pauvre Coraly!

Et la tasse de vieux Sèvres, encore à demi-pleine de café refroidi, lancée par sa main furieuse, vint se briser en miettes sur le parquet.

CHAPITRE IV

ESPIONNAGE.

La patache antédiluvienne qui avait emmené Lucien Firmerol vers Moulins, à la nuit tombée, le ramena vers Bréneroy dans la matinée du lendemain.

Il en descendit, allégrement, et si peu semblable

à lui-même que son image, reflétée dans la devanture de glace de l'unique coiffeur du crû, lui causa la plus flatteuse sensation.

Des vêtements neufs d'une coupe irréprochable, et qui faisaient honneur au meilleur tailleur de Moulins, avaient remplacé les chétifs habits de la veille.

Une chaîne d'or retenait captif dans son gousset un demi-chronomètre qu'il consultait ostensiblement.

Ses gants étaient frais, sa canne avait bon air, sa chevelure blonde avait reçu l'appoint d'un coup de fer élégant.

Son allure était dégagée, sa démarche leste. Plus rien en lui ne rappelait le pauvre diable famélique et piteux, dont l'entrée dans l'étude de Maître Desplanches n'avait pas même fait lever le saute-ruisseau.

A grandes enjambées, Lucien Firmerol atteignit la maison Turquet. En entendant un pas sonore faire craquer l'escalier, en écoutant une voix joyeuse fredonner un motif de *Si j'étais Roi !* mademoiselle Augusta, la femme de chambre, qui venait de monter quelques lettres chez un locataire, s'arrêta tout ébahie.

Était-ce bien le M. Firmerol de la veille? L'enveloppe était si différente !... la tenue si changée...

les yeux mêmes n'avaient plus la même expression.

— Excusez-moi, Monsieur, dit-elle avec un salut respectueux, je ne vous reconnaissais pas.

— C'est que vous m'avez vu en voyageur original, qui chérit l'incognito, et que vous me retrouvez en habitant définitif de votre jolie petite ville, répondit-il avec un signe de tête protecteur.

— C'est un original, oui, pensa mademoiselle Augusta; mais un jeune monsieur bien poli et bien agréable. Qu'est-ce qu'il peut bien avoir à faire ici pour y venir habiter?

Et tout courant, pressée de répandre ses suppositions, elle rentra chez sa maîtresse, qui ne dédaignait pas de recueillir de sa bouche les commérages du pays.

— Le nouveau locataire de Madame est un peu mystérieux, on ne peut pas dire le contraire. Il arrive, très-simple, pas curieux, pas bavard, loue sans discuter et s'enferme si bien qu'on ne l'a plus aperçu hier. Ce matin, il reparait tout souriant, guilleret, mis comme un prince et chantonnant une romance de Paris. Pour sûr, Madame, ce M. Firmerol ne vient pas à Bréneroy pour le plaisir d'y louer une chambre dans votre maison, et rien de plus.

Madame Coraly Turquet, propriétaire du grand vieux logis, du pavillon moderne où elle habitait,

et du petit parc dont le saut-de-loup s'ouvrait au
coude de la rampe de Montchenetz, écoutait d'un
air rêveur le bavardage de sa femme de chambre.

Ce n'était plus en ce moment la belle personne
très-froide et hautaine qui rembarrait si durement
le pauvre baron à travers les grilles du petit parc.

Elle avait dépouillé cette dignité de commande
et n'offrait plus que les traits réguliers, quoique
assez communs, d'une beauté mûrissante dans le
déshabillé de son intérieur.

D'une taille élevée, un peu trop grasse, le teint
coloré et les attaches vulgaires, elle offrait le type
accompli de la femme parvenue à la fortune par
droit de conquête.

Avec cela deux yeux superbes, un front très-
bas couronné de cheveux bleuâtres, un sourire
d'une grâce indiscutable et quelque chose dans la
voix de si impérieusement attrayant qu'il était difficile de se soustraire au charme.

Nous avons vu que le baron de Montchenetz,
auquel la vocation matrimoniale avait poussé fort
tard, n'y avait pas résisté.

— Si vous le voulez bien, ma chère, répondit
madame Turquet en sortant de ses méditations,
vous saurez dès demain ce que ce jeune homme
vient chercher ici.

— Peut-être une dot, Madame.

— C'est possible; il m'importe peu; mais comme il est mon locataire et que je tiens à la réputation de ma maison, je vous autorise à voir de quelle façon il compte vivre à Bréneroy.

Mademoiselle Augusta, qui n'avait nul besoin d'autorisation pour se livrer à une inquisition formidable, sourit sans répondre et vint installer sa corbeille à ouvrage près d'une fenêtre qui surveillait la rue.

Deux heures après, elle s'en éloigna brusquement pour saisir un petit panier, rajuster son bonnet et sortir.

Ce besoin subit de locomotion lui était inspiré par la vue de Lucien Firmerol, gagnant à grands pas la campagne.

Cette promenade, par une journée chaude, ne laissa pas de l'étonner. L'impossibilité de le suivre à distance l'embarrassait également. Une femme de chambre pouvait arpenter Bréneroy tout le jour, sous prétexte d'emplettes; mais une grande route, c'était bien différent.

Et c'était la grande route que le jeune homme avait enfilée, après avoir demandé des renseignements à un passant.

Mademoiselle Augusta, toute désorientée, allait renoncer à sa première épreuve, malgré l'ardent désir qui la dévorait de la pousser à bonne fin,

quand elle reconnut, en tressaillant de joie, que
l'étranger tournait court dans le chemin de Montchenetz.

— S'il va à Montchenetz, tout est bien, pensa-t-
elle ; moi, je vais au Petit parc sur ses talons.

Et joyeusement elle prit la même route. Justement la clef du Petit parc cliquetait dans sa poche.

Elle se trompait pourtant. Lucien Firmerol
n'allait pas à Montchenetz, ou du moins il ne voulait point y entrer, car il se contenta d'examiner le
château avec la plus scrupuleuse attention et de
s'asseoir à l'ombre, sur le talus de la rampe, au
point précis où l'élévation du terrain lui permettait
de plonger jusque dans le vaste jardin dont le baron n'était pas médiocrement fier.

Mademoiselle Augusta rétrograda doucement,
ouvrit le Petit parc, courut au kiosque où sa maîtresse venait chaque matin lire ou rêver, grimpa
le petit escalier tournant qui conduisait au faîte et
jeta un léger cri de triomphe.

Du faîte en bois rustique, qui s'arrondissait en
lucarne, une échappée ménagée entre les arbres
permettait d'apercevoir au-dessous de soi, à la
distance d'une centaine de mètres, le mystérieux
étranger toujours immobile, toujours regardant
les jardins de Montchenetz.

Il fallait qu'il y vît, du reste, quelque chose

d'assez agréable, car sa contemplation se prolongeait sans le moindre écart.

Ce quelque chose d'inaperçu intrigua fort mademoiselle Augusta ; elle se mit en tête de le découvrir à son tour et se souvint qu'une excellente lorgnette existait quelque part dans la propriété.

Elle n'eut point à la chercher longtemps. La lorgnette, qui était pour mieux dire une très-bonne petite lunette marine, se trouvait dans le kiosque, sur une table, à portée d'une main curieuse que la soubrette devina bien.

Grâce à ce secours, elle distingua nettement, sur la terrasse ombragée, la taille svelte et les splendides cheveux blonds d'une jeune fille qui ne pouvait être que mademoiselle Odette de Montchenetz.

Quand la promeneuse, parvenue à l'extrémité de la terrasse, se retourna pour revenir lentement sur ses pas, son doux visage, d'une aristocratique finesse, s'encadra si fidèlement dans le verre grossissant, que mademoiselle Augusta, presque effrayée, faillit lâcher la lunette.

— Ah ! mais non !.,, ah ! mais non ! fit-elle en reprenant son aplomb ordinaire, je ne m'attendais pas à voir ces gens-là d'aussi près. C'est très-drôle. Elle n'a pas l'air gai du tout, mademoiselle de Montchenetz ; elle se promène à tout petits pas,

3.

serrant ses menottes blanches comme si elle voulait les briser... et puis des yeux noyés levés vers
les branches... Ah ça! comment n'aperçoit-elle
pas le monsieur Firmerol assis sur son talus?

Un mouvement de la lunette dans la direction de
Lucien permit à mademoiselle Augusta de se rendre
compte qu'un petit massif de noisetiers étendait
ses branchages grêles entre la jeune fille et l'indiscret.

Ce rideau flottant, d'un vert cru, défendait bien
mieux Lucien du regard que la superbe grille ou-
vragée du jardin ne préservait Odette.

Évidemment la jeune fille attendait quelque
chose, car son attention paraissait concentrée sur
la portion poudreuse et nue de la rampe qui se dé-
roulait devant l'entrée.

Un point noir y apparut, grandit, se dessina sous
la forme prosaïque du facteur de la poste, boîte au
côté, schako ciré au front.

Odette courut à lui jusqu'à la grille, reçut une
lettre qu'elle paya d'un sourire d'or, et, revenue
sur la terrasse, la décacheta fiévreusement.

Mademoiselle Augusta fut littéralement ébahie
en voyant ce beau visage, incliné pour mieux lire,
se relever tout inondé de larmes.

— Ah! bien! murmura-t-elle, si les châtelaines
pleurent comme ça de si bon cœur, qu'est-ce

que nous ferons donc, nous, les filles pauvres?

Elle essuya soigneusement les verres de sa lunette et conclut avec un rire insouciant :

— Nous nous moquerons d'elles, voilà.

En vérité, pourtant il n'y avait pas sujet à moquerie. Mademoiselle de Montchenetz paraissait en
proie à un chagrin très-profond. Ses pleurs cou-
laient silencieusement comme ceux qui prennent
leur source au plus intime de l'être.

Affaissée sur un banc, se sentant bien abritée
des regards du château par l'épais ombrage des
platanes, elle s'abandonnait à une amertume infinie.

Longtemps elle demeura plongée dans la déso-
lation où venait de la jeter cette fatale lettre si
attendue, si désirée.

Si longtemps même que mademoiselle Augusta
commençait à en ressentir quelque fatigue, lorsqu'un bruit peut-être, ou un appel, décidèrent
Odette à s'éloigner.

Elle cacha vivement le triste grimoire, essuya
ses yeux gonflés, jeta vers le château un regard effrayé et s'enfonça dans les sombres allées du jardin.

Tout aussitôt Lucien Firmerol abandonna son
observatoire sur le talus, et, plus vite encore, la
soubrette dégringola du haut en bas du kiosque.

Elle referma derrière elle la porte du Petit parc
et se remit à trotter menu vers la ville, où elle

arriva peu de minutes après, toute essoufflée.

— Madame ne voudra jamais croire... madame n'imaginera jamais ce que vient faire M. Firmerol?... Ah! j'en ai bien assez vu, moi, pour deviner le reste.

— Quoi donc, enfin? demanda madame Turquet en posant le pitoyable roman dont elle troublait ses loisirs de femme frivole.

— Ce jeune monsieur est allé tout droit se planter en face du château de Montchenetz, dont il a dévisagé les murailles jusqu'à ce qu'il ait trouvé mieux que ça à contempler. Madame ne devine pas quoi?

— Non.

— Mademoiselle Odette en personne.

— Odette !

— ... Toute triste, l'air impatient, qui mangeait la rampe des yeux, attendant quelque lettre bien importante, car lorsque le père Simon, le facteur, a paru, elle a fait un saut!... comme une petite folle... et s'est précipitée à la grille de façon à empêcher les domestiques de venir.

— Et puis ?

— Et puis elle a ouvert la lettre comme on mord dans un gâteau... happ!... Ah ! bien oui ! il paraît que la lettre lui faisait une terrible peine, car elle s'est mise à pleurer comme une enfant, que j'en avais quasiment le cœur gros.

— Et le... promeneur?

— Le promeneur?... Il regardait tout cela derrière les feuilles, sans faire un mouvement, comme un garçon singulièrement intéressé.

— M. Firmerol serait-il un prétendant? murmura la veuve.

— Un prétendant, Madame a dit le mot juste. Un prétendant qui n'était pas fâché de voir par lui-même comment sa future était tournée. D'ailleurs, il me l'a dit, il aime l'incognito, ce jeune homme.

— Tiens!... tiens!... tiens!... un prétendant! ce serait arriver à point, dit encore madame Turquet en devenant songeuse.

Elle n'eut point le temps de creuser la mine fertile que son imagination venait d'entr'ouvrir. Brusquement appelée au dehors par un coup de sonnette, Augusta reparut presqu'aussitôt en annonçant avec emphase :

— Monsieur Lucien Firmerol.

CHAPITRE V

UN PRÉTENDANT.

La veuve fit un pas au-devant de son locataire avec un mélange de condescendance et de dignité

qu'elle jugeait propre à rehausser ses mérites
personnels.

— Je vous prie de me pardonner, Madame, dit
poliment et respectueusement même le nouveau
venu, si j'ai tardé d'un jour à venir vous présenter mes hommages; mais peut-être avez-vous appris que j'ai fait à Bréneroy ma première apparition en véritable bohême.

— Je sais seulement ceci, Monsieur, c'est que
je vous remercie d'avoir bien voulu distinguer ma
maison pour vous y fixer.

— Mon Dieu, Madame, je dois cette bonne fortune au hasard d'une heureuse indication : M. Gontran Clavel...

— Ah! oui, fit-elle du bout des lèvres, comme
parlant d'un homme qu'elle avait à peine entrevu.

— ... A bien voulu m'indiquer votre maison,
qui est aussi la sienne, je crois; car pour moi,
complétement étranger à ce pays, je risquais fort
d'aller m'échouer je ne sais où, sans son secours.

— Allons, j'en sais gré à M. Clavel, notre nouveau garde général des eaux et forêts. Les administrations centrales me paraissent, du reste, bien
prodigues envers nous de nouveaux fonction-
naires, ce dont nous devons nous féliciter.

Lucien sentit l'allusion et sourit. D'ailleurs, il

venait pour faire des confidences; mieux valait qu'on parut les lui demander.

— Oh! moi, Madame, fit-il, je n'appartiens à aucune administration. Je ne relève que de mon bon plaisir et de mes caprices, parfois trop origi- naux, je l'avoue, pour être bien jugés.

— Mes compliments, Monsieur. N'est pas maître qui veut de conduire à son gré sa destinée.

— Peut-être vais-je trop loin, au fait, en me prétendant si complétement, si absolument libre de toute entrave. Quand ma position m'en exempte, ma volonté m'en crée.

— C'est un tort.

— Eh! oui, je le sais bien. Et tenez, c'est une pente de ma nature irréfléchie, sans doute, je suis las de l'indépendance et me voici tout près de la rejeter comme une fantaisie épuisée.

— Quelle folie!... En ma qualité de femme, enchaînée à toutes les conventions sociales, j'ai toujours jugé l'indépendance le plus beau don de l'existence masculine.

— On s'en fatigue.

— Au moins, en y renonçant, avez-vous la prudence de l'échanger contre quelque sujétion bien douce, bien légère?

— J'espère qu'il n'est point trop présomptueux

de qualifier comme vous venez de le faire la sujétion du mariage.

— Ah! vous voulez vous marier, Monsieur!
sourit discrètement madame Turquet.

— C'est avec cet espoir que j'ai quitté Paris
pour votre petite ville, et je ne désespère pas de
voir la réalisation de ce rêve me fixer à tout jamais sur les rives si pittoresques de l'Allier.

La veuve aiguisait déjà quelque interrogation
savamment naïve, quand son interlocuteur jeta
brusquement la conversation dans un sujet tout
différent.

Il avait semé le grain qu'il voulait faire germer
dans le propice terrain d'une petite ville. Cela lui
suffisait pour entrée de jeu.

Son plan comportait l'explication prompte et
rationnelle d'un séjour, dont un maigre héritage à
recueillir des mains d'une femme des champs ne
lui paraissait pas un motif digne de lui.

Aimable et gai, Lucien Firmerol prolongea
suffisamment sa visite pour laisser la plus heureuse impression dans l'esprit de sa propriétaire.

— Ce soir, pensait-il, tout Bréneroy saura
qu'un beau garçon, riche et de belles manières,
vient prendre femme dans ce petit coin perdu. Je
serai demain le héros de la ville, et le prétendant
de mademoiselle Odette aura gagné toute l'im-

portance désirable dans le public avant de se présenter à Montchenetz.

Pour arriver à ce résultat, la confidence faite à madame Turquet dénotait dans le jeune homme un esprit observateur. Quelques mots d'un conducteur de diligence, les allures d'une femme de chambre lui avaient suffi pour juger la valeur de cette personnalité provinciale et la vitalité de cette langue féminine.

Laissant donc la veuve charmée d'avoir à répandre dans la ville une nouvelle si facile à enrichir de commentaires importants, Lucien Firmerol se dirigea vers l'étude de Maître Desplanches.

Il n'y était point encore arrivé que madame Turquet, prenant un air mystérieux, se défendait déjà de rien raconter à une amie de l'invraisemblable aventure qui venait de lui arriver.

Et comme l'amie suppliait, les yeux ardents et les mains déjà tendues pour recevoir un secret, Coraly confessa en rougissant qu'un jeune étranger de la plus haute distinction, connaissant son influence sur le baron de Montchenetz, était venu lui en demander l'appui pour obtenir la main de mademoiselle Odette.

Le soir, Bréneroy avait la fièvre.

Ce ne fut plus humblement et d'une voix timide que Lucien fit son entrée dans l'étude. Sous le ta-

lon de sa bottine vernie, le vieux plancher craqua ;
le second clerc ouvrit de grands yeux bêtes ; le
maître-clerc se leva avec presque autant d'empressement que pour le baron de Montchenetz lui-
même.

Oh ! le prestige de l'homme bien vêtu !

Maître Desplanches était dans son cabinet, dont
la capricieuse portière de damas fané s'ouvrit sans
conteste à la première réquisition.

Il fallut une grande minute au notaire pour reconnaître dans le gandin d'aujourd'hui le client
famélique de la veille.

Une telle surprise et bientôt une telle méfiance
se peignirent simultanément sur la face parche-
minée de l'officier ministériel, que Lucien Firmerol dut réunir tout son sang-froid pour faire face
à cette complication.

Évidemment le notaire crut avoir affaire à un
mauvais plaisant, si ce n'est pire.

Cette impression que Lucien devina le décida à
précipiter une explication indispensable.

— Monsieur Desplanches, dit-il en affectant une
profonde assurance dans la tenue, je vous prie de
m'excuser si je n'ai pas cru devoir hier me montrer à vous, dans une première entrevue, sous les
apparences de ma véritable position sociale.

Le notaire le parcourut d'un regard froid.

— J'espère, Monsieur, répondit-il, que vous voudrez bien me faire connaître cette position dans un second entretien.

Lucien ne se déconcerta pas. Il jouait une grosse partie, dont la pensée lui était née dans cette étude providentielle, à la porte de ce sanctuaire dont un accident laissait fuir les secrets. Il fallait payer d'audace.

— Monsieur, dit-il d'un accent très-carré, j'avais entendu parler de la beauté de mademoiselle Odette de Montchenetz. J'ai voulu la voir d'abord, sans qu'elle s'en doutât. C'est un peu romanesque, mais je suis ainsi fait. Sous mes vêtements d'emprunt, je n'ai pas éveillé la curiosité. Aujourd'hui je suis satisfait, je redeviens moi-même. Mademoiselle de Montchenetz me paraît une personne accomplie. J'ignore le chiffre de sa dot et m'en inquiète peu. Ma fortune personnelle me permet de passer sur ce détail. Voulez-vous, Monsieur, m'aider à obtenir la main de la nièce du baron de Montchenetz ?

Absolument abasourdi par un tel discours, où l'inattendu l'em portait encore de beaucoup sur l'invraisemblance, Maître Desplanches respira bruyamment comme un homme qui a failli s'étouffer.

Le contrat d'Odette, très-diamanté, lui apparut

une fois encore tout proche, tangible, presque
saisissable.

Et derrière ce contrat, comme son complément
naturel, celui du baron de Montchenetz, un rêve !

Et cela juste au moment où l'oncle impatient
venait de lui déclarer, en toutes lettres, que la
nièce récalcitrante devrait choisir un mari avant
la quinzaine écoulée.

Le notaire fit un grand effort, recouvra son
flegme habituel et se tournant vers Lucien :

— Je vous aiderais volontiers, Monsieur, si j'étais
assuré de la réalité absolue de vos allégations. Notez que je dis « réalité absolue » et non « vraisemblance ». En effet, quand il s'agit de fortune et de
mariage, les illusions jouent souvent un rôle dans
l'apport des conjoints. Ici, rien ne doit être sujet
à erreur. Vous avez parlé de fortune personnelle...

Lucien s'inclina silencieusement.

— Je crois savoir que M. de Montchenetz a le
droit de se montrer exigeant pour le compte de sa
pupille.

— Quelles sont ses prétentions ? interrogea
Lucien, prompt à saisir l'entrebâillement que lui
offrait le hasard.

— Mais, j'ai tout lieu de supposer que mademoiselle Odette, possédant du chef de sa mère,
qui était une Rochemonet, une somme de cent

cinquante mille francs et une propriété d'égale
valeur provenant de son père, son oncle exigerait
une fortune à peu près semblable.

Une pâleur rapide courut comme un frisson
glacé sur le front de Lucien. C'était la suprême
audace qu'il allait lancer :

— Monsieur, dit-il sans que sa voix trahît rien
de son trouble, j'ai le regret de n'avoir à offrir à mademoiselle de Montchenetz qu'une fortune de deux
cent mille francs, environ.

Le notaire fit un geste aimable :

— En terres ?

— En titres.

— Titres étrangers ?

— Titres français. Chemins de fer. Actions in-
dustrielles.

Involontairement le notaire esquissa un demi-
salut.

— Votre famille habite Paris ?

— Depuis quarante ans. Mon père est un vieillard, ma mère est presqu'infirme. Leur fortune,
assez modeste du reste, est tout à fait indépen-
dante de la somme que je viens d'énoncer et qui
m'a été laissée par un grand-oncle maternel.

Maître Desplanches frôlait doucement ses mains
grasses l'une contre l'autre, ce qui était chez lui
une indice d'une vive satisfaction.

— Mais alors, reprit-il au bout d'une minute de réflexion, votre recherche à quelque chance d'être agréée de M. de Montehenetz... A moins...

— A moins ?

— Qu'il ne trouve un peu... vulgaire... la parenté que le testament que je fais homologuer, sur votre demande, atteste entre vous et la veuve Forgeot.

Lucien n'avait pas prévu l'objection. Fallait-il donc que la pauvre vieille femme qui lui laissait tout son petit avoir devint un obstacle à ses plans ambitieux !

— Mon Dieu ! dit-il avec un sourire bienveillant, je ne veux pas renier cette excellente parente. Ma mère lui avait conservé son affection, malgré le sot mariage qui en avait fait tout à jamais une façon de paysanne. Je fais comme ma mère. C'est une parente obscure, dont je parlerai peu.,. Mais s'il en faut parler, monsieur, ce sera sans en rougir.

Maître Desplanches, tout habitué qu'il fût aux défaillances et aux petitesses humaines, eut été désagréablement impressionné de trouver dans le jeune homme qui réclamait son aide un orgueilleux doublé d'un ingrat.

Cette réponse habile le satisfit donc pleinement. En vérité, n'était-ce pas merveilleux de voir un prétendant si présentable surgir tout à point pour combler ses secrets désirs ?

Car depuis la visite du baron, le notaire avait fatigué sa mémoire et feuilleté toutes ses notes pour y découvrir les traces d'un jeune homme assez riche, assez agréable à voir et d'apparences assez honorables pour devenir l'époux d'Odette.

A tout prendre, l'oncle, pressé de marier sa nièce, n'en avait pas demandé davantage, et le notaire, pressé de dresser deux contrats ne voyait pas pourquoi il serait plus difficile que le principal intéressé.

— Je verrai M. de Montchenetz aujourd'hui même, dit-il pour conclure cet entretien plein d'intérêt, revenez donc me voir demain matin, nous causerons.

Lucien Firmerol se retira, non sans une certaine majesté. Il se trouvait grandi par la demi-confiance que ces projets inspiraient au confident du baron.

Les clercs virent bien, à sa façon de traverser l'étude, qu'ils avaient fait une lourde sottise en le traitant si légèrement l'avant-veille.

Maître Desplanches télégraphia tout aussitôt à l'un de ses collègues de Paris une demande de renseignements sur la famille Firmerol, rue Saint-Placide, 30.

Peu d'heures après il recevait une réponse catégorique. « Firmerol père, caissier des titres chez

M. Rogerat, agent de change, le plus honnête homme du monde. Sa femme, une sainte. Pas de fortune. Pas de besoins. Le fils a fait un héritage, n'a pas de position et voyage. »

Cette dépêche causa le plus vif plaisir au notaire. Sa conscience, bien qu'assez accommodante, n'était pas complétement à l'aise. Elle éprouva l'extrême soulagement de pouvoir, pièces en main, recommander le prétendant.

Maître Desplanches, heureusement pour ses collègues, était du très-petit nombre d'officiers ministériels qui ne regardent pas leurs délicates fonctions comme un véritable sacerdoce.

Lucien avait dit vrai, puisque ses allégations se trouvaient corroborées par la dépêche. Quel besoin d'ergoter sur le peu de détails personnels qu'elle renfermait? D'ailleurs, le baron pouvait prendre un supplément d'informations s'il le jugeait nécessaire.

Tout réconforté par ces réflexions, le notaire gravit d'un pas allègre la rampe de Montchenetz et se fit annoncer au baron.

Celui-ci grincheux, inquiet et mécontent, n'avait point revu sa nièce depuis l'explication de la veille; d'abord, parce qu'il avait diné hors du château, chez un ami, ensuite parce que le matin même mademoiselle de Montchenetz, souffrante, l'avait fait prier de l'excuser si elle ne descendait pas au déjeuner.

Cette indisposition de la jeune fille dans laquelle il voulait voir une bouderie, le mit si fort en dépit qu'il en égrena toute son répertoire de gros mots, oublié depuis tantôt trois ans.

Si madame Coraly Turquet avait pu voir son adorateur dans ce paroxysme de mauvaise humeur, jurant, sacrant, le front ridé, les joues pourpres, les grosses mains agitées nerveusement, elle l'eût trouvé sans doute fort laid, fort peu sympathique, et aurait eu besoin de se souvenir du nom, de la fortune et du rang qu'il voulait lui offrir, pour trouver le courage de lui sourire.

Il est vrai de dire que la coquette veuve, qui prisait peu ce qu'en fait de sentiment elle appelait des « niaiseries », prisait assez les avantages attachés au titre de baronne de Montchenetz, pour passer au besoin sur les défauts de l'homme très-épris qui les lui apportait.

L'apparition de Maître Desplanches fit la plus heureuse diversion aux noires pensées du baron. Pour que le grave tabellion prît la peine de venir en personne au château, il fallait une circonstance importante : le premier de l'an, une invitation à dîner ou une visite de digestion.

— Mon cher notaire, est-ce bien vous? s'écria

M. de Montchenetz en ôtant précipitamment de
ses lèvres la pipe d'écume de mer qu'il avait re-
tirée de l'étui, où l'influence d'Odette la reléguait
depuis longtemps.

— C'est moi, tout empressé à vous être agréable, monsieur le baron.

— M'apportez-vous quelque nouvelle?

— La meilleure de toutes.

— Ah! la meilleure!... La meilleure, ce serait
un moyen... décent, d'apprendre à mademoiselle
Odette de Montchenetz, ma nièce et pupille, que
j'entends être bientôt le maître ici.

Le notaire sourit d'un air fin, et se penchant
vers le baron:

— Je vous apporte un mari, souffla-t-il.

CHAPITRE VI

MADAME VEUVE CORALY TURQUET.

Pour expliquer le mouvement d'indignation auquel mademoiselle de Montchenetz avait cédé en
apprenant, de la bouche même de son oncle, son
projet de mariage, il est nécessaire de savoir que
madame veuve Turquet ne jouissait à Bréneroy
que d'une très-mince considération.

Elle habitait cette petite ville depuis une dizaine d'années, sans avoir pu surmonter l'instinctive défiance qu'elle y avait éveillée dès le premier jour.

M. Turquet, maître de forges et son époux, n'avait pas été plus heureux dans les efforts qu'il avait tentés pour faire admettre sa femme dans la bourgeoisie du pays.

D'où venait-elle ?

De Paris, dont M. Turquet l'avait ramenée un beau soir, sans avoir prévenu personne de son mariage. Elle avait alors vingt-cinq ans et s'en donnait dix-neuf. Il touchait à la soixantaine.

Elle était d'une beauté provocante, de tournure hardie et telle que la province se figure, avec assez de raison, la Parisienne de mœurs légères implantée dans un mariage inespéré.

Elle semblait avoir gardé de son existence première des allures douteuses dans leur grâce fardée, et n'entrait qu'avec gaucherie dans les exigences extérieures de sa vie nouvelle.

Son désir d'intronisation la servit toutefois plus que son intelligence. Elle apprit à se plier aux minutieuses prescriptions d'une étiquette de petite ville. Elle modifia ses manières, transforma ses toilettes, se refit un langage et déploya la plus méritoire persévérance pour entrer jusqu'aux yeux dans la peau d'une honnête bourgeoise.

Rien n'y fit. L'impression première ne devait pas s'effacer. La société de Bréneroy ne pouvait admettre comme sienne une femme dont la généalogie était inconnue, qu'aucune parenté ne venait voir, que le neveu du maire prétendait avoir rencontrée jadis à Paris au bal de l'Opéra, et dont la conversion ne devait pas faire oublier l'origine présumée.

On lui rendit à peine ses visites ; on n'accepta pas ses invitations ; on mit une affectation dédaigneuse à la tenir à l'écart, comme pour bien affirmer le rigorisme vertueux des femmes du crû.

La vindicative Coraly en ressentit un dépit d'autant plus cuisant qu'elle se voyait condamnée à passer sa vie dans ce pays inhospitalier.

M. Turquet, qui avait pris plaisir à y bâtir pour sa femme un pavillon moderne et à y entasser de coûteuses futilités, venait d'engager dans des spéculations malheureuses la plus grande part d'une fortune que l'exploitation des hauts-fourneaux lui avait donnée.

Il perdit en quelques jours une somme très-considérable, en éprouva une douleur inouïe et ne se remit jamais d'un tel coup.

L'aigreur et les reproches de Coraly apprirent à cette vieillesse désenchantée qu'il n'est pas sage de clore par une mésalliance, qu'un fol aveugle-

ment peut seul faire excuser, une carrière hono-
rablement remplie.

Son mari mort, sa position liquidée, il ne resta
à Coraly pour toute fortune que le pavillon coquet,
la grande maison qui se louait bien, et le petit
parc qui ne rapportait que des assiettes de fraises,
et des bouquets de roses.

C'était juste le petit revenu nécessaire pour
vivre honnêtement, obscurément, à Bréncroy.

Vendre le pavillon, hypothéquer le grand logis
et le Petit parc, et aller vivre à Paris fut le premier projet de la veuve.

Mais personne du pays ne voulut acheter une
habitation de luxe, dont l'entretien ne laissait pas
que d'être coûteux, et personne non plus ne pouvait songer à venir de Moulins, ou des villes envi-
ronnantes, y chercher une villégiature dépouillée
de tout agrément.

Coraly se résigna mal à demeurer dans ce centre
hostile, qui scrutait la dignité extérieure de son
veuvage et ne croyait rien de la douleur qu'elle
affectait.

Dans la solitude morne où elle était contrainte
de s'ensevelir, elle maudissait avec une rage folle
le vieillard débile qui n'avait su ni l'imposer à ses
concitoyens, ni même l'en faire respecter, ni surtout lui conserver, à défaut de la considération

4.

qu'il lui avait promise, la fortune qu'elle avait payée du don de son indépendance.

Son deuil fini, lasse, hors de toute mesure, de l'ostracisme qui la frappait, de la médiocrité qui l'étouffait, elle allait se décider à rompre brusquement avec les conventions sociales et à tenter la fortune sur un théâtre plus digne de sa beauté, quand un événement bien mince bouleversa de nouveau ses résolutions.

Un jour, qu'elle allait traîner dans les allées du petit parc la mélancolie qui la rongeait, elle fit un faux pas en montant la rampe, glissa sur une pierre qui fit tourner sa fine bottine et tomba en jetant un cri.

Elle avait une entorse et la rampe était déserte. Chaque mouvement lui arrachait un gémissement.

La volonté mystérieuse qui préside aux destinées de chacun de nous avait jadis voulu que Coraly fît, en dansant, le rire aux lèvres, la conquête de feu Turquet.

Ce fut un pied foulé et le regard noyé, qu'elle devait faire celle du baron de Montchenetz.

Le baron descendait du château, tout joyeux, sifflottant un air de chasse et se disant qu'avec ses cinquante-sept ans, sa robuste santé, ses vingt-cinq mille livres de rentes et sa chère petite nièce

Odette, il était certainement l'homme le plus heureux du monde.

Cette douce constatation fut brusquement troublée par l'apparition de la belle veuve, toute do-
lente, à demi-étendue sur le revers de la montée
dans une attitude abandonnée qui la désignait
clairement comme la victime d'un accident.

— Êtes-vous blessée, Madame ? s'écria le baron
en accourant vers elle de toute la vitesse de ses
jambes courtes, surchargées d'un corps tournant
à l'obésité.

Elle leva vers lui des yeux superbes, où la souffrance mettait une larme.

Le baron y crut voir un diamant.

Certes, il connaissait comme tout Bréneroy la
jolie personne dont feu Turquet l'avait doté, mais
il ne l'avait jamais vue dans une circonstance aussi
favorable à sa beauté.

— Merci, monsieur le baron, répondit-elle en
répondant plus à son geste qu'à ses paroles.

Et s'appuyant sur la main qu'il lui tendait, elle
se souleva péniblement.

Mais une fois debout, elle ne put se soutenir, et
ce fut encore le bras du baron qui, se nouant autour de sa taille, lui permit de faire quelques pas.

Au dixième elle pâlit, et se laissant aller sur l'é-
paule de son cavalier :

— Laissez-moi, dit-elle d'une voix sanglotante, il m'est impossible d'aller plus loin.

L'abandonner ?... Le baron n'y pouvait consentir. Le Petit parc montrait sa porte verte quelques mètres plus haut.

Il fit un effort suprême, dont ses muscles surmenés devaient se ressentir huit jours durant, et portant la jeune femme, il atteignit le Petit parc.

Sous l'abri du kiosque il la déposa presqu'évanouie ; il fut bien heureux de ne pas s'évanouir de fatigue à son tour.

C'est qu'il n'était plus jeune, le baron de Montchenetz, et que Coraly était douée d'une de ces tailles élevées dont le poids et la richesse font toute la majesté.

Du contact fortuit de cette jeunesse disparue et de cette maturité naissante devait naître la tardive et violente résolution du baron.

Bientôt après il s'empressait, baignait d'eau fraîche le pied malade, courait chercher sa voiture au château, y faisait monter la blessée et la ramenait au pas, avec des soins tendres, jusqu'au pavillon de la grande rue.

Ce fut un événement dans Bréneroy.

Le baron rentra profondément rêveur à Montchenetz, et Coraly, plus rêveuse encore, donna bravement l'ordre de ne pas le recevoir, e lendemain, s'il venait s'informer de ses nouvelles.

C'est ce qu'il ne manqua pas de faire. Une femme de chambre lui répondit que Madame souffrait un peu moins et lui repoussa doucement la porte sur le nez.

Il en fut de même trois jours durant.

Le baron comprit qu'on ne le recevrait pas et n'osa plus revenir.

La petite ville, qui depuis trois jours aussi guettait son arrivée au pavillon, fut contrainte de reconnaître que madame veuve Turquet ne voulait se laisser compromettre en rien par son complaisant voisin de campagne.

Elle s'en serait bien gardée. En femme avisée, elle avait entrevu d'un coup d'œil le parti qui se pouvait tirer d'un baron de Montchenetz inflammable, apoplectique et entêté.

Coraly, dès ce jour-là, renonça à partir pour Paris.

Le baron, dès cette heure fatale, se jugea l'homme le plus infortuné qu'il y eût sous le soleil.

Quelques jours plus tard, Coraly reprenait son existence accoutumée.

Repoussé du pavillon, admis par grâce extraordinaire à échanger quelques mots avec la rusée jeune femme à travers le saut-de-loup qui, du Petit parc, ouvrait sur la rampe, M. de Montchenetz s'englua d'autant plus profondément dans les filets tendus à sa faiblesse, que Coraly rejetait plus loin ses hommages et s'en montrait même courroucée.

Cette tactique eut plein succès.

Le pauvre baron malmené, contrit, éloquent, plus épris que jamais, employa tout un hiver, tout un printemps, en de courtes entrevues, à jurer à la belle veuve qu'il serait trop honoré si elle daignait accepter son nom.

La belle veuve secouait la tête et ne promettait rien.

Un jour pourtant, elle s'abandonna jusqu'à dire qu'elle voulait régner seule sur le cœur qu'elle choisirait et serait jalouse de ses plus innocentes tendresses.

Le baron, qui avait compris, fit de consciencieux efforts pour éloigner cette douce et charmante Odette, dont il était si fier naguère.

On sait qu'il n'y put arriver.

Coraly jugeait l'heure propice. Sa savante défense, sa réserve méticuleuse avaient conduit le baron au point de volonté brutale où elle le voulait amener.

Odette, qu'elle haïssait par le double motif que l'orpheline était d'une beauté rare et l'héritière naturelle de M. de Montchenetz, devait être écartée de sa route, violemment s'il le fallait.

Des feintes habiles, des promesses, des réticences calculées firent naître les orages décisifs dans lesquels se débattaient la pauvre Odette et le baron furieux.

La communication que maître Desplanches venait d'apporter au château eut le pouvoir immédiat de changer l'humeur du maître de céans.

— Sarpejeu ! notaire, s'écria-t-il après avoir écouté religieusement son confident, vous me rendez la vie. Un prétendant de vingt-six ans, avec deux cent mille francs, une famille honorable, et une chevelure blonde comme les blés, ce qui est la poésie indispensable à cette affaire, c'est un trésor que le ciel nous envoie.

— Il n'est pas noble, crut devoir insister le notaire.

— La fillette lui pardonnera ce défaut en faveur de sa belle jeunesse.

— Fils d'un caissier d'agent de change, seulement.

— Oui... Je sais bien... C'est modeste... modeste, mais honoré. Un caissier honnête, mon cher Desplanches, c'est un titre de noblesse qui en vaut bien un autre, allez !

— Ainsi, M. Firmerol ne vous paraît pas trop indigne d'une Montchenetz?

Le baron, qui avait d'excellentes raisons pour
ne pas se scandaliser des mésalliances possibles,
fit entendre un petit bruissement des lèvres dont
ses nobles aïeux pendus au mur durent étrangement se scandaliser.

C'était bien impertinent pour la noblesse, si
impertinent même et si bizarre en une telle bouche
qu'un soupçon — le premier — traversa l'esprit
du notaire.

— La future baronne de Montchenetz serait-elle
une roturière ? pensa-t-il.

— Mon cher Desplanches, reprit le baron, ma
nièce a malheureusement ou heureusement,
comme il vous plaira de le prendre, un exemple
à invoquer dans sa propre famille.

— Bah !

— Vous qui connaissez si bien l'histoire du
pays, avez-vous oublié qu'une de nos grand'tantes
fit une entaille à notre arbre généalogique en
épousant un Clavel ?

— Oui, ma foi ! je l'avais oublié.

— Autre temps, autres mœurs. Elle fut reniée
de la famille, à cette époque. Aujourd'hui, je ne
vois pas grand inconvénient à donner Odette à
votre monsieur Firmerol. Çà, quand me le pré-
senterez-vous?

— Quand vous le jugerez bon.

— Tout de suite alors.

— J'aurai l'honneur de vous l'amener, dès demain.

— Vous dites qu'il trouve ma nièce charmante?

— Il en paraît épris pour l'avoir seulement entrevue.

— C'est à merveille. Tâchez qu'il soit aimable, au moins, et plaise à notre infante.

Le notaire protesta qu'il ne pouvait répondre d'une chose aussi délicate et préférait s'en remettre au désir dont M. Firmerol paraissait animé.

Sur ce, saluant en hâte, il descendit la rampe comme un adolescent, sans toucher terre.

CHAPITRE VII

SEULE!

— Qu'a donc M⁰ Desplanches ?... Il rayonne ! dit M⁰ᵉ Augusta, qui sortait du Petit parc sur les talons de Madame Coraly Turquet.

La jeune femme sourit, en lançant vers le château un regard aigu comme une flèche empoisonnée.

— Il flaire peut-être un contrat ! répondit-elle.

5

Mademoiselle de Montchenetz, qui d'une fenêtre remarquait également l'allure inusitée de cette démarche, quasi solennelle d'ordinaire, eut comme un soupçon semblable.

— Mon Dieu ! murmura-t-elle avec effroi, en sommes-nous donc déjà là !

Ses grands yeux si bleus, si profonds, troublés par une angoisse secrète, errèrent sur la ville étendue aux flancs du coteau, et cherchèrent parmi les toits rouges le toit d'ardoises brillantes du pavillon Turquet.

— Hélas ! pensait la pauvre jeune fille, je ne puis cependant rester ici. Traiter avec déférence celle que mon oncle a choisie me paraît impossible. D'ailleurs, je l'ai trop compris... elle ne supporterait pas même ma présence... Où aller, puisque mère Saint-Sébastien ne m'a pas comprise?

Elle ouvrit un petit meuble de Boule, y prit la lettre qu'elle avait lue avec tant de larmes sur la terrasse, sans se douter qu'elle était observée par Lucien et Mademoiselle Augusta, et se mit à la relire.

« Ma chère enfant, écrivait la plume fine et cor« recte de mère Saint-Sébastien, je me hâte de ré« pondre à votre appel. Vous me paraissez exagé« rer outre mesure les conséquences de la

« résolution de monsieur votre oncle. Votre de-
« voir est d'abord de l'accepter sans plaintes.

« S'il désire réellement votre éloignement, ce
« dont je doute encore, soumettez-vous en lui de-
« mandant le temps nécessaire à fixer votre choix
« pour 'un établissement. Je sais que de nom-
« breuses demandes en mariage vous ont été
« adressées. Vos raisons pour les repousser toutes
« paraîtraient entachées de caprice. Ne persistez
« pas dans ces refus non motivés. Moi, qui con-
« nais votre cœur, je le vois très-libre et ne com-
« prends guère vos hésitations. Quant à vous re-
« cevoir comme pensionnaire volontaire, j'y
« consentirais volontiers, si cette solution provi-
« soire pouvait suffire à vous tirer de peine. Je
« crois, au contraire, qu'elle nuirait à votre ave-
« nir en mettant obstacle au choix que vous
« devez faire. J'insiste, ma chère fille, sur ce point
« que vous traitez comme s'il n'était pas, parce
« qu'il me paraît prouvé que vous n'êtes point
« appelée à la vie religieuse. Vous m'avez écrit
« hier, tout émue, que vous vouliez prendre le voile
« pour échapper aux ennuis d'une position fausse
« et que ce parti vous semblait le seul digne d'une
« orpheline abandonnée de son unique protecteur.
« On ne se fait point visitandine pour si peu, ma
« fille. Je ne veux ni désillusions ni regrets dans

« la sainte maison que j'ai l'honneur, moi, in-
« digne, de diriger en ce moment. Le dépit, la
« lassitude, un brin d'attrait même ne sont pas la
« vocation. Je ne la trouve ni dans votre esprit, ni
« dans votre caractère, ni dans la façon dont vous
« me demandez asile. Croyez bien que si la pre-
« mière épreuve de la vie vous pesait ainsi au cou-
« vent, vous n'y pourriez rester sans souffrance.
« Votre voie n'est pas là. Je prierai pour vous et
« ferai prier notre chère communauté pour que la
« divine Providence vous éclaire.

« Recevez l'assurance de la religieuse affection
« de votre mère en Notre-Seigneur,

« MARIE DE SAINT-SÉBASTIEN,
« Supérieure de la Visitation de Moulins. »

Odette replia cette froide et sage réponse au cri
d'effarement qu'elle avait jeté l'avant-veille, en
quittant son oncle, après en avoir reçu le brutal
avertissement de son prochain mariage.

Et cette lettre la désolait d'autant plus, qu'elle
ne pouvait se révolter contre sa logique, tant elle
se sentait en réalité peu faite pour le cloître.

Il y avait en elle des expansions radieuses, des
gaîtés juvéniles, des accents de tendresse, des
rêves de bonheur qui s'alliaient vraiment bien
mal avec l'austère avenir un instant entrevu.

Pour l'avoir souhaité même, ne fallait-il pas que la pauvre enfant eût traversé une crise bien douloureuse?

— Eh bien! non, s'écria-t-elle en prenant son front dans ses mains; non, je n'entrerai pas au couvent. Je ne suis pas assez parfaite pour ces renoncements sans trêve et cette haute vertu. Mais alors que faire? me marier?... Je n'aime personne, pourtant.

Elle eut un petit frisson et revint à la croisée ouverte.

— Odette! appela la grosse voix du baron.

Il l'appelait!... et d'un accent joyeux, encore! Elle s'était donc bien méprise sur son compte. Son cher oncle n'en voulait pas à sa petite Odette.

Sans réfléchir davantage, le cœur soulagé, elle accourut au jardin. Comme elle avait eu tort de le fuir, de ne pas paraître aux repas! Il n'était pas du tout en colère et la regardait venir en souriant.

— Ah! te voilà donc, enfin! dit M. de Montchenetz en lui tendant sa large main rougeaude. Tu es lasse de bouder, n'est-ce pas?... Et moi, de ne plus te voir.

La jeune fille serra doucement la large main.

— Vous ne m'en voulez pas, mon oncle?

— Si fait, beaucoup. Tu as été horriblement injuste envers une charmante femme que j'aime fort, comme tu peux le présumer, puisque j'en vais faire la baronne de Montchenetz.

— Oh, mon oncle !... ne parlons pas d'elle, je vous en prie ! L'opinion d'une jeune fille ne doit ni vous blesser, ni peser bien lourd dans vos projets.

— En effet, elle n'y pèse absolument pas, mais elle me blesse quand même. Toutefois, je te fais grâce de ma morale. Tu n'aimes point madame Coraly Turquet. Elle-même est jalouse de l'affection que je te porte. Le mieux sera de ne pas vous heurter. Pour ce faire, je te marie.

— Sérieusement ?

— Sérieusement... la belle question ! L'heure des caprices, des timidités, des refus sans motifs est passée, vois-tu, Odette. Ne sens-tu pas qu'il faut prendre un parti ?

— Si, je le sens, dit gravement la jeune fille.

— Et si je te présente un beau cavalier, jeune, agréable et riche, puis-je compter sur ta raison, mon enfant ?

— Oui, mon oncle, balbutia-t-elle.

— Eh bien ! tu le verras demain. Je puis même te confier qu'il n'est venu à Bréneroy que pour contrôler *de visu* ce qu'il avait entendu raconter de votre grâce et de votre beauté, Mademoiselle. Or, il a vu, de ses yeux vu, et sa curiosité s'est changée en enthousiasme.

— Si vite ? dit-elle froidement.

— Cela t'étonne ?... petite violette, va !

Le baron éclata d'un gros rire.

Ils marchaient en causant dans une grande allée, où nul accident de terrain n'égayait le regard. C'était la ligne droite dans sa désespérante rectitude.

Involontairement, Odette songea que l'union qui devait engager à jamais sa vie s'offrait à elle avec une apparence aussi froide, aussi régulière, que la surface plane qui s'étendait devant eux.

Peut-être avait-elle rêvé dans le mariage les incidents permis du roman honnête ? un peu d'amour, au moins un peu de sympathie ?... un futur mari tenant d'elle-même et de son doux penchant le don de toute son existence ?

Rien de cela ne devait se réaliser. Cette fois encore, comme toutes les autres, son oncle lui présenterait un jeune monsieur plus ou moins agréable à voir et à entendre ; on pèserait ses valeurs, on estimerait ses espérances ; on lui dirait : « Cette affaire est excellente », et le roman de sa jeunesse serait clos avant d'être entr'ouvert.

Personne n'avait donc deviné que, si elle refusait toujours, c'est qu'elle ne s'était jamais sentie aimée ?

Le baron revenait vers le château. Il était, ma foi, très-fier de sa diplomatie. Quelques bonnes paroles et des raisonnements sommaires avaient suffi pour amener sa nièce au point d'obéissance où il souhaitait la trouver. Vraiment, il avait eu bien tort de tant s'émouvoir d'une révolte si vite apaisée !...

Pouvait-il comprendre le froissement du cœur de cette orpheline, que ni son tuteur, ni le couvent, ni le mariage ne devaient mettre à l'abri de ses amères déceptions ?

— A demain, lui dit-il en l'embrassant au front après le dîner. Je regarde cette journée de demain comme une de celles qui marqueront dans ta vie.

Ce mot la frappa comme une prédiction dont elle n'osait interpréter trop favorablement les promesses. De très-bonne heure, elle pria miss Thompson, le modèle des gouvernantes anglaises comme mutisme et nullité, de l'accompagner à l'église.

Prier était le premier besoin de cette candide nature. Prier au pied d'un autel révéré était une douceur qu'elle s'accordait plusieurs fois chaque semaine, quand le temps permettait la descente matinale de Montchenetz.

Elle mit ce jour-là, dans ses oraisons naïves et pressantes, tout ce que son cœur renfermait de foi et de résignation.

Elle n'espérait que bien faiblement trouver le bonheur souhaité dans l'union qui devait lui être offerte ce jour même. Dans son abnégation attristée, elle se bornait à y demander le repos intérieur et la dignité de la vie.

Quand les deux femmes sortirent de l'église, il était à peine huit heures ; la matinée avait toutes les splendeurs chaudes de cette saison qui jaunit nos moissons et précède nos vendanges.

C'était le 1er août.

Un parfum pénétrant de foins coupés et de vignes mûrissantes montait des champs jusqu'au perron de la petite église, toute blanche, un peu en dehors des groupes de maisons.

Cela fleurait bon l'abondance et la joie rustique.

— Rentrons par le bord de l'Allier, voulez-vous? dit Odette.

Miss Thompson fit disparaître la moitié de son visage dans sa cravate de soie orange, ce qui était sa façon muette d'acquiescer aux demandes qui lui étaient adressées.

Le sentier qui, de l'église, conduisait à l'Allier, fut bientôt franchi, et les promeneurs se trouvèrent dans un joli chemin, surplombant la rivière et tout bordé de petites habitations riantes.

C'est le quartier favori des petits rentiers de Bréneroy, qui s'épanouissent dans une fierté légitime quand ils possèdent huit cents francs sur le Grand-Livre et une maisonnette sur le Bord de l'eau.

Tel est le nom de ce coin paisible, dont la veuve Forgeot avait été longtemps une des heureuses propriétaires.

Devant sa maison close, où se balançait un écriteau mélancolique, deux personnes étaient arrêtées.

C'était une vieille dame, d'aspect hautain sous ses vêtements noirs, et un jeune homme brun au bras duquel elle s'appuyait.

Tous deux contemplaient avec intérêt le jardinet, plein de fleurs mortes et de plantes desséchées, qu'avait tant aimé et tant soigné la défunte tante de Lucien Firmerol.

— Des locataires pour la maison Forgeot, dit en passant une ouvrière à son mari qui se rendait au travail.

— C'est plutôt des acheteurs, répondit l'homme, je les ai vus hier sortir de chez le notaire.

Ce bout de conversation attira l'attention d'Odette sur les étrangers. L'extrême distinction de la vieille dame la frappa d'autant plus que ses traits, qu'elle était bien certaine de rencontrer pour la première fois, ne lui étaient cependant pas inconnus.

Leurs regards se croisèrent. Le jeune homme, par l'instinctif mouvement de tout homme bien élevé, salua mademoiselle de Montchenetz, qu'il avait rencontrée dans la ville.

Pour elle, qui ne l'avait pas remarqué jusque-là, cette politesse fut un sujet d'étonnement.

Cet étonnement devait grandir encore en attendant la voix brève de la vieille dame dire à son fils :

— C'est elle, n'est-ce pas ?... Je l'ai devinée à ses yeux profonds.

Évidemment la dame âgée, peut-être un peu sourde, avait parlé pour son fils seul. Cette phrase énigmatique, prononcée à demi-voix, n'en avait pas moins atteint aussi les oreilles scandalisées de l'Anglaise.

Son mutisme en fut désarçonné.

— Curieuse personne. Pas polie !... dit-elle entre haut et bas.

La réflexion, au moins étrange, qu'elle venait d'entendre fit supposer à mademoiselle Montchenetz que sa mémoire la servait mal et qu'elle devait connaître l'étrangère.

Le chemin faisant un léger coude, elle l'utilisa pour éclaircir ses doutes en laissant glisser un furtif regard en arrière.

Mais elle se repentit de son imprudence en trouvant fixés sur elle, avec une ardente expression d'admiration, les yeux noirs et superbes du jeune homme.

— Oh ! mon Dieu ! pensa-t-elle avec un trouble subit, cet étranger qui a voulu me connaître...

qui m'a vue... qui, suivant mon oncle, a passé de la curiosité à l'enthousiasme... serait-ce lui?

La vraisemblance de cette supposition, rapprochée des incidents de cette rencontre, amena une vive rougeur sur le front de l'orpheline.

Ce prétendant inconnu... ce jour qui devait marquer dans sa vie... ces yeux noirs dont elle sentait encore la flamme... qu'étaient-ce que toutes ces coïncidences, sinon peut-être l'aurore de son bonheur ?

— Rentrons, rentrons, dit-elle en précipitant sa marche déjà rapide.

Miss Thompson s'enfonça une fois de plus dans la cravate orange et doubla silencieusement le pas.

Le baron de Montchenetz arpentait la terrasse.

— Arrive donc, je t'attends depuis une heure. Tu viens de la messe?

— Oui, cher oncle.

— Prier pour que ton futur soit aussi charmant que tu le mérites, hein ! petite sournoise? Elle rougit.

— Prier pour qu'il soit aussi bon que je le désire, dit-elle.

— Un mari qui vous aime est toujours bon. Et celui-là ferait des folies, paraît-il, pour ma belle nièce. Quand un notaire affirme cela, ma chère, c'est officiel.

Odette sourit. Elle avait vraiment moins peur que la veille de ce grand amour inconnu.

— Toutefois, il faut bien que je te prévienne qu'il n'est point de noble famille, mais de famille honorable seulement.

Mademoiselle de Montchenetz avait appris dans une éducation éclairée à ne pas accorder son estime uniquement aux priviléges de naissance. Elle ne fit donc aucune observation, se contentant de murmurer comme un souhait timide :

— Et la noblesse de l'âme, mon oncle?

— Il paraît même, ceci est assez curieux, par exemple ! que je ne sais quelle alliance de famille dont m'a parlé Desplanches le fait héritier de la veuve Forgeot, sa parente. Te souviens-tu de la veuve Forgeot, du Bord de l'eau ?

— Oui, oui, je m'en souviens, répondit Odette en baissant les yeux de peur d'y laisser voir à son oncle un peu plus que de la surprise.

Héritier de la veuve Forgeot !... Que faisait donc devant la maison de la défunte, si matin et avec tant d'intérêt, le jeune homme brun qu'un ouvrier avait vu, la veille, sortir de chez le notaire ?...

Et, sans qu'elle eût conscience du soulagement qu'elle y puisait, la jeune fille évoqua le souvenir des grands yeux noirs expressifs.

— Enfin, mignonne, ce beau ténébreux viendra

vous offrir ses hommages aujourd'hui même ; soyez belle aussi pour achever l'ensorcellement commencé.

Elle s'enfuit vers la maison, toute troublée, se disant qu'elle était bien sotte de s'émouvoir tant à l'avance, et qu'il était bien doux aussi de ne plus ressentir ce grand découragement des jours passés.

CHAPITRE VIII

L'INÉVITABLE.

A trois heures, mademoiselle de Montchenetz, entendant sonner à la grille, avança prestement son visage empourpré entre les persiennes entrebaillées.

Elle eut comme un éblouissement en reconnaissant la vieille dame du matin, toute de noir vêtue et toujours hautaine comme une princesse régnante.

Son fils, ou du moins le jeune homme qui lui servait de cavalier le matin, ne l'accompagnait pas.

Elle demanda M. de Montchenetz et fut introduite aussitôt auprès du baron, qui attendait une toute autre visite.

Aussi l'affabilité de son accueil se ressentit-elle quelque peu de cette déception.

Quand on espère un prétendant, une étrangère risque fort d'être importune.

— Monsieur le baron, dit la visiteuse avec la dignité qui régnait dans son accent comme dans son attitude, en venant habiter une contrée où m'appellent la position de mon fils et des souvenirs de famille, j'ai cru devoir faire auprès de vous une démarche importante et dont le résultat dirigera ma conduite à venir.

Le baron, étonné de la solennité de cet exorde, s'inclina sans mot dire.

— Il y a cinquante ans passés, monsieur le baron, qu'une haine de famille nous divise.

— Nous, madame !... ah ! ma foi !... vous me surprenez grandement ! s'écria le gros homme en se renversant dans son fauteuil qui en gémit.

— Il y a cinquante ans, une Montchenetz oublia les préjugés de sa caste et épousa un Clavel.

Le baron ouvrit de grands yeux.

— Vous avez tout à fait raison, madame ; c'est une vieille histoire que je rappelais, hier encore, à mon ami Desplanches.

— Je suis la fille de Roseline Clavel, née de Montchenetz.

— Pardieu ! madame, j'aurais dû le deviner à la

façon dont vous me faites l'honneur de me regarder.

A son tour la vieille dame l'envisagea avec surprise.

— Vous avez tout à fait le regard d'une de nos aïeules, dame Bernardine-Sophie de Montchenetz, née de Kerjégan, qui vous contemple en ce moment même, madame, du haut de son cadre.

Le baron aurait pu même ajouter que dame Bernardine Sophie n'avait rien moins que le regard tendre.

Madame Clavel — car, par une alliance entre cousins, elle avait conservé ce nom de famille — dévora des yeux le vieux portrait avec un intérêt passionné.

Quelque chose était à elle dans cette galerie d'aïeux et son orgueil natif en prenait silencieusement possession.

M. de Montchenetz ne troubla point cet examen, quoiqu'une légère impatience le saisit en le voyant se prolonger.

— Pardon, monsieur le baron, dit-elle enfin, j'oublie trop, dans une atmosphère imprégnée de souvenirs, que je venais vous demander un avis.

— Je suis tout à vos ordres, madame.

— Ah !... sans même connaître la demande que j'ai à vous faire, vous auriez pu y répondre d'un seul mot.

— Et lequel ?

— En m'appelant « ma cousine. »

Le baron eut un sourire plein de bonhomie. Son prochain mariage le rendait d'une mansuétude si inusitée, qu'après avoir accepté le fils d'un caissier d'agent de change pour prétendant à la main de sa nièce, il ne voyait plus aucune difficulté à recevoir à merci la descendante d'une Montchenetz dégénérée.

Quoique tout bouffi de vanité, il jugeait prudent et progressiste de faire de temps à autre quelque concession aux *principes du jour*.

— Le souhaiteriez-vous réellement ? demanda-t-il en esquissant un demi-salut prétentieux.

— Assez pour me décider à une démarche dont mon orgueil s'accommode mal.

— Vous me voyez tout disposé à renouer des liens que nos ancêtres ont brisés avec une rigueur... dont notre génération ne connaît plus les excès.

— Parce que notre génération est plus éclairée, dit vivement madame Clavel.

— Ou, tout simplement, parce qu'elle a plus d'entraînements à satisfaire, soupira le baron.

Et ses gros yeux attendris cherchèrent, par la fenêtre ouverte, le toit de madame veuve Turquet qui rougeoyait dans un horizon d'ardoises.

— Ainsi, *mon cousin*, reprit carrément la visi-

teuse, mon établissement à Bréneroy ne vous cau-
sera aucune impression fâcheuse?

— Pouvez-vous le demander, ma cousine? répondit le baron obligé de suivre la pente.

— J'insiste même, car si mon cher Gontran
devait être exposé de ce chef au moindre coup
d'épingle... non de vous, certes, mais de quelque
gentilhomme de vos amis, je demanderais sans
délai son éloignement.

— M. Gontran serait donc?...

— Mon fils, un cœur d'or! une intelligence
d'élite! fit-elle avec un subit épanouissement.

Et dès lors, la conversation ayant dérivé sur le
sujet favori, sur le sujet attendu, la mère heureuse se dévoila.

Elle raconta que les goûts simples d'un mari
regretté avaient dirigé leur fils Gontran, vers la
carrière qu'il avait suivie lui-même, et que le
jeune homme, après les débuts ordinaires, venait
d'être nommé garde général des eaux et forêts à
Bréneroy.

Depuis longtemps, elle désirait revoir ce berceau d'une famille dont elle se savait rejetée; la
nomination de Gontran Clavel avait donné à ce
désir l'intensité maladive d'une passion.

Agée déjà, trop sage pour espérer identifier à
jamais sa vieillesse prochaine à la jeunesse d'un

fils qui se marierait et réclamerait sa part d'indépendance, madame Clavel aspirait maintenant à
se créer un asile modeste dans un pays dont le
seul aspect la charmait.

— Ainsi, disait-elle, j'aurai la douceur de passer quelques années en compagnie de mon fils,
qu'une circonstance providentielle y amène, et la
consolation, quand sa carrière l'emmènera loin de
moi, de rester dans le nid que j'aurai choisi et
aménagé pour mes derniers jours.

— Très-prudemment raisonné, ma cousine, et
je ne puis que me réjouir, pour ma part, du hasard heureux qui me fait inopinément rencontrer
dans une voisine aimable la bonne parente que
j'aurais regretté de ne point connaître.

Ceci dit avec un empressement suffisant pour
satisfaire à toutes les convenances, le baron jugea
en avoir assez fait, d'autant mieux qu'une voiture
s'arrêtait à la grille et qu'il en descendait des
visiteurs bien autrement intéressants que madame
Clavel et sa progéniture.

La vieille dame, sans comprendre la secrète
attente de M. de Montchenetz, sentit que cet accueil était la limite extrême de son bon vouloir.
Elle avait assez redouté l'hostilité, ou tout au moins
la politesse sèche de ce parent retrouvé, pour s'es-
timer très-favorisée de la part qui lui était faite.

Son installation à Bréneroy ne rencontrerait donc pas d'obstacles dont une femme de sa trempe ne pût triompher.

Un brin de hauteur reparut dans son attitude dès qu'elle eut acquis cette certitude rassurante. Ses jalons posés, et brillamment posés, un éclair de triomphe traversa son regard clair, qui eut une ressemblance de plus en plus frappante avec celui de dame Bernardine-Sophie de Montchenetz, née de Kerjégan.

Elle tendit sa main aristocratique au baron impatienté, lui adressa un « au revoir » plein de promesses, et se retournant sur le seuil où il la reconduisait :

— Mon cousin, je vous amènerai Gontran, qui est désireux de vous présenter ses hommages comme au chef de sa maison.

Cette flèche, lancée d'une voix persuasive, vint s'émousser sur la distraction du baron, qui saluait en hâte et poussait doucement au dehors la visiteuse intempestive.

Il éprouva le soulagement le plus vif en la voyant enfin disparaître, tandis qu'au contraire montait vers lui un murmure de voix nouvelles.

Me Desplanches, qui possédait un cabriolet d'aspect honorable, attelé d'un vieux cheval aux paci-

fiques allures, venait de faire son entrée solennelle à Montchenetz.

Le groom du baron, pour utiliser les leçons de
zèle que lui donnait son maître, avait sauté aux
naseaux du bon vieux cheval, assez surpris de
cette façon de l'arrêter.

Le valet de chambre-jardinier avait quitté sa
bêche pour aider à descendre du véhicule les deux
voyageurs qu'il contenait.

Le notaire d'abord, dont la cravate blanche
affectait une pose guillerette tout à fait de circonstance.

Puis un grand jeune homme blond, qui pouvait
être assez agréable à voir pour les yeux naïfs por-
tés à confondre l'assurance avec la distinction.

Si les yeux du baron n'étaient point précisément ceux d'un naïf, sans doute étaient-ils ceux
d'un homme très-prévenu, car, dès qu'ils aperçurent le nouveau débarqué, ils papillotèrent de
satisfaction.

— Si elle n'est pas charmée de ce garçon-là,
par exemple ! pensa-t-il.

Et, comme il était plus expéditif que délicat
dans ses façons d'agir, il donna l'ordre au valet
qui précédait ces Messieurs de prier mademoiselle
de Montchenetz de se rendre au salon.

Puis il s'avança, la main tendue, trouvant infi—

niment commode d'abréger et même de suppri-
mer tout à fait les désagréables formalités d'une
présentation.

— Mon client, M. Lucien Firmerol, était d'une
impatience de vous être présenté, monsieur le
baron, qui n'a d'égale que la mienne de vous le
faire connaître, dit mielleusement le notaire.

— Que monsieur Firmerol soit le bienvenu à
Montchenetz. Nous avons une vieille réputation
d'hospitalité que je serais désolé de laisser faillir
aujourd'hui, répondit le baron avec rondeur.

Comme un vrai campagnard qu'il était au fond,
il sonna sans plus tarder pour faire apporter des
rafraîchissements et des cigares.

Rien ne mettant les hommes à l'aise comme de
causer le verre à la main ou le cigare aux lèvres,
il ne faut donc point s'étonner si les accents d'une
gaîté tout à fait encourageante résonnèrent bientôt
dans le salon.

Ces accents parvinrent même, à travers les
appartements ouverts, jusqu'à celui d'Odette, qui,
bien émue, se préparait en tremblant à se rendre
à l'ordre de son oncle.

Déjà troublée par le mystérieux entretien de la
dame étrangère et du baron — entretien dont elle
espérait vaguement être l'objet, — elle avait
trompé les lenteurs d'une incertitude irritante en

faisant, malgré la chaleur, une rapide promenade dans le parc.

Elle espérait calmer, par le mouvement extérieur, l'agitation de son esprit et voulait se remplir les yeux de lumière et de verdure pour n'y plus sentir rayonner le brûlant regard de l'inconnu.

Mécontente de l'empire que ce souvenir exerçait sur elle, désireuse de le fuir et comme repentante de ses efforts, elle se débattit toute une heure contre des sensations encore ignorées et contre un espoir trop dangereux.

Quand elle rentra, le cabriolet stationnait dans la cour et le domestique se mettait à sa recherche.

Comme le cœur lui battait! Un involontaire coup d'œil à la glace eût dû la rassurer. Sa beauté candide s'était colorée d'un adorable rayonnement fait d'espoir et de crainte. Elle se trouva agitée, nerveuse, et sa fierté secrète en souffrit.

— Eh quoi! pensa-t-elle, sans savoir rien de lui!... sans même connaître son nom!... Un seul regard a-t-il donc une puissance si fatale?

Par un effort où l'orgueil et la pudeur l'emportèrent sur l'émotion, elle rendit à ses traits un calme apparent, et, d'un pas digne, elle entra dans le salon.

Les persiennes closes n'y laissaient pénétrer

qu'une clarté douteuse qui s'éparpillait en raies blanchâtres sur l'antique mobilier.

Un grand vase de Sèvres, plein de fleurs coupées, accapara à lui seul, sur son ventre rebondi, le rayon de soleil qu'Odette fit entrer avec elle par la porte large ouverte.

Une fumée peu odorante, quoique ce fut celle des plus purs havanes, qui remplissait la vaste pièce, en profita pour s'échapper.

Trois petits points lumineux piquaient la demi-obscurité : c'étaient les cigares à demi consumés de ces Messieurs.

— Ah! diantre! chuchota le baron à l'aspect de sa nièce, dont il venait d'oublier si complétement de ménager la délicatesse.

Fumer... et dans le salon encore!

Tout honteux, d'un revers de main il écarta les persiennes.

La lumière crue d'une journée d'août s'y précipita, faisant envoler à la fois la fumée accusatrice et les illusions d'Odette.

La taille haute, les formes grêles, les cheveux blonds de Lucien Firmerol en furent inondés subitement.

Odette leva sur lui des yeux effarés. Où donc était son rêve? Par quel mirage de l'imagination

ou du cœur avait-elle été guidée jusqu'à cette minute glaciale?

Ce fut pourtant un regard ardent aussi que rencontra son regard. Était-ce sa beauté, était-ce sa
fortune, était-ce l'espoir de réaliser bientôt un
projet souriant qui faisait luire de telles flammes
dans les prunelles glauques de Lucien?

Elle frissonna et détourna la tête, le cœur serré
dans une angoisse horrible, qui venait du découragement et de l'irritation.

Qu'avait-elle donc entrevu de si gracieux qui
donnait tant de vulgarité menaçante à la réalité?
Qu'avait-elle donc osé rêver de si doux qui ver-
sait tant d'amertume sur la vérité implacable?

La pauvre enfant se prit en pitié. Une Montchenctz, qui s'oublie jusqu'à désirer laisser tomber sa
main dans celle d'un inconnu, méritait bien cette
rude leçon, pensait-elle.

Et tout en se disant qu'elle avait rêvée depuis le
matin, un étranglement douloureux la serrait à la
gorge, une larme monta de son cœur.

C'était sa folie d'une matinée qu'elle pleurait en
lui disant adieu.

Tout le monde était mal à l'aise. Les saluts
échangés, il semblait qu'on ne pût trouver une
parole qui ne détonât pas.

Le baron, plus que les autres encore, cherchait

vainement un mot ; car la grande presse qu'il apportait à l'acte le plus grave de l'existence d'une
femme ne laissait pas de lui causer, à défaut de remords, une certaine honte.

— Si nous descendions faire un tour de parc,
hein ?... Qu'en dites-vous, notaire ? interrogea-t-il
de sa grosse voix impérieuse.

Avec docilité, les deux visiteurs s'inclinèrent en
même temps. Odette marchait déjà vers la porte :
on étouffait dans ce salon, pensait-elle, sans comprendre que la faute n'en était pas à l'atmosphère.

Il lui fallut bien s'avouer qu'on étouffait encore
dans le parc, même sous la feuillée la plus ombreuse, même au bord de la source dont les eaux
fraîches descendent en claire cascade jusqu'à Bréneroy.

Lucien Firmerol, qui marchait auprès d'elle
sans trop d'embarras, causait pourtant avec toute
la conscience d'un prétendant épris.

Non pas qu'il osât faire si vite d'audacieuses al-
lusions à ses espérances, mais son accent, ses hésitations et ses yeux grisâtres, chauffés par une
vive ambition, en disaient bien long avec le désir
d'être compris.

Odette écoutait, répondait au hasard, souriait
même ; elle avait puisé dans la constatation de sa
courte illusion, déjà morte, un certain rictus dé-

senchanté qui ressemblait au sourire comme une
ébauche incolore ressemble au modèle épanoui.

Parfois son regard surpris s'arrêtait sur ce compagnon de promenade qu'un oncle et un notaire
— deux puissances — se réunissaient pour lui imposer; l'aspect de sa longue personne inattendue
et satisfaite lui causait la sensation de l'*inévitable*.

C'était bien le *mari* que le baron lui avait découvert, et non plus un *prétendant* comme elle en
avait tant éconduit déjà.

Celui-ci ne semblait point disposé à se laisser
éconduire, tant il se sentait solidement appuyé par
un protecteur officiel et une passion à satisfaire.

Rien que la façon, au moins surprenante, dont
M. de Montchenetz, après une présentation super-
ficielle, jetait sa nièce en plein parc et en complet
tête-à-tête avec le nouveau venu impliquait un
consentement donné d'avance.

Odette se sentit abandonnée par son tuteur au
premier mariage sortable qui passait à sa portée.
Le sort tombait sur ce garçon blond qui lui offrait
en ce moment même une rose tardive.

La fleur était belle; la main dissimulait sa vulgarité sous le gant le plus irréprochable.

Quelles paroles avaient accompagné l'offre de
cette rose? Elle ne les avait point entendues. Sa
pensée mesurait la profondeur de son abandon.

Lutter contre le désir de son oncle, demeurer à Montchenetz toujours, était possible tant que cette affectueuse protection ne s'était point lassée : aujourd'hui que le caprice de Coraly Turquet la voulait chasser du cœur et du domaine à la fois, où donc irait-elle sans appui et sans asile?

Mère Saint-Sébastien elle-même tenait closes devant son appel les portes de la Visitation.

Après tout, qu'était-ce pour elle, que le mariage sinon une forme nouvelle d'existence attristée? Si la joie en devait naître, ce serait quelque miracle dont la Providence la favoriserait peut-être et sur lequel il ne fallait point compter.

En revanche, ce qu'il fallait accepter, c'était le sacrifice ; Dieu ferait le reste.

Lucien, le bras arrondi, suppliait toujours avec ferveur.

Elle avança la main, prit la rose, en respira le parfum mourant, et demeura tout interdite devant le visage radieux de M. Firmerol.

Il la contemplait avec extase et ses lèvres enthousiastes laissaient échapper fébrilement toutes les formules de la plus sincère reconnaissance.

— Je lui ai donc accordé ma main, sans le savoir ! pensa-t-elle avec effarement.

C'est vrai.

Sous les belles allées de catalpas, où les larges

feuilles étendaient leur ombre sereine, les deux jeunes gens marchaient depuis longtemps déjà, l'un plongé dans sa rêverie douloureuse, l'autre absorbé par ses efforts pour paraître charmant.

Le notaire et le baron avaient renoncé à suivre cette capricieuse promenade dans ses festons fantaisistes et dans ses arrêts inconscients.

Carrément installés dans des fauteuils à bascule, sous l'envolement élégant des grands tilleuls argentés, ils discutaient le contrat avec la sérénité de deux âmes justes.

Le baron avait même glissé sur la pente des confidences ; si bien que le notaire, tout ébaubi, commençait à entrevoir la fusion prochaine, dans un second contrat, de la beauté bourgeoise de Coraly Turquet avec la fortune aristocratique des Montchenetz.

Cette perspective était de celles qui font oublier les heures aux notaires et aux amoureux grisonnants.

Lucien Firmerol, trop habile pour ne pas deviner ce qu'il n'entendait plus, mit à profit l'accord intéressé des deux compères pour hâter la solution d'une entreprise à la fois délicate et dangereuse.

Souple, insinuant, hardi, s'autorisant de la facilité d'un tuteur oublieux et du silence d'une

6.

jeune fille désolée, il mit fin, brusquement, aux atermoiements et aux réticences.

Il se déclara, sans phrases, avec une chaleur qu'il espérait communicative, rééditant le petit roman dont M⁰ Desplanches avait eu la primeur, se posant enfin en victime d'un sentiment aussi profond qu'irrésistible, aussi tendre que subit.

Il s'arrêtait, par instant, pour surprendre les fugitives impressions de sa compagne, dont le mutisme prolongé l'alarmait.

Mais sur ce front pur, où la tristesse seule se laissait lire, rien ne révélait les douces émotions qu'il tâchait d'éveiller.

Le soleil, moins ardent, glissait entre les ramures ses fils d'or, et les oiseaux, secouant leur léthargie énervante, éveillaient dans chaque branche le mouvement et la mélodie.

On entendait un bruit de voix vers le château et la cloche du diner s'agita bruyamment.

Ces vulgarités stimulantes produisirent leur effet immédiat; aussi bien M. Firmerol se sentait-il à bout d'éloquence sentimentale.

— Si je me suis trop avancé, mademoiselle, conclut-il; si j'ai eu la maladresse, en vous dévoilant mon cœur, de froisser l'angélique réserve du vôtre, punissez-moi tandis que nous sommes seuls encore; ne montrez pas au parent, à l'ami qui ne m'ont point cru trop indigne de vous combien ils avaient trop présumé. Que cette fleur, la dernière peut-être de la saison, soit ma prière suprême et votre réponse aussi. Vous pouvez la prendre ou la repousser sans redouter de soulever en moi d'autres sentiments que la gratitude la plus tendre ou la soumission la plus respectueuse.

Et Lucien offrait une rose en parlant ainsi, la rose que, distraite, Odette prit et respira.

C'est ainsi qu'elle avait donné sa main.

La voix de basse joyeuse du baron éclata comme un tonnerre.

— Eh ! Desplanches, mon ami, voyez-vous cela, vous, avec vos yeux de tabellion ? Comme la jeunesse nous fait rougir de nos lenteurs et de nos précautions incessantes ? Tandis que nous discutions en bon tuteur et en digne paperassier que nous sommes, voilà nos jeunes gens qui tombent d'accord sans tant de finesses. Nous vous regardions, mes enfants... Il ne faut pas grande perspicacité pour deviner, à votre air heureux, monsieur Firmerol, que tout va le mieux du monde entre vous.

— O mon oncle ! ne parlez pas ainsi ! balbutia la malheureuse Odette, épouvantée de cette brutale immixtion dans ce qu'il appelait un *accord* et qui n'était qu'une *surprise*.

Une surprise, dont elle sentait les liens blessants

sans trouver dans son découragement absolu la
volonté de les secouer.

— Pourquoi rougir, ma chère petite ? Le bonheur passe à portée de ta main... tu y crois, tu
l'acceptes ; nous l'acceptons, et nous allons tous
être heureux ; quoi de meilleur ? continua le baron
impitoyable.

Odette ne rougissait pas pourtant, quoi qu'il en
dit ; elle se sentait devenir pâle comme une tré-
passée, pâle de honte et de colère.

Elle pouvait subir sa destinée avec résignation,
elle ne savait pas supporter les plaisanteries
lourdes et fausses du tuteur qui la livrait.

Dans ses yeux s'alluma l'éclair d'une révolte
suprême ; sa taille se cambra orgueilleusement ;
on vit trembler sur ses lèvres irritées la vérité
prête à jaillir en dures paroles.

Le notaire eut froid entre les épaules.

— Ah ! chère mademoiselle, prononça-t-il béa-
tement, je suis écrasé de satisfactions inattendues,
Le double bonheur que j'entrevois pour vous,
pour ce cher baron, pour la plus aimable des
veuves, pour le pays tout entier, me cause un
trouble bien légitime qui m'empêche de vous exprimer à tous, comme je le sens, mon dévouement
et mes souhaits.

Odette n'entendit qu'un mot : « la plus aimable

des veuves ». Ce mot, c'était sa condamnation sans appel. Quand son oncle, aveuglé, enivré, confiait ainsi son prochain bonheur avec la fatuité de ses cinquante-huit ans rayonnants et exigeants, comment ne pas sentir qu'il la briserait, elle, plutôt que d'abandonner une parcelle des joies entrevues?

C'était fatal!... A quoi servait de rejeter aujourd'hui le prétendant vulgaire pour retomber demain peut-être aux mains d'un mari plus odieux?

Par un seul regard, elle arrêta le verbiage du notaire et glaça la faconde du baron.

Ils y lurent la volonté d'être respectée dans son obéissance et délivrée des fausses démonstrations.

— Mieux vaut n'en point parler, messieurs, dit-elle avec une froideur polie.

Ils comprirent qu'elle n'était ni dupe, ni fascinée; qu'elle voulait bien accepter un joug, mais ne supporterait pas qu'on se méprît sur ses sentiments.

Lucien, malgré son contentement de soi, le sentit avec non moins d'intensité. Si sa vanité souffrit de cette découverte, son intérêt bien compris le porta à n'en rien laisser soupçonner.

Il crut plus prudent de passer pour un fat que pour un homme de proie.

Le notaire et le baron crurent plus sage de

recueillir les bénéfices du fait accompli que d'en discuter les termes.

Mais il demeura acquis que, de cette bienheureuse promenade dans le parc, les deux jeunes gens rentraient fiancés et bien fiancés.

Odette ne protesta plus. Lucien eut le bon goût de mettre une sourdine aux élans de sa reconnaissance.

Le dîner fut presque gai; la soirée remplie par un whist plein d'entrain. Le baron avait des éblouissements, en songeant qu'à partir de ce jour il n'était plus tenu à aucune espèce de contrainte et pouvait jeter à tous les échos le nom de Coraly Turquet.

Odette, fiévreuse, se prêtait à tout. Que lui importait, après avoir sacrifié les aspirations les plus pures de sa jeunesse, d'accorder quelques paroles banales et quelques sourires sans lumière à ceux qui avaient déjà tant demandé et tant obtenu?

CHAPITRE IX

GONTRAN.

Les quelques jours qui suivirent ces fiançailles rapides apportèrent à mademoiselle de Montchenetz, à défaut d'un contentement qu'elle ne devait plus connaitre, une sorte de résignation dont la passivité n'était pas sans douceur.

La joie exubérante de son oncle eût été la meilleure récompense de sa soumission, s'il lui avait été possible d'oublier à quel autre bonheur elle contribuait en même temps.

Le bonheur de madame veuve Turquet! Une femme de réputation équivoque et d'ambition déloyale!

C'était là l'épine cruelle d'une situation silencieusement subie.

Lucien Firmerol, malgré son outrecuidance, avait le tact de se montrer empressé sans fadeur, et de se faire supporter par la jeune fille.

Il n'était ni sot, ni ridicule, en somme. Il avait assez d'esprit pour étourdir, au moins par instant, celle qu'il ne pouvait charmer.

Si son assurance déplaisait à Odette, sa gaité le lui faisait oublier. Sa jeunesse aussi, quoique un peu entamée par des aventures laissées dans l'ombre et par quelques rides trop visibles, n'avait pas encore tout à fait perdu sa saveur de fruit vert. C'était un attrait auquel, naïvement, la pauvre Odette cherchait à se rattacher.

— Il est jeune, il doit être bon; il dit m'aimer, je l'aimerai peut-être, pensait-elle en faisant des efforts consciencieux pour atteindre ce résultat.

Des efforts pour aimer !...

Au pavillon de madame Turquet, tout était en liesse. Le baron n'avait pas permis que la plus légère indiscrétion fût commise avant la démarche officielle qu'il préméditait auprès de la belle veuve.

On le vit donc, dès que les convenances l'autorisèrent à se présenter, entre deux et trois heures, le lendemain des fiançailles, faire arrêter son cheval devant la coquette habitation.

Il croyait surprendre Coraly. C'était compter sans mademoiselle Augusta, trop au fait du métier de soubrette pour n'avoir pas des intelligences au château.

Lucien Firmerol y était à peine entré que mademoiselle Augusta en était avertie. L'oncle et le notaire avaient à peine arrêté les grandes lignes du contrat, que madame Turquet, debout devant sa glace, saluait en sa gracieuse image la prochaine baronne de Montchenetz.

Rien ne transpirait de ses orgueilleux pressentiments, toutefois, quand elle reçut le baron avec des effarements de colombe et dans le plus étudié négligé matinal.

Le gros homme éclatait si littéralement de joie, qu'on en pouvait concevoir quelques inquiétudes

au sujet de son habit de cheval, d'un collant irréprochable.

Il eut même le sentiment de ce danger en résis-
tant à l'entraînement qui le portait à se jeter avec
élan aux pieds de son idole.

Rendu prudent par l'imminence du péril, il s'y
laissa glisser d'une façon plus modérée, qu'il
espérait voir qualifier de plus respectueuse.

Coraly avait vu si souvent déjà son vieux soupirant parfaitement ridicule, qu'elle avait appris à
accueillir avec tout le sérieux désirable les mani-
festations de cette tendresse surannée.

— Oh! monsieur le baron! protesta-t-elle doucement... après mes défenses réitérées, venir
encore... venir jusqu'ici!... c'est mal.

— Chère madame... chère Coraly!.. je ne viens
plus en solliciteur, mais en créancier.

— Que vous dois-je donc, grand Dieu!

— L'exécution d'une promesse.

— Dites.

— Cette main...

Il voulut la prendre, elle ne la retira qu'à
moitié, et se pencha toute anxieuse :

— Eh bien! cette main, qu'en voulez-vous faire,
ô le plus compromettant des amis?

— La garder toujours.

7

Elle se leva brusquement, le laissant sans pitié, fort empêché sur le tapis.

—Mademoiselle Odette?... interrogea-t-elle avec sécheresse.

— Se marie.

— Vrai?

— Oui, ma chère Coraly !... oui, ma belle baronne! exclama-t-il en quittant lourdement sa position d'agenouillé.

Elle se rapprocha aussitôt, daigna sourire, et demanda des détails.

C'était un joli mariage : M. Lucien Firmerol, honnête famille, belles manières, 200,000 francs d'apport et un amour pour Odette !...

Madame Turquet fronça le sourcil. Cela lui déplaisait qu'on aimât si fort une jeune fille dont la fierté pudique l'avait froissée maintes fois.

— Mariez-la vite, dit-elle, nous verrons ensuite.

— Ne pouvons-nous voir tout de suite?

— Plaît-il?

— C'est-à-dire organiser, dès maintenant, notre rêve à nous, afin que son exécution suive de près... de très-près, celle d'une autre union?

La belle veuve, après une résistance qui rehaussa singulièrement la valeur de son acquiescement, voulut bien se montrer clémente.

Elle accorda l'entrée de sa maison, permit'que

le projet de mariage fût rendu public, et ne se refusa pas à laisser passer à son doigt un diamant de prix que le baron portait toujours sur lui depuis plusieurs mois, prêt à tout événement.

Le mariage d'Odette et celui du baron furent donc ébruités le même jour. Bréneroy, qui d'avance avait la fièvre, faillit tomber en convulsion.

Que l'héritière des Montchenetz épousât un jeune homme fort inconnu, sans noblesse, sans entourage c'était déjà matière à clabaudages échevelés.

Mais que le baron lui-même choisit au cœur du pays la femme la moins digne d'un tel honneur, c'était le renversement complet, absolu, ahurissant, de toutes les traditions et de toutes les convenances.

L'indignation fut plus grande encore que lorsque, jadis, feu Turquet ramena de Paris la jolie faubourienne émancipée dont il avait fait sa compagne.

Seulement cette indignation, qui s'était alors manifestée par un dédain glacial et une retraite blessante, ne revêtit pas cette fois un caractère aussi tranché.

On critiqua fort et l'on mordit ferme. Les plus austères crièrent au scandale et les plus intolérants se voilèrent la face; mais les hommes saluèrent infiniment plus bas en rencontrant Ma-

dame Turquet et beaucoup d'entre'eux y condui-
sirent leurs femmes. Les femmes elles-mêmes,
entendant parler de fêtes nuptiales et de récep-
tions au château, mirent en toute hâte des caresses
intéressées sur les égratignures dont elles s'étaient
rendues coupables.

Coraly dédaigna les blâmes et reçut avec grâce
les félicitations. Sa bouche resta modeste quand
le triomphe emplissait ses yeux.

Les ongles rosés rentraient mignonnement
sous la peau ; elle se sentait assez jeune et assez
souveraine désormais pour faire payer cher à Bréneroy, quand elle le voudrait, à son jour et à
son heure, le mépris dont la petite ville l'avait
engluée, et dont il ne fallait rien moins qu'une
union aristocratique pour laver ses ailes ternies.

La corbeille que lui offrit le baron fut l'émer-
veillement du pays. Les bouquets qu'il lui envoyait
chaque matin venaient en droite ligne de Nice. De
mémoire de Brénerien on n'avait vu prodigalité
plus raffinée.

Une grande couturière de Paris avait consenti
à se déranger pour venir prendre sur place les
mesures de l'heureuse fiancée.

Et la correspondance qui s'échangeait activement entre le baron et les bijoutiers de la capitale mettait sur les dents les employés de la poste.

Odette, dédaigneuse de ces ruineuses futilités, n'avait voulu recevoir qu'un bijou d'une simplicité ravissante, d'une forme allégorique.

C'était ce bracelet, formé d'un seul anneau d'or, qui a reçu des femmes le nom de *porte-bonheur*.

Quand Lucien voulut l'attacher lui-même, le bracelet se trouva trop large pour l'exquise délicatesse de son poignet d'enfant.

Elle en éprouva comme un chagrin ; il en eut un vif dépit.

— Laissez, dit-elle, ce bijou ne paraissait pas destiné à mon bras, c'est vrai ; ce sera à mon bras de s'accommoder à sa taille.

Mais il reprit avec impatience :

— Je vous en rapporterai un autre de Paris, bientôt. Vous ne sauriez me priver de cette joie.

Il allait, en effet, partir pour Paris, afin de rapporter à maître Desplanches les titres et les papiers nécessaires à l'achèvement du contrat.

La signature de l'acte suivrait immédiatement, et le mariage aurait lieu trois jours après.

Celui de M. de Montchenetz devait clore cette semaine de fêtes.

Il était difficile de mener plus allègrement deux mariages de front.

Le baron, totalement grisé de bonheur, jetait l'or à profusion, se prodiguait en effusions chaudes

avec les indifférents, promettait à tous la protection de Madame la baronne de Montchenetz et
marchait enfin, dans un difficile équilibre, sur la
crête aiguë qui sépare l'homme sain d'esprit de
l'homme absolument fou.

C'est à peine si, dans le chaos de ses sensations
et de ses espérances, il avait songé à raconter à
Odette le but de la visite de Madame Clavel.

Une cousine retrouvée, un cousin découvert, la
belle affaire!... Un sourire de Coraly avait une
bien autre valeur. Si rapide que fût ce récit, si
légèrement que M. de Montchenetz glissât sur le
vif désir de Madame Clavel de rétablir entre eux
les relations rompues, Odette en fut frappée et
comme abasourdie.

Ses pressentiments si tôt envolés n'étaient donc
point le ridicule effet d'une imagination maladive,
ou la coupable rêverie d'un cœur altéré d'affections?

Cet inconnu, dont les yeux sombres et doux
avaient remué dans son âme des sensations multiples, mystérieuses, regrettées, c'était un être de
son rang, de son sang, un parent aujourd'hui, un
ami demain, sans doute.

Elle n'avait point dérogé pendant cette heureuse
matinée où, se croyant aimée, elle inclinait à aimer aussi. Elle avait pu se tromper sur le sentiment, non sur l'homme.

Le promeneur rencontré dans le chemin du Bord de l'eau, celui qui avait eu le pouvoir de faire tressaillir son cœur par un appel mystique du regard, était digne de l'émotion fugitive qu'il avait fait naître.

Odette, pendant quelques minutes, fut presque fière d'avoir salué d'un trouble pudique le retour de ce cousin ignoré.

— Gontran Clavel ! répéta-t-elle plusieurs fois, comme ravie d'entendre ce nom caressé par les suaves inflexions de sa voix. Gontran Clavel !...

— Un joli nom ! dit le baron. Nous verrons ce garçon bientôt, j'imagine ; à l'empressement de sa mère, j'aurais même supposé qu'il serait venu plus vite.

Le baron était à cent lieues d'imaginer la répulsion instinctive que son jeune cousin opposait aux remontrances maternelles.

Cette parenté, dont Madame Clavel comptait se faire un marchepied pour établir brillamment son fils, ne lui paraissait, à lui, que médiocrement attrayante.

Ce vieux châtelain, égoïste, énamouré d'une coquette sur le retour, flattait peu la fierté réservée, ombrageuse du jeune homme.

Très-simple de goûts, très-distingué d'habitudes, familiarisé avec la rudesse d'une position secondaire, il s'estimait heureux dans son humble fortune et bornait ses désirs avec la précoce philosophie d'un sage.

Les ambitions grandissantes de sa mère lui causaient une indulgente commisération, parfois une irritation légère. Elle voulait le faire parvenir; soit. Mais elle entendait le marier richement, ce dont il riait volontiers, ne croyant guère qu'un garde général des eaux et forêts, possesseur d'une quarantaine de mille francs en capital et de trois mille livres de revenus, si bien tourné qu'il fût, du reste, pût prétendre à la main d'une héritière.

Madame Clavel avait toujours estimé que son fils pouvait arriver très-haut. Depuis qu'elle avait obtenu sa nomination à Bréneroy et négocié sa réconciliation avec sa famille, elle était certaine de le voir atteindre à tout ce qu'il désirait convoiter.

Les mères ont parfois des illusions saintes. Celles de madame Clavel se doublaient de calculs méticuleux.

Elle savait à merveille, la bonne dame, pour n'avoir jamais perdu de vue les Montchenetz, qu'une orpheline existait, dernier rejeton de cette race quelque peu dégénérée.

Elle savait que cette orpheline était riche à souhait, et jolie à tourner des têtes plus solides que celle d'un fonctionnaire de vingt-six ans.

Sur cette beauté et sur cette dot, la mère habile avait fondé des espérances qu'un coup de dé venait de détruire.

Sa première visite au baron de Montchenetz avait été suivie, le même soir, du bruit de ce double mariage, dont les échos affolaient la petite ville.

Pour avoir trop attendu, pour avoir voulu réunir trop de fils conducteurs dans sa main insatiable, madame Clavel se voyait devancée par les événements.

Odette, la jolie cousine inconnue et convoitée, avait la maladresse de se marier juste à l'heure où la plus avisée des mères amenait et fixait dans le pays, sous le plus légitime des motifs, un parent jeune, agréable, spirituel, désireux de faire oublier des rancunes de famille, et qui, l'on n'en pouvait douter, aurait su mener à bien, par le seul prestige de son attrayante jeunesse, une entreprise matrimoniale plus difficile encore que celle-là.

Proposer Gontran pour mari à sa cousine Odette était une folie que madame Clavel n'eût jamais commise; tandis qu'aider Gontran à s'attirer le cœur de l'héritière était un rêve longuement caressé, dont l'envolement la terrassa.

Gontran ignorait le premier mot de ces projets ambitieux que sa droiture n'eût pas ratifiés. Le violent désir de sa mère d'habiter Bréneroy lui

paraissait un de ces touchants souhaits de vieillards, qui veulent mettre leur tombe où fut leur
berceau.

Sa joie en obtenant, par une seule démarche, la
réconciliation des Clavel et des Montchenetz, lui
sembla tout à fait digne d'un cœur élevé, attristé
par une rupture d'un demi-siècle.

Il comptait répondre à la bonhomie du baron et
aux instances de sa mère en visitant M. et mademoiselle de Montchenetz, dès que les convenances
le permettraient ; mais il retardait volontiers
l'heure de cette visite, trouvant indiscret d'apporter une parenté si fraichement reconnue au milieu
des préparatifs d'une double union.

Et puis, sans qu'il osât se l'avouer peut-être, la
beauté d'Odette, à peine entrevue, l'antipathie
sans motif et réelle que lui inspirait son voisin
Lucien Firmerol, entraient-elles pour beaucoup
dans ce retard persistant.

Blonds cheveux en boucles alanguies, regard
profond qu'un brin de mélancolie rendait plus
attractif, bouche fine où le sourire trop rare
devait jouer avec tant de charme !... Gontran se
souvenait malgré lui, un peu plus même qu'il ne
l'eût voulu, de cette belle vision du *Bord de l'eau.*

Figure satisfaite, regard faux, activité embarrassée et maladroite !... Gontran, chaque jour,

croisait dans son propre logis l'étrange prétendant tombé si fort à point à Montchenetz pour y
obtenir la main de sa cousine. Et Gontran par-
donnait mal à Lucien un bonheur si peu mérité.

CHAPITRE X

FACE A FACE.

Les objurgations de sa mère triomphèrent cependant d'un éloignement trop prolongé pour ne
pas blesser M. de Montchenetz.

Gontran consentit à l'accompagner au château, dont il gravit la rampe d'un air absolument
maussade, au grand mécontement de madame
Clavel.

Contrainte brutalement de renoncer à son au-
dacieuse entreprise, Madame Clavel venait d'échafauder de nouvelles combinaisons dont le mariage
d'Odette formait la base.

Les fêtes, qui devaient en marquer la date, ne
pouvaient être belles et somptueuses à souhait
qu'en y appelant toute la noblesse, toute la bourgeoisie opulente du pays, c'est-à-dire des dots et
de frais visages.

Montrer à ces jeunes filles un parent des Montchenetz bon à marier et de belle mine, c'était
mettre dans son jeu matrimonial des atouts qu'en
mère habile elle n'entendait point laisser échapper.

C'est pourquoi la profonde apathie du jeune
homme mettait ses nerfs à une double épreuve.

— Redressez-vous un peu, Gontran ; on dirait
que vous suivez un convoi funèbre.

— Je gravis une rampe assez raide, ma mère,
voilà tout, sourit le jeune homme.

— Mon cousin peut vous voir de ses fenêtres :
que pensera-t-il de votre empressement ?... Votre
cousine Odette peut être sur la terrasse : que dira-
t-elle de votre allure ?

— Permettez-moi de supposer, ma mère, que
M. de Montchenetz, très-absorbé par sa fiancée,
n'a pas même remarqué ma réserve ; et quant
à mademoiselle Odette, si elle accorde quelqu'attention à une attitude masculine, il est plus que
probable que c'est uniquement à celle à de M. Lucien Firmerol.

— Un garçon bien heureux ! soupira la mère.

— Oui, dit brièvement Gohtran.

— Vous l'avez vu ces jours-ci plusieurs fois,
pour lui demander à acheter la petite maison de
la veuve Forgeot, cela vous a permis de l'étudier ;
quel homme est-ce ?

— Je ne l'ai point étudié, il ne m'inspire ni intérêt ni curiosité.

— Allons donc !... Un personnage qui, dans
quelques jours...

— Je ne crois pas en faire pour cela mon ami.

— Il ne me plaît guère plus qu'à vous. Non pas
qu'il soit laid, mais il a trop d'assurance pour
n'être pas remonté comme une horloge dès qu'il
paraît en public. Ces aplombs surfaits craquent
toujours par place comme les vieilles toiles
mal revernies.

— Et vous avez vu craquer...

— De la fenêtre de votre chambre, dont vous
avez fait la mienne jusqu'à ce que je puisse acheter
et faire réparer la maison Forgeot, j'ai fort
distinctement vu votre voisin Firmerol enfoncé
dans une méditation effrayante. Je dis effrayante
parce que son front s'était creusé de rides subites,
que ses yeux semblaient contempler un gouffre
et qu'il avait les poings serrés comme un lutteur
prêt à combattre. Il se croyait bien seul et ne
songeait point que, par sa croisée ouverte, sa
glace me renvoyait sa physionomie bouleversée.
Et notez, mon cher enfant, qu'il ne lisait aucune
lettre fâcheuse et ne discutait avec personne : il
pensait, tout simplement.

« La petite Augusta frappa tout à coup à sa porte,

apportant du linge blanc et un bouquet ; — car
madame veuve Turquet gâte le bienheureux locataire qui lui facilite l'entrée d'une baronnie. — M.
Firmerol se redressa, effaça ses rides d'un revers
de main, ouvrit et sourit. Ce n'était pas le même
homme. D'où je conclus que si la méditation lui
va si mal, c'est que sa méditation n'est pas toujours couleur de rose.

Gontran ne répondit pas. Il se souvenait d'avoir
assisté à la première apparition de Lucien à Bréneroy, timide alors, sordide, courbé comme un pauvre hère. Bien différent était-il maintenant, quoique
bien peu de jours se fussent écoulés depuis. Triomphant, élégant, prêt à emprisonner, dans sa longue
main conquérante, la petite main d'une héritière.

La mère et le fils avaient atteint le haut de la
rampe sans remarquer que, derrière eux, s'essouf-
flait à les atteindre Mᵉ Desplanches, en personne.

Ah ! ces mariages-là , s'ils étaient une large
aubaine, étaient une lourde fatigue aussi. Mᵉ Desplanches, dévoré de zèle, s'agitait incessamment
entre le château , le pavillon Turquet et l'étude.

Pour ces nobles clients, il avait renversé toutes
ses habitudes. Les attendre chez lui !... les exposer à un dérangement, à une gêne !... il ne se le
fût pas pardonné.

A cette heure même, et par la chaleur, il montait à Monchenetz pour faire examiner son compte de tutelle à Odette.

Le soir, il devait y revenir pour présenter au baron un projet de contrat Monchenetz-Turquet, son chef-d'œuvre.

— Monsieur Clavel, monsieur Clavel !... mes hommages, madame... je suis heureux de vous rencontrer pour vous prier de passer à l'étude avant le diner. La vente Firmerol-Forgeot est en bonne voie.

Pour ces clients sans grande importante, Me Desplanches ne se croyait pas tenu au déploiement d'activité dont il surmenait sa grêle personne en l'honneur des châtelains.

— Merci, monsieur, répondit madame Clavel. Ainsi la petite maison ?...

— Peut vous être vendue sans conteste. Le testament qui la laisse à M. Firmerol vient d'être homologué. L'héritier parait disposé à vous la céder pour une douzaine de mille francs; c'est, à mon sens, deux mille francs de plus qu'elle ne vaut rigoureusement ; mais il faut tenir compte de la convenance.

— Il est de fait, monsieur, que cette maison, qui n'est rien, peut devenir charmante par sa situation au *Bord de l'eau*, avec quelques réparations bien entendues et son jardin doublé de quelque terrain avoisinant.

—J'y veillerai, madame; je crois même que la faillite d'un marchand de nouveautés de la grande rue vous livrera sous peu un petit clos très-ombrageux qui limite, à l'est, la propriété Forgeot.

—C'est à merveille. J'achète. Vous pourrez en prévenir M. Firmerol.

—Rien ne sera plus facile, et vous-même le pouvez, madame, car je l'aperçois qui se dirige, comme nous, vers le château.

Lucien, par la longue rue montueuse qui traversait Bréneroy, arrivait en effet à Montchenetz, dont il tira la cloche d'entrée d'un geste autoritaire.

—Déjà! ne put s'empêcher de murmurer Gontran.

—Monsieur notre futur cousin est tout enivré de son succès, insinua doucereusement madame Clavel.

Le notaire stupéfait la regarda.

Au milieu de l'effarement de ces derniers jours, il n'avait point eu le temps d'apprendre les liens renoués entre le baron et ses parents inconnus.

Madame Clavel, ravie d'affirmer sa possession d'état, déclara en trois phrases magistrales que les Montchenetz et les Clavel ne faisaient plus désormais qu'une seule et même famille.

Le notaire eut un rapide remords de les avoir traités trop cavalièrement, ces nouveaux débarqués, si modestes dans leur acquisition, et qui n'avaient pas eu la précaution de décliner dès le début leurs alliances.

Il salua avec une grâce souriante, où la déférence commençait à montrer le bout de l'oreille.

Sur le seuil, Lucien Firmerol attendait.

D'abord, il avait trop d'obligations au notaire pour ne pas lui témoigner un respect attentionné; ensuite, il venait de reconnaître son acheteur, et n'était point fâché de lui passer au plus vite ce qu'il appelait dédaigneusement sa *bicoque*. Et de fait M. Clavel achetait bien plus la situation que le bâtiment.

Odette, qui cherchait sur la terrasse une ombre lente à y descendre, suivait d'un œil intéressé la marche des promeneurs.

L'attitude triomphante de son fiancé, qui s'étalait au seuil de Montchenetz comme pour en faire ostensiblement les honneurs, lui causa une sorte d'irritation.

Le même mot qui était venu aux lèvres de Gontran, « déjà », se fit jour sur ses lèvres.

D'un pas vif, elle s'avança vers la grille pour

protester contre cette hâtive prise de possession.
Ce qu'elle n'eut point songé à faire en toute autre
circonstance, elle fut entraînée à l'accentuer par
le manque de tact de ce parvenu du bonheur.

— Ma cousine, dit-elle en s'approchant la main
tendue, soyez la bienvenue à Montchenetz.

— Ah! chère enfant! s'écria la vieille dame
suffoquée de joie, vous avez toute la bonté et
toute la beauté de vos aïeules.

Et la main qu'on lui tendait l'enhardissant tout
à fait, elle embrassa fort carrément la jeune fille.

Celle-ci, se prêtant à cette étreinte, se dégagea
bientôt, non sans rougir un peu, pour faire à son
tour à M. Clavel l'accueil qu'elle avait si bien
commencé.

Mais ce qui avait été facile avec la mère lui parut une grosse affaire, maintenant qu'il s'agissait de
Gontran.

Sa main retomba, son sourire s'éteignit et sa
voix fraîche, que le baron dans ses bons jours appelait la *voix d'or*, chuchotta dans un souffle
timide :

— J'ai appris bien tard... bien tard, notre parenté, mon cousin.

Ce n'était point ce qu'elle voulait dire. Le sentiment avait emporté la volonté. Au lieu d'une
bienvenue, elle n'exprimait qu'un regret.

Gontran seul l'entendit.

Madame Clavel ne laissa point à Gontran le temps de répondre, car elle lisait sur la mobile physionomie de son fils deux sentiments qui l'inquiétèrent fort : l'admiration et le mécontentement.

Si l'admiration naissait sous le regard d'Odette, le mécontentement croissait par la rencontre de Lucien Firmerol.

Par un geste câlin, qui ne seyait point trop mal à son âge, elle réunit prestement dans sa main ridée la main rebelle de son fils et les doigts moites d'Odette.

— Là, dit-elle..., ne semble-t-il pas que vous vous êtes toujours connus ?

Puis, comme si cette assertion hardie ne devait pas être creusée, elle repoussa doucement Gontran, attira Odette et s'arrangea si bien en la caressant des yeux et de la voix qu'elle put marcher fièrement vers le perron, appuyée sur le bras tremblant de la jeune fille.

Derrière venaient les deux jeunes gens et le notaire.

— Vous ne m'aviez pas dit que vous alliez vendre la maison Forgeot à un... futur parent, dit celui-ci à Lucien.

— Mon Dieu ! dit le jeune homme embarrassé, je sais à peine depuis un jour ou deux...

— Eh bien! votre affaire va se terminer en famille.

— La maison plaît à ma mère, monsieur, et je souscris à vos conditions, dit Gontran avec raideur.

— Nous ferons l'acte dès demain, si bon vous semble, répondit Firmerol avec satisfaction.

M. de Montchenetz vint au-devant de ses visiteurs. En les voyant causer ensemble sur les degrés du perron, son égoïsme en ressentit une douce joie. Point de présentations à faire, point d'efforts personnels à soutenir. Tout ce monde-là s'entendait à merveille, sans qu'il y fût pour rien.

Ah! si la future madame Firmerol voulait accueillir Coraly Turquet comme elle venait de recevoir les Clavel!

Il fut d'une humeur charmante, complimenta Gontran sur l'achat de la maison du Bord de l'eau, promit à Madame Clavel de lui envoyer son architecte pour en faire une petite merveille, déclara qu'Odette était la nièce la plus aimable et la plus soumise qu'un vieil oncle pût rêver, de même que Lucien paraissait du bois dont on taille les neveux modèles. Me Desplanches reçut aussi un coup d'encensoir capable de désarçonner toute autre vanité que celle dont la nature l'avait enrichi.

Son feu d'artifice tiré, le baron se mit à parler affaire avec le notaire, et les trois jeunes gens, sous

l'œil de madame Clavel, à laquelle se joignit la
gouvernante anglaise, furent chercher l'ombre du
parc.

Cette liberté relative, la fraîcheur des massifs,
le riant aspect des allées couvertes pointillées de
piqûres d'or, furent infiniment plus favorables que
le cérémonial d'un salon pour achever de fondre
la glace entre les divers personnages d'une société
si disparate.

A voir Odette dans ce milieu d'opulence et de
paix, les cuisants regrets de la mère s'accentuaient
péniblement.

A contempler Odette dans ce cadre de verdure
et de parfums, Gontran sentait monter en lui comme
une jalousie sans espoir.

A se promener dans *ses* domaines, Lucien Firmerol se grisait d'orgueil.

A passer dans ces allées témoins d'une promesse
fatale et d'un découragement infini, Odette éprouvait à la fois du dépit et de la douceur.

Du dépit, car sa pensée vaguement fiévreuse
s'indignait d'un triomphe si accusé ; de la douceur,
parce que Gontran mettait silencieusement son pas
automatique sur la trace de ses petits pieds ?

Mais orgueil, jalousie, regrets, attendrissement,
se cachaient sous le désir de tous de s'entendre et
de se plaire. Au fond, les passions humaines aigui-

saient leurs arêtes vives ; à la surface, rien que des sourires.

La promenade fut longue, coupée de repos et d'une collation que la gouvernante fit apporter dans un kiosque, et dont mademoiselle de Montchenetz fit les honneurs avec la grâce rêveuse qui alanguissait tous ses mouvements.

— Elle n'est point heureuse ! se disait Gontran, les yeux distraitement rivés aux belles grappes de groseilles mûres que la jeune fille distribuait sur de larges feuilles de catalpas.

Lucien n'avait pas le mauvais goût de se montrer trop empressé auprès de sa fiancée. Gontran aurait pu, tout au moins, reconnaître cette convenance ; il n'eut garde.

—Ce garçon-là est un bloc de cailloux ! pensa-t-il.

En revenant vers le château, on parla de Paris, où Lucien devait aller le soir même chercher les papiers et titres indispensables, d'autant mieux que le mariage civil devait avoir lieu le lundi suivant.

Cela fit souvenir madame Clavel que, puisqu'elle pouvait entrer en jouissance immédiate de la maison Forgeot, il serait bon d'envoyer Gontran chercher les fonds nécessaires à cet achat.

—Si vous alliez à Paris aussi ? dit-elle à son fils.

— Ce sera très-facile, répondit-il.

— Voyez comme les femmes sont exigeantes, même lorsqu'elles sont vieilles !... Ne pourriez-vous y aller de suite ?... le marché serait bientôt conclu.

— J'irai quand vous voudrez, ma mère.

— Si vous accompagniez ce soir M. Firmerol ?

Les deux jeunes gens échangèrent un regard embarrassé.

Sans en comprendre la cause, Odette devina qu'ils n'éprouvaient ni l'un ni l'autre le désir de faire route ensemble.

— Je pars aussitôt après dîner... C'est peut-être bien tôt, hasarda Lucien.

— Et je ne puis, au contraire, être libre que demain, déclara vivement M. Clavel.

— Du moins, conclut la mère, vous reverra-t-on promptement tous deux, c'est l'essentiel.

Comme on allait prendre congé du baron, il parut sur la terrasse d'un air épanoui.

— Nous dînons ensemble, fit-il joyeusement, même le notaire.

Madame Clavel fit quelques difficultés hypocrites; Gontran parut résigné, d'autant plus facilement que les grands yeux d'Odette avaient ratifié, par un involontaire rayon, une invitation aussi cordiale que peu cérémonieuse.

Ce repas de famille, où chacun se mit en frais

de bonne grâce, parut à la pauvre Odette le plus souriant de sa vie. La voix de Gontran y mêlait des sensations inconnues. Cette voix, mâle et caressante à la fois, éveillait en elle les sons confus d'une tendresse vague. C'était comme un duo mystérieux entre le langage hautement parlé du jeune homme et le langage muet de son propre cœur.

Le silence presqu'absolu de M. Firmerol, dont la préoccupation devenait plus profonde à mesure qu'avançait la soirée, devenait le complice d'une illusion dangereuse.

— Si tout cela était vrai pourtant ! pensait Odette.

Tout cela ! quoi, *tout cela?*... Le mariage prêt à conclure ou l'amour prêt à naître?

Elle ne savait pas. Une sorte de détente soulageait son âme. Et son âme avait tant souffert d'oppression secrète et de révolte vaincue, que cet allégement, ne dût-il avoir que la durée d'un rêve, était pour la jeune fille une douceur infinie.

Le réveil fut brusquement sonné par l'organe mielleux de Lucien Firmerol.

— Vous me pardonnez de vous quitter, chère mademoiselle, disait-il, je n'ai plus que le temps bien juste de m'embarquer dans la diligence de Moulins, pour y prendre le train à onze heures.

Déjà plusieurs fois Lucien, qui voulait être tendre et craignait d'être importun, s'était permis

cette appellation « chère mademoiselle », qui lui
semblait un compromis entre le cérémonial des
premières entrevues et la familiarité du dénouement prochain.

Odette l'avait acceptée jusque-là avec l'indifférence polie qu'elle apportait dans tout ce qui touchait Lucien.

Elle en fut soudainement froissée comme d'un
manque de convenance et répondit avec froideur
que « M. Firmerol était seul juge de la nécessité
plus ou moins prompte de son départ ».

Tout le monde s'étant levé, le baron, qui était
en veine de bonne grâce, déclara que, par cette
belle soirée, il serait charmant de descendre jusqu'à Bréncroy pour accompagner les voyageurs,
ce qui fut accepté par acclamations.

Le pauvre baron avait compté sans les incidents
possibles de cette petite excursion, incidents bien
doux, du reste, pour son vieux cœur enflammé.

Au milieu de la rampe, à l'endroit précis où
s'ouvrait la porte du Petit parc de madame Turquet, M. de Montchenetz entendit une voix en-
chanteresse prononcer distinctement son nom.

Comme il marchait le premier, madame Clavel
appuyée sur son bras, il s'arrêta tout charmé et
tout confus à la fois de cette dérogation aux
habitudes discrètes de sa fiancée.

8

Car il n'en pouvait douter, c'était bien Coraly, encadrée dans la verdure du saut-de-loup, qui, pour la première fois en public, sollicitait ouvertement son attention.

La distinguer était impossible dans le crépuscule, mais la deviner !...

— Me voici, chère madame, répondit-il en faisant avec empressement quelques pas vers le grillage.

Madame Clavel, entraînée par cet élan, fut contrainte de le suivre.

Quand la distance ainsi rapprochée permit d'apercevoir son visage, on entendit un joli cri de surprise.

— Ah ! Monsieur le baron !... vous n'êtes pas seul !... et moi qui vous appelais naïvement pour vous rappeler une formalité oubliée !...

— Je suis, madame, en compagnie de madame et de M. Clavel, de M. Firmerol...

Il n'osa jamais ajouter : « et de ma nièce. »

— Mes locataires ! reprit la voix, tout à fait rassurée. C'est une heureuse chance que je ne laisserai point échapper de leur faire, ainsi qu'à vous, au passage, les honneurs de mon petit chez moi. Je cours vous ouvrir.

— Mais, chère madame... balbutia le baron en tournant un regard effrayé vers Odette.

Celle-ci, qui écoutait Gontran, n'avait rien
entendu.

Machinalement, elle s'était arrêtée derrière le
groupe immobile et attendait qu'on se remît en
marche vers Bréneroy.

— Eh quoi!... vous me feriez supposer, monsieur le baron, qu'en votre qualité de châtelain,
vous trouvez trop étroit et trop modeste mon
pauvre petit parc.

Ainsi parlant, Coraly Turquet avait tiré le ver-
rou de la porte et l'ouvrait toute grande devant
les visiteurs.

Incapable de résister à cet appel, le baron entra
bravement.

Dans le kiosque, mademoiselle Augusta, entendant des pourparlers, qui pouvaient présager
quelque visite, s'était hâtée d'allumer deux bou-
gies.

A travers les ramures mouvantes, la lueur
indécise découpait nettement, dans l'encadrement
de la porte, les silhouettes de Lucien et de Gontran.

Odette, réveillée, avait fait un pas en arrière,
point assez vite cependant pour que Coraly ne
l'eût parfaitement reconnue.

A vrai dire, la veuve, en plongeant ses yeux
vifs dans l'obscurité, avait bien espéré y rencontrer son ennemie.

Sur son invitation, M. Clavel passa devant elle avec un salut compassé.

— Je vous prie d'agréer mes excuses, madame, dit Lucien, je descends en toute hâte comme un voyageur en retard.

— Vous allez à Paris, monsieur?

— Ce soir même, madame.

Il recula, serra silencieusement la main d'Odette, et se prit à courir le long de la rampe, au bas de laquelle retentissait le fouet impatient de la diligence.

Les deux femmes s'envisagèrent silencieusement. Leur mutuelle antipathie, la rancune jalouse de l'une, le froid mépris de l'autre, se lisaient dans leur regard.

— Voilà donc celle dont le haineux caprice dispose de ma destinée! pensait Odette.

— Rien ne l'abat, comment l'humilier? pensait Coraly.

Ce regard était une double morsure.

— Mademoiselle, reprit Coraly d'une voix légèrement provocante, en faveur des liens de famille qui vont se nouer entre nous, me ferez-vous la faveur d'accompagner chez moi monsieur votre oncle?

— Madame, répondit Odette avec raideur, tant que les liens dont vous parlez n'existent pas encore, je désire garder la liberté de ne pas franchir ce seuil.

Et faisant de la tête un salut hautain, Mademoiselle de Montchenetz reprit le chemin du château.

Un sourire plein de rage crispa les traits de la veuve, devant cette preuve nouvelle d'un dédain profond que les événements ne faisaient qu'aggraver.

Malgré toute sa dissimulation, un mot insultant fût peut-être venu à ses lèvres, si M. Clavel n'eût changé le cours de sa pensée par un brusque retour en arrière.

— Je ne saurais laisser ma cousine remonter seule au château à pareille heure, dit-il en saluant Madame Turquet ; veuillez permettre, madame, que je l'y reconduise.

Il sortit, la laissant pâle de colère derrière la petite porte, qu'elle renferma violemment.

— Qu'y a-t-il ? demanda le baron tout occupé en apparence à montrer le kiosque rustique à Madame Clavel.

— Il y a, monsieur, répondit Coraly en s'efforçant de donner à son organe irrité l'accent de la plaisanterie, que mademoiselle de Montchenetz ayant refusé, en belle fantasque qu'elle est, de mettre son orgueilleux petit pied sur le terrain de celle dont vous allez faire votre femme, elle aurait forcément repris seul le chemin de votre demeure, si son jeune cousin ne s'était hâté de remplir le

8.

rôle d'empressé cavalier que M. Firmerol laisse vacant auprès de sa fiancée.

Madame Clavel sentit l'ironie.

— Mais je vais les rejoindre, dit-elle.

— Bah ! fit le baron avec humeur, cette petite fille qui, fort heureusement, sera mariée dans trois jours, prend à tâche de contrarier mes plaisirs.

— Cependant, mon cousin...

— Laissons passer sa bouderie, ma cousine. Et vous, chère Madame, oubliez pour l'amour de moi les caprices déplorables de Mademoiselle de Mont-chenetz.

Madame Clavel n'insista pas ; Coraly daigna sourire ; le baron l'en remercia par une étreinte passionnée qui faillit faire éclater la blanche main grassouillette entre les gros doigts du vieil amou-reux.

On fit deux ou trois fois le tour de la petite pro-priété, sur laquelle la lune jetait, par échappées, des lueurs claires et tendres.

La jeune veuve avait maintenu si habilement son admirateur sexagénaire dans les menues faveurs du rêve éthéré que cette promenade, voilée de mystère et parfumée de poésie, le grisa comme à vingt ans.

Ravi, il l'eut prolongée outre mesure malgré la réserve de Coraly et la présence réfrigérante de

madame Clavel, si celle-ci n'avait manifesté nettement le désir de prendre congé de son hôtesse. D'ailleurs, il se faisait tard, son fils n'avait pas reparu,
et nul amour juvénile ne troublait son cerveau
positif.

Quand la petite porte se rouvrit, ils trouvèrent
Gontran assis sur le rebord du saut-de-loup, qui
attendait sa mère en regardant les étoiles.

— Que n'êtes-vous rentré, monsieur? lui dit
Madame Turquet d'un air aimable.

Il s'inclina, les lèvres muettes.

— Ah ! se dit la future baronne de Montchenetz,
encore un dont il faudra me venger.

Lorsque la mère et le fils rentrèrent à Bréneroy,
Gontran avait répondu à sa question inquiète :

— Et Odette ?

— Mademoiselle de Montchenetz remontait
seule la rampe; je l'ai rejointe au bout de quelques pas. Nous avons marché en silence. Peut-être
ne voulait-elle pas me confier les motifs de son
inimitié visible pour Madame Turquet. A la porte
du château, elle m'a tendu la main en me disant:
«Merci», et je suis descendu, ma mère, vous attendre au saut-de-loup.

Ce que Gontran n'ajouta pas, c'est que la main
que lui avait offerte sa cousine était à la fois affectueuse et tremblante, et que si lui-même n'avait

rien osé répondre au « merci » de la jeune fille, c'est qu'il avait craint de laisser transparaître, dans l'altération de sa voix, le trouble que lui causait cette émouvante soirée.

CHAPITRE XI

LE CRIME.

Au troisième étage de la rue Saint-Placide, à Paris, dans une des plus modestes maisons de cet honnête quartier, on voyait chaque matin une tête de vieille femme s'encadrer dans la fenêtre, entre trois pots de fleurs fanées, pour suivre du regard, le plus longtemps possible, un grand vieillard qui s'en allait d'un pas encore vif dans la direction de la Seine.

La tendresse chaude qui brillait dans ces yeux affaiblis par l'âge, peut-être par le chagrin, l'inquiétude qui s'y révélait le soir quand, vers six heures, le grand vieillard ne reparaissait pas à l'angle de la rue, eussent été presque risibles, tant il est passé dans nos mœurs de railler les Philémon et les Baucis, bien rares pourtant, qui nous montrent encore le touchant spectacle de leur persistante affection.

Mais il y avait sur le visage ridé de cette femme tant de tristesse et de dignité que la moquerie, si tant est qu'elle vint à l'esprit, mourait sûrement sur les lèvres.

Elle sortait à peine, travaillait beaucoup et ne s'accordait un peu de distraction que le dimanche, où suspendue au bras de son mari, elle passait toute regaillardie devant les voisins, qui ne manquaient pas de dire :

— Voilà Madame Firmerol contente, son mari l'emmène promener. L'aime-t-elle assez, ce mari-là ?

Oh ! oui, elle l'aimait ; elle honorait en lui quarante ans de travail obscur et de probité rigide, quarante ans de bonté souriante et de courageuse médiocrité.

Ils avaient vieilli ensemble, espéré ensemble, souffert ensemble et pleuré bien souvent dans les bras l'un de l'autre, quand la vie leur était dure.

Et la vie ne les avait pas épargnés.

De plusieurs enfants enlevés au berceau il ne leur était resté qu'un fils, adoré entre tous, élevé par leur cœur, façonné par leur sainte tendresse.

Pour lui, nul sacrifice n'avait coûté un soupir, nulle entreprise n'avait paru irréalisable. On lui savait assez d'intelligence pour parvenir très-haut. On ne croyait pas s'abaisser en servant de

marchepied à sa jeune ambition. Quel but ne pouvait-il pas atteindre?

Il ne monta pas; il roula dans la paresse, le jeu,
les dettes. Les malheureux parents n'y voulaient
point croire. Leur Lucien... des dettes!... Le petit
patrimoine englouti... un héritage dissipé... le
père désespéré,... le fils en fuite !...

Quand Madame Firmerol se souvenait de ces
choses, elle pleurait tout un jour, et si amèrement,
qu'elle en oubliait de guetter, à six heures, le retour de son cher mari.

Ce soir-là, quand elle ouvrit la fenêtre et dé-
plaça le pot de géranium pour mieux voir, ce ne
fut pas le vieillard qu'elle entrevit tournant le
trottoir de la rue de Sèvres, ce fut un grand jeune
homme blond dont l'apparition la fit tressaillir et
pâlir subitement. Jugez donc... depuis six ans !

— Lucien ! mon Lucien !... Est-ce possible?...

... Je ne le reconnais pas... Et pourtant si...
C'est lui !... Mais qu'il est changé !... Lucien !

Elle courut à la porte, elle se pencha sur l'escalier, elle écouta les pas qui montaient, qui montaient, qui montaient...

— Te voilà !

Elle se jeta dans les bras de son fils, l'étreignit,
le dévora de baisers, baigna ses cheveux de larmes
pressées, sans se souvenir qu'elle avait promis au

père outragé de recevoir en étranger, s'il revenait jamais, le fils qui avait abreuvé leur vieillesse de douleur.

En le retrouvant, après six ans d'absence et de regrets, elle avait tout oublié, avec la sublime indulgence des mères, qui ne seraient pas mères, si elles pouvaient se souvenir.

Cet accueil émut Lucien plus qu'il ne le supposait possible ; quelque chose comme un remords gonfla son cœur, pendant, qu'avec une affection vraie, il rendait à la pauvre femme caresse pour caresse.

Elle était tombée sur un fauteuil. Presqu'agenouillé devant elle, il baisait ses mains laborieuses que, depuis tant d'années, il avait condamnées au travail pour solder ses fautes.

— Vous me pardonnez, disait-il, vous êtes bonne !... J'ai été bien fou, bien faible !... Mais, vous savez, je suis corrigé, sauvé, et le bonheur nous sourit à tous...

— Le bonheur !... Le voilà, tiens, c'est de te revoir là, près de moi... près de moi, comme lorsque tu étais tout petit.

— Le bonheur, c'est mon mariage, vous savez, mère, ce brillant mariage pour lequel vous m'avez envoyé votre consentement.

— Oh ! si tu savais comme j'en suis fière !

— Eh bien ! votre consentement écrit, sans un pardon... je viens chercher mon pardon.

Elle lui prit la tête à deux mains et cacha ses lèvres avides dans les chères boucles blondes.

— Oh ! moi ! fit-elle à voix basse, je t'ai pardonné, mais c'est ton père...

Ses épaules eurent un involontaire frisson.

— Mon père !... six ans d'exil ne l'ont pas désarmé ?

Sans répondre, elle courba la tête.

Lucien, au contraire, releva la sienne. Un feu sombre venait de se rallumer dans ses yeux. Il allait jouer sa dernière partie.

— Croyez-vous qu'il me repousse ?

— Hélas !... je ne sais.

— Je ne veux pas alors vous exposer à cette épreuve.

— Où vas-tu ?

— Chez M. Rogerat.

— Tu préfères le voir à son bureau ?... plutôt qu'ici... devant moi ?... je pourrais intercéder...

— Oui, mère, je veux aller à lui en homme qui a failli et qui se relève brillamment, et non en enfant prodigue qui rentre au logis honteux et misérable. Ce rôle ne saurait convenir au fiancé de mademoiselle de Montchenetz.

La pauvre mère l'écoutait avec extase. Cet or—

gueil lui paraissait naturel, presque légitime, tant
elle retrouvait embelli, assuré, superbe, l'enfant
coupable qui s'était enfui jadis de la maison paternelle sous le poids d'une malédiction.

Lucien, comme saisi d'une idée nouvelle, mit
un baiser hâtif sur le front de Madame Firmerol
et se dirigea vers la porte.

— Mais ton père va rentrer, dit-elle encore.

— Je veux le voir avant. A bientôt.

Elle l'écouta descendre avec des battements de
cœur désordonnés.

S'il allait ne plus revenir encore une fois !
En six ans, il n'était jamais venu, jamais... On n'a
reçu de lui que des demandes d'argent... et plus
tard, bien plus tard, il y avait une semaine à
peine, une prière d'avoir à envoyer le consentement légal pour un mariage projeté.

De tout ce qu'avait fait son fils pendant ces années d'absence, elle ne savait rien de plus. Aujourd'hui, il revenait, il repartait aussitôt.

— Mon Dieu ! qu'il revienne ! qu'il revienne !
pria-t-elle en tombant, les mains jointes, devant
le crucifix qui avait reçu, sur ses pieds cloués et
sanglants, tant de larmes maternelles.

Lucien traversa la Seine d'un pas rapide, prit
sa course dans le Carrousel et ne s'arrêta que rue
de l'Échelle, au premier, devant la large porte

9

vitrée, encadrée de cuivres étincelants, qui donnait entrée dans les bureaux de M. Rogerat agent
de change.

Les petites loges grillées où travaillent les employés étaient closes. On n'entendait plus le susur-
rement des voix traînantes ou grondeuses derrière
les treillis où s'étiolent tant de pauvres êtres voués
aux chiffres à perpétuité.

Aux chiffres qui enrichissent les autres seulement !

— Les bureaux sont fermés, monsieur, dit un
garçon de caisse avec humeur.

— Monsieur le caissier des titres est encore là,
je suppose ? demanda Lucien avec hauteur.

C'est étrange ! la politesse réussit rarement dans
les administrations tant publiques que privées.

Le garçon supposa logiquement que, pour parler si haut, le nouveau venu devait avoir tous les
droits imaginables :

— Si monsieur veut bien me dire son nom, je
vais demander à M. le caissier des titres...

Lucien tendit sa carte avec impatience et le
garçon s'effondra derrière une boiserie.

Deux secondes après, il reparaissait, courbé et
souriant :

— Si monsieur veut prendre la peine...

Le bureau des titres, chez M. Rogerat, était

au bout d'un large corridor et séparé du public par une première porte et par une grille.

A travers le treillage, Lucien vit son père debout derrière une table à compartiments couverte de papiers, et devant une caisse ouverte, dans la vérification de laquelle l'arrivée du jeune homme l'avait visiblement dérangé.

Sans attendre d'autre autorisation, Lucien franchit les deux obstacles et salua M. Firmerol en se tenant à distance, en homme respectueux plus encore qu'en coupable repentant.

Le grand vieillard de la rue Saint-Placide arrêta sur son fils un regard froid, où ne se lisait ni surprise ni intérêt.

Il fallait, certes, que ce père eût été profondément atteint dans sa tendresse et dans son honneur pour revoir avec une telle impassibilité un fils unique, éloigné depuis six ans.

— Quel motif vous amène, monsieur? demanda-t-il d'un ton glacial.

— Mon père!... ma mère m'a pardonné, balbutia Lucien.

— La pauvre femme!... Je vous félicite d'avoir obtenu l'absolution de ce cœur que vos fautes ont brisé.

— Des folies de jeunesse...

— Être secrétaire, à vingt ans, d'un de nos

grands avocats; n'avoir qu'un pas à faire pour dé-
buter avec éclat, et dévaliser, comme un larron
vulgaire, la caisse de son protecteur!... ceci, monsieur, ne saurait s'appeler, même dans la bouche
de la plus faible, de la plus tendre des mères, une
folie de jeunesse.

Devant ce dur langage, qui retraçait à grands
traits l'histoire de sa vie perdue, Lucien sentit
qu'il faisait fausse route et qu'attendrir un père,
dont il avait failli déshonorer la vieillesse, était une
autre entreprise que d'amolir le cœur paternel.

— Je me marie, monsieur, reprit-il avec plus
de calme; voulez-vous donc que la famille de
Montchenetz, qui me fait l'honneur de m'accepter,
connaisse nos dissentiments?

— Comment l'avez-vous trompée?

— Oh! monsieur!....

— Il faut appeler les choses par leur nom.

— Cette famille a pu s'informer... je n'ai mis
nul obstacle à son enquête.

— Il est vrai, monsieur, que grâce au dévouement des vôtres, au travail de la vieille mère, au
mien, vous pouvez passer tout simplement pour
un jeune homme qui aime les voyages.

— Je vous en bénis, mais...

— Oh! ne me bénissez pas, je vous prie : je te-
nais à l'honneur de mon nom.

On entendit ouvrir une porte intérieure.

— Firmerol? appela une voix pleine d'autorité.

— Je suis à vos ordres, Monsieur Rogerat, répondit le caissier en rangeant machinalement, par la force de l'habitude, les registres qui encombraient son bureau.

Puis se tournant vers son fils :

— Vous voyez, monsieur, qu'on m'appelle. Veuillez m'instruire promptement de ce que vous attendez de moi. Vous avez mon consentement ; ce n'est pas ma bénédiction que vous venez chercher, j'imagine.

Lucien serra ses mains crispées ; ses lèvres blêmirent.

— Je viens chercher de l'argent.

Le caissier leva les deux bras sur sa tête avec une sorte de rire âpre, qui devait avoir déchiré le cœur avant d'écorcher la gorge !

— De l'argent !...

— Firmerol ! répéta la voix impérieuse.

— Me voilà, monsieur Rogerat, répondit le caissier.

Mais il ne bougea pas. Il semblait que l'inconcevable audace de son fils l'eût cloué devant son bureau.

— Vous parliez de l'honneur de votre nom, reprit Lucien d'une voix sifflante ; ne le croyez-vous

pas bien compromis, quand le fiancé n'a pas même dix malheureux mille francs à consacrer aux
cachemires de mademoiselle de Montchenetz ?

— Ah ! si vous allez me parler chiffons !...

— Je ne veux pas parler chiffons, je veux parler raison et nécessité. Si vous voulez m'entendre
sans colère, si voulez m'aider... et vous en avez
le pouvoir... votre famille, relevée par un grand
mariage, n'aura jamais connu de jours plus pros-
pères.

— Dites, fit le vieillard avec impatience.

— Mon père, un ami me promettait 200,000 fr.
pour déposer, une heure, cette somme sur une table
de contrat... Vous me comprenez, n'est-ce pas ?...
Mari d'une femme riche, tous les emplois me deviendront accessibles et les mensonges d'un instant
deviendront une réalité. Eh bien ! le sort m'est
fatal, cet ami m'échappe aujourd'hui même !...

— Il est déjà au bagne? fit le caissier avec une
sanglante ironie.

— Monsieur, serez-vous plus dur à mon égard
qu'un étranger?... et, lorsque vous disposez de
tant de ressources, laisserez-vous sombrer misérablement votre fils aux portes de la fortune ?

Le caissier venait enfin d'entrevoir ce qu'on attendait de lui. Les rides multiples de sa face crispée s'éclairaient, une à une, au feu d'une indigna-

tion intérieure dont la violence allait bruyamment éclater.

Cette fois, on entendit un juron formidable et M. Rogerat lui-même montra, entre deux portes, son visage rouge et furieux.

— Vous moquez-vous de moi, Firmerol? à la fin! voilà une heure que je vous hèle... et ma femme qui m'attend pour aller dîner en ville.

Le vieillard, abasourdi, fit signe à son fils de l'attendre et suivit son maître dans la pièce voisine qui précédait le cabinet particulier de l'agent de change.

Cette sortie démasqua la caisse grande ouverte que son gardien, surpris par une visite douloureuse à une heure où les clients ne sont plus admis, n'avait point songer à refermer.

Lucien sentit un frisson le secouer tout entier.

Une caisse ouverte!... et seul!... quand il lui fallait à tout prix conclure un mariage inespéré!

Celui qui avait jadis dévalisé son bienfaiteur devait-il hésiter à dévaliser son père?

Il glissa derrière la table par un mouvement de chat; les liasses de papiers s'entassaient hautes et serrées. Ce n'était point de l'or qui remplissait les trois étages. Ce n'étaient pas des billets de banque ni des effets de commerce, c'étaient des titres et rien que des titres.

Lucien eut un éblouissement. Une seule de ces liasses attachées par des rubans, des caoutchoucs, une simple ficelle, c'était la fortune.

A l'étagère la plus basse, la plus garnie, un gros paquet jaune, usé, trahissant un usage rassurant sur sa valeur, arrêta irrésistiblement le regard du jeune homme.

Prendre ce paquet, l'emporter, s'en servir comme de son bien propre pour son contrat, et le rapporter au bout de vingt-quatre heures, sans avoir éveillé l'attention, sans avoir compromis personne, sans avoir *volé*, quelle tentation !...

Dans le cabinet de l'agent de change, on attendait alterner les deux voix.

Lucien, d'une main, essuya son front, d'où tombait une sueur froide ; de l'autre il saisit le paquet de titres et le fit disparaitre dans le pardessus jeté sur son bras.

Une petite liasse, attachée de ficelle rouge, ébranlée par le mouvement, roula jusqu'au bord de l'étagère.

La repousser ?... Mais si le gros paquet ne suffisait pas ?

La petite liasse disparut prestement dans la poche de sa redingote.

Une seconde évolution lente et muette le ramena devant la table, debout, immobile, attendant.

— A demain, Firmerol, dit la voix de l'agent de change dans le corridor.

La caisse des titres bâillait en face de Lucien. En vérité le destin favorisait ses audaces ; les liasses enlevées, à gauche, dans l'ombre de la porte, creusaient à peine un trou indiscret.

— Pourvu que j'en aie suffisamment, pensait Lucien.

M. Firmerol reparut, des papiers à la main. Il alla droit à un carton et les y plaça, puis il se retourna vers sa caisse.

Lucien avait la gorge serrée.

Involontairement, ses yeux se baissèrent.

Un bruit sec les lui fit relever.

La caisse était fermée à double tour.

Le caissier rangea diverses paperasses, empila un livre sur un autre, et revenant à son fils :

— Vous parliez d'argent, je crois, monsieur? dit-il avec une suprême hauteur.

Mais Lucien avait changé de méthode.

— Non, monsieur, répondit-il, je viens de réfléchir. Je renonce à vous faire comprendre les difficultés d'une situation que j'ai créée, en somme, et dont la grandeur d'âme de ma fiancée m'aidera à sortir avec décence. Je me borne donc à solliciter l'honneur de votre présence à mon mariage.

9.

— Vous trouverez bon, monsieur, que je ne puisse vous l'accorder.

Lucien s'inclina.

— Il ne me reste, monsieur, en prenant congé de vous, que l'espérance de voir ma mère, plus habile ou plus heureuse, obtenir de vous un oubli qui m'est encore refusé.

M. Firmerol ne fit pas un geste pour retenir son fils. Son front implacable resta haut, comme celui de l'homme qui n'a jamais failli.

Lucien fit un effort horrible pour franchir à pas lents le long corridor, pour descendre posément l'escalier, pour tourner sous les arcades de la rue de Rivoli comme un homme ordinaire.

Sous les arcades, il bondit à travers les groupes, aperçut un fiacre, l'arrêta, sauta sur les coussins et d'une voix haletante :

— Gare d'Orléans ! cria-t-il.

Machinalement il releva les glaces, tandis que ses lèvres blêmes, agitées d'un incessant tremblement, répétaient sans en avoir conscience :

— Dans vingt-quatre heures... dans vingt-quatre heures... je rapporterai tout... tout... tout.

CHAPITRE XII

LE TÉMOIN DU FUTUR.

Pour comprendre comment Lucien, parti de Moulins à onze heures de la nuit, le vendredi, ne se présenta chez sa mère que le samedi à cinq heures du soir, il faut savoir que cette longue journée avait été pour lui l'incessante montée d'un calvaire.

Il était arrivé à Paris, non pour voir des parents qu'il avait plongés dans le désespoir par son inconduite, mais pour obtenir d'un ami, d'un ancien compagnon de plaisirs, la réalisation de ses promesses.

Promesses dorées naturellement, promesses seules capables de l'aider à mener à bonne fin sa dangereuse entreprise de Bréneroy.

Cet ami, que d'heureuses circonstances avaient porté à la direction d'une maison financière d'apparences honorables, consentait à lui fournir, pour quelques jours, les sommes ou titres nécessaires à son apport fictif dans le contrat préparé par M⁰ Desplanches.

Entre gens tarés, ces sortes de services se peuvent rendre sans grand danger de détournements de fonds, la crainte d'être dénoncé pour des escroqueries antérieures servant de contre-poids à la tentation possible.

Le directeur de la *Banque territoriale du Massachusset*, qui avait bien aussi ses raisons pour ne pas mécontenter un ancien camarade fort au courant de ses antécédents, devait effectuer le versement des 200,000 francs promis la veille du contrat et rentrer dans ses fonds dès le lendemain.

Prévenu par une lettre de Lucien que le contrat se signait à Montchenetz le dimanche 5 août, il avait répondu : « Je suis prêt. »

Lucien, d'après cet avis, aurait dû nager dans la joie de la réussite ; pourtant il était parti de Bréneroy avec une mine soucieuse et une agitation que rien ne calmait, ni la bonne grâce du baron, ni le sourire d'Odette.

C'est qu'un entrefilet menaçant s'était glissé dans la *Patrie*, qu'il avait lue l'avant-veille. Trois lignes, mais avouez qu'elles étaient de nature à l'émouvoir :

« Nous mentionnons sous toutes réserves le bruit de l'intervention de la justice dans les agisments de la *Banque territoriale du Massachusset*. On parle d'une descente dans les bureaux et de la fuite du directeur. »

La fuite du directeur!... c'était l'anéantissement d'un roman aventureux, où toutes les chances lui avaient été favorables. Echouer de cette façon misérable, à la veille du succès, était la plus intolérable des disgrâces.

Lucien ne fit qu'un saut du chemin de fer à la rue de Provence. La porte des bureaux était close; la concierge pleurait. On avait mis les scellés sur les papiers et emmené le caissier, un pauvre diable qui avait eu, pendant quelques mois, la garde d'une caisse vide.

Quant au directeur, il avait disparu.

Lucien se souvenait de certaines maisons borgnes où, dans ses premières années de dissipation, il avait bien souvent rencontré Grouaud et ses pareils.

Peut-être avait-il conservé là quelque attache; peut-être y pourrait-on lui dire, au moins, ses nouvelles habitudes.

Ce fut en vain que Lucien fouilla ces logis suspects et interrogea leurs habitants. Le Grouaud d'autrefois, devenu « M. le directeur de la *Banque territoriale du Massachusset,* » avait changé de relations et de lieux de plaisirs. On se souvenait de lui, mais on ne le voyait plus.

Une ancienne actrice, transformée en directrice

de table d'hôte, lui donna pourtant quelques renseignements vagues, à l'aide desquels le jeune
homme put étendre à d'autres rayons sa petite
enquête privée, sans se douter qu'il marchait sur
les brisées de dame police.

Ni la police ni Lucien ne purent rien découvrir.
Le directeur de la Banque fantastique, dont tout
Paris s'occupait, avait bel et bien gagné Bruxelles
avec ce qui lui restait des sept ou huit cent mille
francs cueillis, par son savoir-faire, dans l'incom-
mensurable champ de la crédulité humaine.

Lucien, à demi-fou de désespoir, regardait la
Seine d'un air morne, l'air que doivent avoir non les
désespérés du malheur, mais les désespérés du vice.

La dernière quinzaine de sa vie de mensonge
repassa devant ses yeux.

Il se revit arrivant piteux, sans sou ni maille,
dans la petite ville où sa bonne vieille femme de
tante avait eu l'esprit de lui laisser une propriété
de dix mille francs : un morceau de pain.

Une conversation, saisie par l'entrebâillement
d'une portière indiscrète, avait donné un nouveau
cours à son ambition.

Pour se marier plus librement, un vieux garçon
voulait se « débarrasser » de sa nièce. « Vite un
mari, notaire, il me le faut promptement pour
elle ; je ne serai pas difficile, pourvu qu'aux yeux

du vulgaire il se puisse décemment accepter. »

Si ce n'étaient pas les paroles, du moins était-ce le sens. En trois minutes, le client affamé qui attendait et écoutait si bien avait créé son plan de toutes pièces.

Un mari?... Il en pouvait faire un tout comme un autre, pourvu que les circonstances le servissent un peu. Elles avaient bien voulu le servir.

Un ami de Moulins, retrouvé par hasard, lui avait prêté de quoi remonter sa garde-robe. Son audace lui avait aidé à jouer son rôle. La passion exigeante de M. de Montchenetz avait tout accepté. Un notaire abusé, une jeune fille trompée, un crime légal prêt à se consommer n'effrayaient pas la conscience de Lucien Firmerol.

L'argent promis lui manquant tout à coup, voilà l'horrible, voilà l'irréparable !...

Comment, en regardant l'eau noire qui l'attirait, la pensée de sa mère traversa-t-elle son esprit ?

Ce n'est pas qu'il eût le désir de la revoir une fois encore, la dernière. Oh! non! Lucien Firmerol n'avait pas de ces faiblesses. C'est qu'il entrevoyait, derrière sa mère attendrie, son père lui pardonnant, l'écoutant, et peut-être accomplissant ce miracle de le sauver du naufrage.

Pour supposer que M. Firmerol consentît à entrer dans les conceptions criminelles de son fils, il

fallait le bien mal connaître; il fallait avoir oublié
sa vertueuse indignation. Aussi Lucien, qui se
souvenait, n'osa-t-il point espérer un tel secours.

Ce qu'il entrevit tout à coup, c'était la possibi-
bilité d'obtenir de l'intègre caissier des titres de la
maison Rogerat, une caution matérielle, un appui
moral, une sorte d'endossement d'un emprunt contracté à la caisse même dont il avait la garde.
Emprunt réel, honnête, mais que la précipitation
dans laquelle il devait être fait, le manque de ga-
ranties chez l'emprunteur rendaient effroyable—
ment difficile.

Les soixante-dix ans de probité de son père
pouvaient seuls l'y aider.

Avec la promptitude de combinaisons dont il
était doué, Lucien se fit immédiatement une tête
de fils repentant et prit d'un pas mélancolique la
route de la rue Saint-Placide.

Si l'accueil tendre de sa mère lui donna bon
courage, l'accueil dur de M. Firmerol lui ôta toute
espérance. Avant de l'avoir vu, tâté, il s'était bien
gardé de laisser rien transpirer de son but. Quand
il se fut heurté à l'implacable froideur du vieillard,
il mit brusquement de côté les attitudes attendris-
santes et parla d'honneur en demandant de l'argent.

D'honneur! lui!... Le vieillard levait au ciel
ses bras tremblants d'indignation, quand un ha-

sard, un rien, un appel précipita le dénouement.

Lucien avait senti qu'il n'obtiendrait rien, rien...
Et la caisse des titres était ouverte devant lui !...

On se souvient du reste.

Tandis que le chemin de fer l'emportait vers
l'Allier, le jeune homme, seul dans un compartiment de première classe, jeta un avide regard
sur les titres si étrangement appelés à voyager
entre Paris et Bréneroy.

Le mauvais génie qui poussait sa main vers le
crime l'avait habilement dirigée. Quand le gros
paquet dénoué répandit sur ses genoux ses feuilles
de diverses couleurs, découpées comme à l'em-
porte-pièces par le détachement des coupons, Lucien put constater qu'il était détenteur d'une valeur
de cent quatre-vingt-trois mille francs, au porteur,
rentes françaises et emprunt de la ville de Paris.

Sous la ficelle qui retenait ces titres, une bande
de papier-parchemin portait le nom de *Bertault.*

Cent quatre-vingt-trois mille francs ! c'était un
joli denier, insuffisant toutefois pour un homme
qui avait délibérément promis à son notaire de lui
apporter deux cent mille francs tout ronds.

Heureusement, qu'il y avait encore la petite
liasse que Lucien, dans son trouble, avait presque
oubliée.

Elle était bien peu volumineuse, dissimulée

dans la poche de sa redingote, enroulée de caout-
chouc et portant aussi sa bande de parchemin avec
le nom de *Clavel*.

— Il paraît que les Clavel ne manquent pas en
France, pensa Lucien.

Il se souvint en même temps qu'il allait avoir
un cousin de ce nom, fort agréable cavalier, garçon
d'esprit, qu'il serait de bonne stratégie conjugale
de ne pas attirer à Montchenetz.

La petite liasse contenait 35,000 francs d'actions
du Paris-Lyon-Méditerranée, au porteur.

Lucien plaça soigneusement la bande dans son
porte feuille, pour le « retour des valeurs, » pensait-il.

Comment s'effectuerait ce retour? Il ne le savait. De cette lourde besogne, le plus difficile était
fait. Il serait temps d'aviser le surlendemain,
lundi, quand, le contrat signé et le mariage civil
contracté, les malédictions nouvelles d'un père
seraient impuissantes à faire échouer son union.

Lucien lança un regard de triomphe au pla-
fond du wagon: l'avenir, Odette et sa dot étaient
à lui.

Il traversa Moulins sans s'y arrêter, ayant prévenu depuis plusieurs jours l'ami qu'il y avait retrouvé et qui devait lui servir de témoin que les
cérémonies du contrat, du mariage civil et du

mariage religieux l'occuperaient toute la première moitié de cette semaine.

En arrivant à Bréneroy, il eut la déconvenue de trouver une lettre de cet ami, marié à la fille d'un propriétaire et devenu très rangé du reste, qui lui apprenait la mort subite de son beau-père et l'impossibilité absolue où il se trouvait lui-même d'assister à des fêtes en un tel moment.

— Par qui diable vais-je le remplacer ? se demanda Lucien avec inquiétude.

Ce fut sa première question au notaire, le lendemain matin, lorsqu'il le rencontra à la sortie de l'office.

Celui-ci, qui donnait déjà son premier clerc comme second témoin à M. Firmerol, ne savait trop que répondre, lorsque survint le baron de Montchenelz, au bras duquel s'appuyait Madame Clavel.

Gontran suivait avec une mauvaise humeur visible.

— Vous voilà de retour, monsieur mon neveu, dit le baron de sa grosse voix joyeuse. Mais, sarpejeu !.. vous n'avez pas l'air content !...

Lucien, souriant, raconta sa mésaventure.

— Un témoin à la mer, la belle affaire !... Voici notre cousin Clavel, tout prêt à le remplacer.

— Vous voudrez bien me permettre de ne pas

accepter cette substitution, monsieur le baron, se récria Gontran.

Sa mère le toisa d'un air contrarié.

— Vous n'y pensez pas, minauda-t-elle en revenant, toute caressante, à son cavalier. On prévient au moins les gens, quand on veut les honorer de quelque faveur.

— Mais vous voyez bien, ma cousine, que le temps...

— Vous a manqué, oui; Gontran, lui, ne manquera pas à votre appel.

— Je vous assure, ma mère... protesta le jeune homme.

— Vous avez été surpris, je l'admets, mais charmé d'être pour quelque chose dans l'acte le plus solennel de la vie de notre aimable cousine.

— C'est justement pourquoi je me défends.

— Et c'est ce qui peut sembler surprenant, mon fils.

Gontran crut voir tous les yeux fixés sur lui et dans tous les yeux la même pensée observatrice. La crainte de trahir plus d'intérêt qu'il n'était convenable d'en montrer pour Odette surmonta sa violente répugnance.

— Vous me rendrez un vrai service, dit Lucien en insistant. Je suis étranger à Bréneroy et trop

pressé par le temps pour faire signe à un ami de
Paris.

— Rassurez-vous, monsieur, répondit froidement Gontran, je me mets à vos ordres.

On déjeuna au château en famille. Gontran s'excusa sur une course obligatoire dans les bois d'Aur-
vint, pour accepter seulement l'invitation du soir.

Il n'avait absolument rien à faire dans les bois,
sinon à leur confier son malaise et à chercher, sous
leur ombre bienfaisante, l'apaisement d'une fièvre
toujours croissante dont l'intensité lui faisait peur.

Odette revit son fiancé sans plaisir, sans chagrin ; elle ne fit plus aucun effort pour le trouver
agréable, ni aucune tentative pour combattre la
mélancolie qui l'obsédait.

Le sentiment de l'*inévitable* l'avait ressaisie tout
entière.

Ce fut une longue journée que cette journée du
dimanche, lourde, irritante pour tous, sauf le
notaire.

Quant au baron, toutes les heures qu'il était
contraint de dépenser loin de la belle Coraly lui
infligeaient de nouvelles impatiences.

A cinquante-huit ans, désirer vieillir, ne fût-ce
que de trois fois vingt-quatre heures, quelle imprudence ! Le baron désirait vieillir !

La cloche du dîner avait déjà sonné deux appels

quand Gontran, précédé de sa mère, fit sa tardive entrée au salon.

Il y trouva réuni tout ce qui, dans Bréneroy, avait l'honneur de faire partie de la société du château. Le maire et sa femme, le docteur Chotel, le receveur des postes, M. et Madame Desplanches, le premier clerc de l'étude et deux gentilshommes campagnards du voisinage, accompagnés de leur fille.

Les toilettes des femmes étaient criardes ; les regards des hommes étaient avides. C'est que le dîner n'était que le prélude du contrat et qu'un contrat, dans une petite ville, est un événement considérable.

Il y avait dans le contrat d'Odette matière à discussions, commentaires, suppositions et commérages en quantité suffisante pour alimenter Bréneroy le reste de l'année.

Car on espérait bien tirer au clair, enfin, la fortune de ce fiancé mystérieux, dont il avait été si difficile de rien apprendre jusque-là.

Odette fit les honneurs du repas avec une grâce qui provoqua la jalousie de ses bonnes amies.

— Quelle liberté d'esprit ! chuchotta Mademoiselle Aglaé de Noirvan à l'oreille de Mademoiselle Adolphine de Bois-Gélu ; on voit bien que cette pauvre Odette fait un mariage de raison.

— Si je me mariais je serais autrement troublée ! répondit sous l'éventail Mademoiselle de Bois-Gélu.

— Ah ! ma chère, c'est que vous êtes trop charmante pour faire autre chose qu'un mariage d'inclination ! conclut Mademoiselle de Noirvan.

Mademoiselle Adolphine, qui était laide, reçut cette aménité sans sourciller, en se promettant de la rendre, bardée d'orties, à son aimable compagne.

Odette, toute blanche dans sa robe de fiancée en faille bleu pâle, avait ce soir-là une beauté pénétrante, immatérielle, qu'éclairait la flamme rêveuse de ses grands yeux.

Quand elle abaissait ses paupières, par un instinctif mouvement de pudeur devant les compliments ampoulés de M. le maire ou les rires gaulois des deux hobereaux, Gontran relevait les siennes et contemplait avec angoisse les cils ombreux qui se profilaient sur les joues mates, comme s'il craignait de n'en plus voir la lumière.

— Encore ce soir ! pensait-il. Demain, je n'aurai même plus le droit de chercher cette âme dans ces doux yeux.

Alors quelque chose se révoltait en lui. Il la connaissait à peine, il n'était rien pour elle qu'un passant. Quel vent l'avait poussé à travers la vie de cette jeune fille ?... et quelle folie de vouloir

en deviner les impressions intimes, puisque cette
réunion d'un jour devait précéder la séparation
de leur double existence !

— Ma chère, dit mademoiselle Adolphine de
Bois-Gélu en sortant de table et prenant le bras
de mademoiselle de Noirvan, vous aviez un voisin
fort peu causeur.

— Mais si, je vous assure qu'il me répondait
volontiers.

— Je ne puis m'empêcher de croire, toutefois,
que le vis-à-vis qu'on vous avait donné nuisait à
l'esprit de ce jeune homme.

— Comment donc ?

— La façon dont il regardait sa cousine ne lui
permettait certainement pas d'apporter au charme
de votre conversation toute l'attention qu'il mérite.

— Je ne me suis pas aperçue... ·

— Moi, si. Sa distraction était si grande qu'il
vous appelait « madame » avec une persistance
que votre majorité ne suffit pas à expliquer.

Et satisfaite de sa petite vengeance, mademoiselle Adolphine de Bois-Gélu se remit consciencieusement à tondre la laine sur le dos des deux
fiancés.

Lucien l'avait choquée par son attitude moitié
triomphante, moitié embarrassée. Ce futur là
semblait assis sur des épines et contemplait, par

instant, le fond de son assiette comme s'il y apercevait des serpents.

Tout cela surprenait fort mademoiselle Adolphine, à laquelle une petite joie personnelle était
réservée. Ce fut l'attention toute bienveillante
dont elle se sentit enveloppée par madame Clavel.

Mademoiselle Adolphine, qui se savait riche et
ne se croyait point dépourvue de tout attrait,
augura bien de cette sympathie maternelle. Ne sait-
on pas que ce sont les mères qui marient les fils ?

— Mais il faudrait s'appeler Clavel tout court !
pensa sérieusement la descendante des Bois-Gélu.

Madame Clavel se disait :

— Elle aura vingt mille livres de rentes pour
s'éclaircir le teint et se redresser les yeux.

CHAPITRE XIII

UN CONTRAT DE PROVINCE.

Mᵉ Desplanches, sur la grande table du salon,
venait de déplier son grimoire.

Elle était encombrée, cette grande table, autant
que pouvait l'être, là-bas à l'étude, le bureau du
notaire lui-même.

Songez donc que le baron de Montchenetz, qui tenait à sa bonne réputation de propriétaire riche, d'oncle généreux et de tuteur intègre, y avait fait entasser assez d'actes et de titres pour éblouir ses contemporains.

Le papier timbré s'y étalait sous toutes ses formes : comptes de tutelle, inscriptions hypothécaires, don d'une petite terre fait à sa pupille comme cadeau de noces, titres de rentes, obligations de chemin de fer, baux et fermages composant la dot d'Odette, tout était là, au grand jour, pour que nul n'ignorât dans Bréneroy comment un baron de Montchenetz faisait les choses, même quand il daignait accorder sa nièce à un simple bourgeois.

Au côté gauche de la table, près de laquelle les témoins étaient assis, encore des papiers, encore des titres.

Ceux-là, c'étaient l'apport du futur, les rentes au porteur, l'emprunt de la ville de Paris, les Paris-Lyon-Méditerranée, présentés par Lucien Firmerol.

Et tandis que Mᵉ Desplanches examinait d'un œil exercé chaque titre et en écrivait prestement le chiffre sur le contrat à l'article « Apport des conjoints », les naturels de Bréneroy supputaient mentalement ce que pouvaient représenter de ca—

pital ces valeurs solides, dont la possession rehaussait grandement l'estime inquiète qu'ils avaient jusqu'alors accordée à Lucien.

— Deux cent dix-huit mille francs, en totalité, conclut Mᵉ Desplanches.

Un murmure flatteur courut le long des fauteuils.

Par un geste tout d'instinct, le baron se pencha vers les papiers que venait de repousser le notaire, comme s'il se fut dit avec surprise :

— C'était pourtant vrai.

Gontran, très-embarrassé de sa contenance, se gourmandant de n'avoir pas su secouer le rôle odieux dont on l'avait accablé dans cette triste cérémonie, jouait machinalement avec les mêmes papiers, tandis que d'un air aussi détaché que possible, Lucien, suant et blême, repliait ceux qui se trouvaient sous sa main.

M. Clavel était si loin de ce qui se disait autour de la table, si loin de se croire indiscret, que ses yeux songeurs parcouraient gravement, sans qu'il en eût conscience, le titre de rentes Paris-Lyon-Méditerranée ouvert devant lui.

Alors certains détails de nuances, de hachures de coupons, de plis du papier le frappèrent comme une vague réminiscence. Il chercha machinalement le numéro des obligations et resta songeur.

Quelle sottise ! N'avait-il pas cru reconnaître

les propres numéros des obligations de sa mère ?
Comme si ces choses-là pouvaient arriver !...

Pourtant cette corne mal effacée au coin de la
feuille ?... Il lui semblait l'avoir vue la dernière
fois qu'il avait rendu à madame Clavel le service
d'aller toucher ses revenus...

Il était fou, décidément !... La petite fortune de
sa mère dormait à l'abri dans des mains sûres. Et
s'il n'avait éprouvé tant de répugnance à voyager
avec M. Firmerol, il serait allé en chercher une
partie, dès la veille, pour solder l'acquisition de
la maison Forgeot.

Lucien fit un geste poli pour lui reprendre le
titre. Gontran le lui passa en s'excusant, mais
aussi en le suivant des yeux.

Une tâche d'encre maculait l'envers du feuillet.
Positivement, il connaissait cette tâche d'encre.

— Régime de la communauté, continua Me Desplanches.

Mon Dieu ! oui, on se mariait sous le régime de
la communauté. Ce n'était peut-être pas très-
prudent de la part du tuteur d'y consentir, mais
comme c'était plus noble !

Le baron se frottait doucement les mains.

— Voyez-vous, madame, chuchota la femme du
maire à madame Desplanches, c'est pour se créer
un précédent. S'il se marie ensuite sous le même

régime avec madame Turquet, qui donc oserait le blâmer ?

— Oh ! certainement personne, affirma la femme du notaire avec conviction.

La lecture continuait. On ne l'écoutait plus. L'essentiel était éclairci et brillamment éclairci : les deux cent dix-huit mille francs de M. Firmerol balançaient équitablement les quinze mille livres de rentes de mademoiselle de Montchenetz.

Le reste importait peu aux indigènes de Bréneroy.

Gontran préoccupé s'était glissé près de sa mère.

— Mère, avez-vous noté quelque part les numéros de vos obligations?

Madame Clavel contempla son fils avec une stupéfaction telle, qu'il comprit la folie pure de son interrogation.

— J'ai une idée fixe, pardonnez-moi, expliqua-t-il.

— Pour vous en distraire, causez donc un peu avec cette belle personne brune, là, près du canapé : elle est fort distinguée.

Gontran tourna légèrement la tête et vit une jeune personne longue, osseuse et noire, mademoiselle Adolphine de Bois-Gélu, qui détournait sournoisement les yeux avec toute la modestie d'une fille bien apprise.

10.

Il sourit à sa mère pour ne pas la peiner par un refus et fit une savante retraite.

On signait le contrat, d'ailleurs. Chacun tint à honneur d'apposer son paraphe sur un acte aussi solennel, et la liste s'allongea fort, car les invités à la soirée commençaient à affluer.

On illuminait les jardins, et les jeunes filles remarquèrent avec délice qu'une couche de sable fin avait été répandue sur la terrasse, pour en faire une succursale fraîche et embaumée de la salle de bal.

Madame Clavel avait eu raison de compter sur les fêtes du mariage pour mettre son fils en évidence et établir carrément sa parenté avec le château.

Gontran eut un succès flatteur; elle-même fut traitée par les Bréneriens avec tous les égards délicats et la curiosité polie qu'autorisait une telle alliance.

La vanité du baron l'avait emporté sur les prières d'Odette.

La pauvre petite, qui aurait voulu ensevelir dans le silence le sacrifice légal qu'elle allait accomplir, dut se soumettre aux formules, aux louanges, aux banalités mondaines.

Elle ouvrit le bal avec Lucien; son œil triste, qui effleurait tous les visages des quadrilles, s'éclaira d'un furtif rayon en n'y rencontrant point celui de son cousin.

— M'a-t-il donc devinée? pensa-t-elle.

Il était debout sur le seuil illuminé. Derrière lui, la terrasse en fête envoyait au salon l'éclat de sa gaieté juvénile.

Tous les célibataires de Bréneroy, ceux du sexe laid comme ceux du sexe tendre, s'y ébattaient avec entrain.

Le regard du jeune homme, attaché sur Odette avec une intensité sympathique, la fit tressaillir quand la dernière figure du quadrille la porta, toute pâle, au-devant de lui.

Elle eut un frisson de peur.

— Il m'a bien comprise, pensa-t-elle encore.

Gontran n'avait qu'un désir, fuir ce bal insipide. Il ne disait pas « ce bal odieux », parce qu'il venait de remarquer avec une surprise attendrie qu'Odette, obstinément, refusait de danser.

Madame Clavel n'avait garde de quitter une fête dont elle se déclarait, en son for intérieur, un des éléments les plus importants.

Son égoïsme cloua le malheureux Gontran sur le seuil de la terrasse la nuit tout entière. Cette place lui était chère. Le dernier regard d'Odette libre était venu lui causer l'ineffable sensation d'un regret inexprimé.

Le dernier regard!... Odette ne tourna plus vers lui ses yeux profonds.

Au petit jour, madame Clavel voulut bien prendre enfin le bras de son fils pour redescendre au logis Turquet.

Ne fallait-il pas s'accorder un peu de repos avant le mariage civil qui devait avoir lieu à midi et être suivi d'une partie de campagne?

Seul dans son appartement de garçon réduit à un vaste cabinet de toilette, dont on lui avait formé une chambre provisoire, Gontran repassa dans son esprit les menus faits de cette pénible nuit. Aussi bien ne pouvait-il songer à dormir.

Il revit la scène du contrat, les titres épars, les obligations Paris-Lyon-Méditerrannée qu'une étrange coïncidence de chiffres rendaient si fort semblables aux siennes, et quoique rien de précis ne pût sortir de cette revue rétrospective, quoique rien de possible même se dessinât sur ce fond bizarre, le jeune homme résolut de ne plus différer le court voyage de Paris, qui aurait du moins le précieux avantage de l'éloigner pour quelques heures des fêtes irritantes de Montchenetz.

Cette résolution purement matérielle prise, il en creusa un autre bien autrement pénible, mais sage et digne de son caractère.

C'était de remplir jusqu'au bout avec convenance le rôle détesté que le circonstances lui avaient imposé ; d'assister au mariage civil, au mariage religieux d'Odette puisqu'il le fallait absolument, au double titre de parent et de témoin ; mais de ne plus montrer son visage contraint à aucune fête, de ne plus torturer son esprit pour le plier aux banalités du monde, ni son cœur pour lui donner, tout malade qu'il était déjà, l'énervant spectacle de joies désormais interdites à ses désirs.

Puis, il s'éloignerait pour un temps de cette petite ville paisible, où il avait éprouvé le plaisir filial de voir sa mère arriver toute heureuse et le regret intime de ne faire un doux rêve que pour le perdre aussitôt entrevu.

L'orage l'y avait atteint au débarqué, et quel orage !... une souffrance intime, indéfinissable, une folie douloureuse qu'il n'osait s'avouer, et qui, si fugitive qu'elle dût être hélas ! lui paraissait devoir rester à jamais le plus pénétrant souvenir de sa jeunesse.

Aimer Odette !... aimer Odette le jour où, donnée à un autre, elle perd jusqu'au droit de le deviner.

Aimer Odette !... à l'heure où signant à son acte de mariage, il semble signer aussi toute renonciation à ses sentiments.

Que le reste de cette nuit se traîna lentement dans ces angoisses morales !.... Vint le jour, mais, qu'allait-il apporter, sinon une souffrance de plus ? La nécessité du sourire épouvantait Gontran. Pourtant le sourire est d'obligation impérieuse dans le joyeux rôle de témoin.

Les invités au mariage civil trouvèrent que ce témoin-là avait un air lugubre.

— Nous ne sommes pas à l'enterrement, lui dit aigrement sa mère.

Elle ne savait pas, elle n'avait rien compris.

Le mariage civil !... une cérémonie bien plus solennelle en fait qu'en apparence !... bien que le maire de Bréneroy eût ceint son écharpe et pro-noncé son discours avec une pompe tout à fait inusitée.

L'écharpe, repassée à neuf et attachée par les mains habiles de la femme du maire, avait une allure on ne peut plus attrayante.

Le discours, retouché par le fils aîné, licencié en droit, offrait des périodes quasi académiques.

Rien n'y fit.

Odette, en sortant de la salle enfumée où devant une table verte tachée d'encre elle avait prononcé le « oui » fatal, avait besoin d'un effort de volonté pour se croire mariée.

Pour la jeune fille chrétienne, le serment prononcé devant un prêtre, dans la maison de Dieu, paraît toujours le seul véritable lien.

Avant de prêter ce serment, deux jours restaient encore à mademoiselle de Montchenetz, M. le curé de Bréncroy, absent, ayant prié qu'on voulût bien attendre son retour jusqu'au mercredi matin.

Les invités comptaient remplir gaiement cet intervalle. Comme début, aussitôt après le déjeuner, il s'entassèrent dans une demi-douzaine de calèches et de victorias, pour aller visiter les ruines de l'abbaye de Montlaur, y luncher, danser peut-être. Mesdemoiselles de Bois-Gélu et de Noirvany comptaient d'une façon absolue.

Grande fut la déception de ces demoiselles lorsque, le moment du départ venu, elles s'aperçurent que le plus désirable de tous leurs cavaliers, le seul pour lequel elles fussent en humeur de se montrer coquettes, manquait obstinément à l'appel.

On avait déjà pris trop bonne opinion de M. Clavel pour le supposer capable de la plus légère inconvenance. Cette disparition subite devait faire craindre quelque accident.

On s'informa, avec toute la discrétion que des filles majeures pouvaient apporter à une délicate enquête.

— Mon Dieu ! c'est très-contrariant, répondit enfin Lucien, qui venait de rejoindre les promeneurs. Mon cousin — et il appuya sur ce mot — vient d'être appelé à Paris pour y régler une affaire d'intérêt ; il sera de retour demain au plus tard.

— Oh ! une affaire d'intérêt... Quel prosaïsme ! minauda Mademoiselle de Bois-Gélu.

— La prose, c'est la vie, malheureusement, mademoiselle, répondit Lucien, qui se tourna gracieusement vers Odette pour ajouter :

— Sauf quelques jours bénis, que nous dérobons à la réalité,.. quelques heures adorables qui éclairent toute une existence !

Madrigal bien inutile ! Odette ne l'entendit pas.

Elle songeait qu'il est des cœurs délicats dont on ne peut récompenser l'abnégation que par une bénédiction muette.

Madame Clavel, dont les prières s'étaient heurtées à la brève et ferme volonté de son fils de partir immédiatement pour Paris, se donna la tâche difficile de consoler Mademoiselle de Bois-Gélu pendant le reste de cette journée de plaisirs.

Tandis que le programme s'exécutait avec plus d'exactitude que d'entrain aux ruines de l'abbaye de Montlaur, Lucien se préparait quelques heures de liberté, en affectant une douleur comique, un remords inénarrable.

Qu'avait-il donc commis de si grave?

Un oubli. Oh! mais un de ces oublis qui tournent au crime, surtout quand c'est une jolie femme, sa femme d'un jour, qui en est l'objet.

Il n'avait pas rapporté de Paris le fameux bracelet *porte-bonheur* destiné à remplacer le bijou trop large qu'Odette n'avait pu conserver à son fin poignet.

Certes, pour ceux qui auraient connu l'emploi vertigineux de son temps, pendant cette journée du samedi passée à la recherche du directeur de la *Banque territoriale du Massachusset*, cet oubli n'avait rien de surprenant.

Quand on joue le bagne sur un coup de dé, on peut bien négliger un détail.

Pour des provinciaux pleins de sérénité, c'était là une distraction impardonnable.

Madame Desplanches commençait à en mal augurer pour le bonheur de la jeune épouse.

Mesdemoiselles Aglaé et Adolphine se regardaient d'un air scandalisé.

— Mais je n'attache pas une importance capitale à ce petit fait, dit Odette, que cet étalage de regrets touchait médiocrement.

— Vous réparerez cela sous peu de jours, acheva le baron.

—Je ne saurais attendre jusque-là, je dessèche-
rais de repentir ! déclara plaisamment Lucien.

— Vous n'imaginez cependant pas pouvoir faire
mieux d'ici à après-demain, dit encore M. de
Montchenetz.

— Qui sait ? murmura le jeune homme en dé-
cochant à Odette un coup d'œil attendri.

Encore une attention perdue. Odette regardait
au loin, dans le vert horizon, je ne sais quelle
vision disparue.

Les invités sont féroces. Cette journée fatiguante
ne les satisfit pleinement que lorsqu'on y eut ad-
joint une soirée et un souper.

Ces demoiselles jouèrent des charades avec de
petits jeunes gens imberbes. Ce fut délicieux de
naturel. La femme du maire se pâmait.

On s'amusa si bien, même Mademoiselle de Bois-
Gélu, qu'on oublia de remarquer l'absence insolite
de M. Firmerol. Odette n'eut garde d'attirer l'attention sur une éclipse dont elle était loin de soupçonner le motif impérieux.

CHAPITRE XIV

LA GRANDE VICTIME.

Lucien, lui aussi, était parti pour Paris dans l'éternelle patache qui fait le service du soir entre Bréneroy et Moulins.

Il emportait, serrées sur sa poitrine, les bienheureuses liasses de titres qui venaient de jouer pour lui la comédie de la fortune.

Il était gonflé de sa réussite, de son succès, de son mariage accompli.

Qui le croirait?... il était fier de son honnêteté. Ne rapportait-il pas intact, après une possession de quarante-huit heures, le dépôt qu'il avait emprunté violemment à la caisse Rogerat?

Qu'allait-il trouver à Paris? L'ignorance ou la fureur de son père? une scène de famille ou une dénonciation judiciaire?

Un peu de sueur lui mouillait les épaules à cette dernière supposition.

Mais cela durait peu. Jusqu'à présent la chance avait été pour lui. Pourquoi tournerait-elle?

Quand il arriva dans Paris, à une heure trop

matinale pour espérer trouver son père chez
M. Rogerat, la pensée de sa mère lui sourit tout
d'abord.

Elle l'avait accueilli sans un reproche après six
ans d'exil. Sans doute serait-elle encore aussi
miséricordieuse. Sans doute voudrait-elle lui
servir d'intermédiaire pour la difficile restitution
des titres.

Et pourtant, par un reste de respect filial, il se
dit qu'il serait mieux de lui laisser tout ignorer.

En montant l'escalier de la rue Saint-Placide,
il rencontra la bonne femme qui descendait, son
petit panier à provisions à la main.

Elle jeta un cri de joie en le voyant.

— Et ton père qui disait qu'on ne te reverrait
plus ! s'écria-t-elle en l'embrassant.

Le père avait dit cela. Il avait donc découvert
le détournement ? Lucien faillit redescendre.

— Monte vite. Ton père est là, naturellement.
Comme je suis contente de lui prouver qu'il avait
tort !

— Pourquoi ne serais-je pas revenu ? balbutia
Lucien.

— Eh ! le sais-je ?... Ce sont des idées à papa
Firmerol. Va, je vais te chercher à déjeuner ; car
tu déjeuneras avec nous, n'est-ce pas ?

Elle l'embrassa une seconde fois, follement,

dans les cheveux, et dégringola les escaliers comme une jeune fille.

— Pauvre mère! pensa Lucien, involontairement attendri par cet amour illogique et tenace; ça la tuerait peut-être. Mieux vaut régler cela entre hommes.

Il entra résolument.

M. Firmerol, enveloppé dans une vieille robe de chambre, et digne jusque dans ce négligé d'intérieur, lisait son journal près de la fenêtre ouverte.

Le modeste petit logis, déjà rangé, parlait, par ses vieux meubles, de misère courageusement supportée, et, par son ordre admirable, de travail incessant.

Lucien ne remarqua cet ensemble que pour se féliciter d'avoir su échapper à tant de privations.

M. Firmerol parut légèrement surpris de reconnaître son fils à pareille heure.

— Je vous croyais en pleines noces, lui dit-il d'un ton froid.

Lucien respira. Ce ton n'était point celui de la colère.

— Je suis marié à la mairie, dit-il avec vivacité, car c'était là un point à établir dès le début.

— Et religieusement?

— Demain.

— Alors, que venez-vous faire à Paris?

C'était l'heure de payer d'audace. Lucien tira les titres de sa poche et les posa bien en évidence devant son père.

Aussi bien ne pouvait-il tenter de les replacer dans la caisse Rogerat.

— Je vous rapporte ceci et vous remercie d'avoir sauvé à tout jamais, par votre silence, l'honneur de notre nom.

M. Firmerol avait mis ses lunettes, et, penché sur les liasses ficelées, il les contemplait sans comprendre.

Lucien, debout entre la table et la porte restée entr'ouverte, assura sa voix pour expliquer brièvement, cette invraisemblable aventure.

— Pour épouser mademoiselle de Montchenetz, il me fallait im-pé-ri-eu-se-ment deux cent mille francs d'apport. Apport fictif, cela va sans dire. La présentation des titres suffisait. Je les ai présentés; je n'entends pas avoir commis un détournement, mais seulement avoir fait une chose habile. Voici les titres sortis de la caisse de M. Rogerat... que vous pouvez y réintégrer.

Le vieillard tourna vers son fils un visage livide où brillaient des yeux hagards.

Il n'avait pas encore bien compris, sinon que la caisse Rogerat, sa caisse à lui, était mêlée à cette histoire.

— Répétez... répétez... je ne... saisis pas ! prononça-t-il d'une voix étouffée.

Lucien continua avec hardiesse :

— Ces titres — deux cent mille francs de titres — ne peuvent être restés absents de la caisse dont vous avez la gestion sans que vous vous en soyiez aperçu.

Cette insinuation tendait à faire de son père un complice.

M. Firmerol effaré se dressa sur ses pieds.

— L'ayant constaté, continua Lucien, vous vous êtes dit qu'un emprunt de quarante-huit heures ne causait qu'un tort... moral... à la maison Rogerat, et faisait pour toujours de votre fils un honnête homme. Donc, vous vous êtes tu... Vous vous taisez... vous vous tairez à jamais.

Lucien regarda son père en terminant cette période effrontée : il eut peur de ce visage convulsé sur lequel la lumière, lente à se faire, venait enfin d'éclater.

Il dit pourtant encore sans faiblir :

— C'est pourquoi je vous remerciais tout à l'heure d'avoir sauvé une fois de plus, oh ! la dernière... le nom de Firmerol.

Le malheureux père avait compris.

— Toi !... toi ! cria-t-il en portant les mains à sa gorge comme pour en arracher les mots qui s'y étranglaient. C'est toi qui viens me dire... et tu as pris... comment?... quand?... c'était impossible!... J'ai ma clef... la voilà !... Est-ce que je quitte ma clef ?

Tout à coup, il fit un cri.

— Ah !... je sais... ma caisse était ouverte... et tu es venu comme un solliciteur... et tu es reparti comme un larron !

— Un larron ! protesta Lucien. Le cas n'est pas prévu par le Code, que je sache... Et que vous servirait de flétrir votre propre fils ?

Le vieillard s'effondra de tout son poids sur le fauteuil, qui fléchit sinistrement.

— L'infâme !... Il ne redoute que la justice humaine ! gémit-il en voilant sa face blême de ses deux mains.

Non, il n'avait rien vu, ce caissier honnête, parce que le samedi, sa caisse faite, il allait quitter le bureau pour n'y pas revenir le dimanche.

Comment aurait-il soupçonné que trois minutes d'absence avaient suffi pour faire de son fils coupable un récidiviste endurci ?

Quand il laissa retomber ses mains, le vieillard vit Lucien se glisser vers la porte.

Le larron d'honneur s'en allait silencieusement, honteusement, les mains déchargées, la conscience boueuse.

Une voix le cloua au seuil, une voix méconnaissable, poignante, horrible.

— Que la malédiction paternelle te suive partout ! disait la voix.

Lucien mit ses poings fermés sur ses oreilles et s'élança dans l'escalier.

Au dernier tournant, il faillit renverser sa mère, qui montait toute joyeuse, essoufflée, avec un refrain de sa jeunesse aux lèvres.

— Lucien ! cria-t-elle épouvantée.

— Cette fois, mère, vous ne me reverrez jamais ! répondit-il sans s'arrêter.

Elle le regarda disparaître et monta, le cœur palpitant.

— Firmerol l'a mal reçu, pensait-elle.

M. Firmerol avait rejeté sa robe de chambre, enfilé son paletot de bureau et cherché son chapeau avec agitation.

Ses pauvres vieilles mains tremblantes prenaient et laissaient chaque objet sans les voir.

— Que lui as-tu donc dit ? demanda la mère.

— M. Rogerat ne sait pas... non, il ne sait pas... mais je lui dirai, moi, murmurait M. Firmerol.

— Je te demande ce que tu as dit à Lucien.

— Est-ce que je pourrais vivre, en face de cette caisse, sans avoir tout dit au patron ?

11.

— Voyons, Firmerol, je t'en prie, qu'as-tu fait à ton fils ?

Le vieillard sursauta, comme si ce mot lui eût causé la lancinante sensation d'une brûlure.

Il tourna vers sa vieille compagne des yeux fixes où luisait une clarté sinistre.

— Ma femme, dit-il avec un geste d'une autorité telle qu'elle se courba terrifiée, souvenez-vous bien que nous n'avons plus de fils !

Il prit la double liasse de papiers et sortit sans qu'elle osât l'arrêter.

Il marchait vite, aussi vite que le permettait ses jambes trébuchantes. En traversant le Carrousel, il faillit trois fois se faire écraser.

— C'est un ivrogne !... quelle honte à cet âge ! disaient les passants.

Les bureaux de l'agent de change n'étaient point encore ouverts. Quelle est l'administration qui ouvre avant huit heures du matin ?

Le concierge se demanda ce qui pouvait amener M. Firmerol à cette heure indue.

Le garçon de bureau, qui balayait d'un air endormi, se dit que le caissier des titres devait avoir quelque chose dans le cerveau pour venir commencer sa besogne avant d'y être obligé.

M. Firmerol se hâtait vers son bureau. Près d'y entrer, il appela le garçon.

— Antoine, voulez-vous demander à M. Rogerat, au cas où il serait déjà levé, s'il voudrait me recevoir un instant?

Le garçon n'eut pas le temps de répondre, que le caissier poussait vivement sa porte et étouffait un cri.

M. Rogerat était assis dans son bureau à lui, dans son fauteuil à lui, devant sa table de travail, tournant le dos à la caisse des titres grande ouverte, et le regardait entrer.

Les deux hommes s'examinèrent silencieusement, étonnés l'un de trouver un coupable, et l'autre de rencontrer un juge.

M. Rogerat dit enfin d'une voix presque basse :

— Firmerol, est-ce possible?

Le caissier répondit en présentant les papiers :

— M. Rogerat, voici les titres.

L'agent de change les attira sous ses yeux par un geste plein d'autorité.

Un peu de tremblement agitait sa main.

— Je viens vous expliquer, monsieur... commença le vieillard.

— Tout à l'heure, fit sèchement M. Rogerat.

Et se retournant vers une personne que le caissier n'avait pas encore vue :

— Monsieur Clavel, ajouta-t-il, voici vos titres. Les reconnaissez-vous?

Gontran se détacha de la fenêtre d'où il écoutait, sans le comprendre, ce court dialogue.

Il prit les papiers, les parcourut d'un regard vif et pâlit : les numéros, les coins froissés, tout, jusqu'à la tache d'encre, avait frappé son regard, la veille, au château de Montchenetz.

Il ne s'était donc pas trompé. Cette chose impossible avait pu se faire : une poignée d'actions du chemin de fer de Paris-Lyon-Méditerranée, confiées à un agent de change de Paris pour être vendues, se trouvaient avoir figuré à un contrat de province comme apport du futur.

Elles avaient passé sous ses yeux, à lui, sans qu'il pût crier à la fraude, et voici que ces mêmes actions rentraient, devant lui encore, dans la caisse dont elles n'auraient point dû sortir.

— Je les reconnais, dit-il en se contenant.

— Monsieur, dit l'agent de change, dont la lividité se nuançait déjà d'un peu de rougeur, Dieu m'est témoin qu'il se passe ici un fait inexplicable pour ma loyauté. Vous êtes venu ce matin, de si bonne heure et avec tant de ténacité me prier de vous remettre les titres que vous m'aviez confiés, que j'ai bouleversé tous les usages de la maison et suis descendu moi-même, sans attendre l'arrivée de mon caissier, ouvrir cette caisse avec ma seconde clé. Je vous avoue, monsieur Clavel, que j'étais un peu blessé de votre insistance. Je vous prie de me pardonner. Vous aviez mille fois raison. Vos titres n'étaient point dans ma caisse !... dans ma caisse, où vous deviez être aussi certain de les trouver que vous étiez certain, hier, que je suis un honnête homme.

— Je le suis encore, monsieur, protesta Gontran, auquel n'avait point échappé la stupeur profonde de l'agent de change en face de cette disparition.

— Je vous remercie, monsieur. Donc, je ne comprends point ce qui vient de se passer et vous en renouvelle d'abord mes excuses les plus humbles. Maintenant, c'est le tour de l'explication, et bientôt, celui de l'expiation.

Il revint au caissier qui restait immobile, son chapeau à la main, les épaules courbées, les lèvres tremblottantes.

— Parlez, Firmerol, dit-il impérieusement.

A ce nom, Gontran fit un geste brusque. Une clarté venait de se faire si soudaine, si complète, qu'il en fut comme aveuglé.

— Firmerol ! répéta-t-il... Ah ! monsieur, plus n'est besoin d'explication désormais. Je savais déjà où mes titres avaient passé deux jours. Je sais à présent comment ils y sont arrivés.

— Mais moi je ne sais pas, interrompit l'agent de change, et j'ai le droit de savoir.

Le vieillard s'était lentement redressé. Son grand front découronné venait de revêtir une étrange auréole; l'énergie du regard sembla renaître avec le réveil de la volonté; la voix recouvra des notes graves et affermies.

— Vous sauriez déjà, vous aussi, monsieur Rogerat, s'il vous avait plu de m'entendre. J'ai eu besoin de deux cent mille francs... Oh! pas pour moi. Il me faut, à moi et à ma pauvre femme, la moitié des appointements de six mille francs que vous m'allouez. Le reste sert à solder de vieux engagements.

— Pas pour vous! gronda l'agent de change. Et pour qui, malheureux?

— Pour mon fils, Lucien Firmerol, époux depuis hier de Mademoiselle Odette de Montchenotz.

— Ne prononcez pas le nom d'Odette! s'écria Gontran, dont une torture atroce poignait le cœur.

M. Firmerol lui jeta un regard compatissant, comme s'il eût deviné la douleur sans issue qui se révélait par ce cri. Il souffrait tant lui-même!

— L'ambition pour ce fils m'a perdu, continuat-il; toute ma vie de probité ne m'a pas mis à l'abri d'une défaillance suprême... Mon fils a pu se croire doté par son vieil original de père... Les titres ne sont pas restés dans ses mains, ah! mais non : je les rapporte. On peut bien, par ambition paternelle, risquer son honneur ; on n'entend pas risquer les galères... Monsieur Rogerat, je suis à votre disposition.

Rien ne saurait rendre l'accent bizarre, tour à tour froidement contenu et douloureusement ironique, de cette confession.

Ce n'était ni le cynisme du révolté, ni le repentir du coupable.

Ce vieillard, qui savait perdre sa position et son honorabilité, ne semblait ni humble ni désespéré ; la volonté, plus que le sentiment, paraissait dicter ses paroles.

M. Rogerat, trop troublé par la responsabilité, personnelle qu'il encourrait en cette déplorable affaire, ne saisit nullement ces nuances dont Gontran resta frappé.

— Vous êtes un misérable ! dit-il durement.

Quelque chose comme un sourire, plus vite effacé qu'un éclair dans le ciel noir, traversa l'œil fixe du caissier.

— Que voulez-vous que je fasse de vous, maintenant ? Vous livrer à la justice comme un salarié infidèle ?

— Je suis à votre disposition, monsieur Rogerat, répéta le vieillard.

— Il me répugne de traîner devant les tribu-

naux vos cheveux blancs, et, cependant, tant d'in-
délicatesse !...

— Monsieur, intervint M. Clavel, je vous demande en grâce que ce ne soit pas ma réclamation qui vous pousse à cette extrémité.

— C'est la simple équité, c'est le devoir qui le
demandent. Il faut un exemple aussi ! s'écria l'a-
gent de change.

— Faites donc, si vous le jugez nécessaire, reprit Gontran, quoiqu'il me paraisse sage d'interroger M. Firmerol fils d'abord.

Le caissier fit un pas vers Gontran avec une
vivacité telle, une expression de visage si épouvantée que le jeune homme, déjà ébranlé, sentit un doute nouveau grandir en lui.

— Mon fils n'a rien à voir ici, dit le vieillard
avec force. J'ai suffi, seul, à commettre une faute,
je dois suffire, seul, à l'expier.

— Et ne voyez-vous pas que cet homme a voulu, coûte que coûte, faire faire à son fils un mariage riche ? dit l'agent de change en s'adressant
à Gontran ; ce qu'il a fait chez moi est un détournement temporaire ; ce qu'il a fait là-bas, dans la
famille de la fiancée, est un vol qualifié. A qui se
fier ? Ma maison, ma fortune privée, j'aurais tout
confié à ce malheureux. Quel naufrage !

M. Rogerat fit plusieurs fois le tour du petit

bureau avec une agitation croissante. Près de flétrir publiquement l'employé de choix, dont la vieille probité avait fait si longtemps sa sécurité et son orgueil, il hésitait et souffrait.

L'homme d'argent n'avait pas éteint chez l'homme du monde tout sentiment de commisération. M. Rogerat se souvenait d'une digne femme âgée, dévouée, souffreteuse, que sa propre femme, à lui, vénérait. Il revoyait les vingt ans de repos absolu qu'il avait dus à ce vieillard coupable. S'il ne désarmait pas, du moins s'apaisait-il par degrés.

Quand sa fiévreuse promenade le ramena une dernière fois devant son caissier, il s'arrêta, le regarda dans les yeux et dit avec une involontaire expression de pitié :

— Allez-vous-en, Firmerol ; je vous plains plus que je ne vous méprise. Je me tairai. Ne restez pas chez moi une minute de plus.

M. Firmerol ne pouvait pas blêmir davantage. Son grand corps voûté tressaillit et parut secoué comme une branche grêle que le vent tourmente. Son œil atone embrassa, dans un rapide regard circulaire, les objets vulgaires et laids qui meublaient le bureau comme pour en emporter l'image.

Lentement, lentement, avec un effort où se déchirait son âme, il tira de sa poche un trousseau de clefs dont il entreprit d'enlever la moins lourde.

Comme elle semblait peser à ses mains, pourtant, cette petite clef fine et découpée comme un
bijou !

On eût dit que cet emblème de son autorité dé-
chue lui tenait aux entrailles par des liens invi-
sibles, incassables, tant fut douloureux le soupir
qui en accompagna la remise.

Elle brillait sur le bureau noir, la petite clef
d'acier poli qu'il ne toucherait plus, qu'il ne reverrait plus !

S'il eût été seul, peut-être l'eût-il embrassée.

— Je vous remercie, monsieur Rogerat, dit-il
en ébauchant un salut dans la direction du patron
généreux.

Mais ce fut la table que ses yeux rencontrèrent,
et, sans qu'il en eut conscience, ce fut la clef qu'il
salua.

Il descendit en trébuchant et glissa sur le dernier escalier, sans même prendre la peine d'é-
tendre la main pour se retenir à la rampe.

Le concierge accourut, vit qu'il était malade et
crut bien faire de le soutenir jusqu'à une voiture
de place, dans laquelle il monta près de lui.

Le retour à la rue Saint-Placide fut navrant.
Monté, plutôt qu'aidé, par le compatissant concierge, M. Firmerol fut remis aux mains de sa

pauvre femme, qui pleurait et ne comprenait pas.

Vers le soir, seulement, cet immense accablement du vieillard fit place à une lucidité attendrie. Il attira sa compagne près de son lit et lui dit avec une infinie douceur :

— Ne te récrie pas, ne proteste pas. Ce qui est arrivé devait être : je ne suis plus le caissier des titres de la M. Rogerat.

— Toi !... tu n'es plus ?... Mais je rêve... Mais qu'y a-t-il ?... M. Rogerat... que tu sers depuis vingt ans ?... C'est un monstre d'ingratitude !

— M. Rogerat est un cœur généreux. Il nous faudra toujours le bénir.

— Le bénir !

— Il te permet de vivre sans rougir ; il sauve d'une honte imméritée la jeune femme... la mariée d'hier,... la pauvre innocente victime... Odette de Montchenetz.

— Ah ! tu prétends dire que Lucien...

— Ne sais-tu pas que nous n'avons plus de fils ?

— C'est horrible ! je ne sais rien moi, au moins voudrais-je comprendre.

Elle était à genoux.

Il passa sa main desséchée dans les rares cheveux gris de sa chère femme, de sa courageuse amie.

— Pauvre chère ! murmura-t-il, les vieillards

comme nous peuvent souffrir et disparaître. Aux jeunes, l'espoir et la vie honorée.

Elle répéta sans comprendre mieux :

— Aux jeunes ?

M. Firmerol laissa ses yeux voilés chercher le jour décroissant à travers la fenêtre. On ne voyait guère qu'un coin du ciel entre les hautes cheminées.

Il parla bien lentement, sans suite, comme dans un rêve interrompu.

— Odette !... avoir vingt ans et donner sa main... peut-être son cœur... pauvre Odette !... Je ne vous connais pas, je ne vous verrai jamais, mademoiselle de Montchenetz !... J'ai cependant fait pour vous ce que n'eût pas fait votre propre père ! Vous n'auriez pas pu vivre, n'est-ce pas, près d'un homme souillé... près d'un époux méprisable ?... On vous dit si belle !... et si candide... un peu triste... Il nous écrivait cela, le malheureux !... Il faudra lui pardonner... quand vous découvrirez qu'il n'est pas riche... Il faudra le croire s'il vous dit que l'amour seul l'a égaré !... Il ne vous dira pas... On ne saura pas... à quoi bon dire ?... La vieille mère ne sait rien, elle !... et le vieux père... Ah ! le vieux père !... le vieux père qui ne vous a pas bénie, qui ne vous a pas embrassée... que vous ne pleurerez pas... il a donné à votre beauté, à votre jeunesse... à votre innocence, pauvre

Odette..., il a donné un bien... plus grand que tous ceux-là : l'honneur ! Mais... il en va mourir !

Madame Firmerol, hâletante, se penchait pour mieux saisir cet appel bizarre, à travers l'espace, à la jeune inconnue devenue « sa fille » depuis la veille.

La voix du mourant avait des intonations carressantes, et, parfois, comme un écho de sanglots contenus.

Il ne parla plus. La fièvre le saisit, une ardente fièvre qui fit hocher la tête au docteur.

Toute la nuit, madame Firmerol tint de la glace sur ce cher front brûlant, où ses larmes tombaient pressées et lourdes.

A l'aube, quand le jour grisâtre couronna les hautes cheminées qui formaient tout l'horizon du malade, il se souleva sur son lit, les mains étendues.

— Odette, cria-t-il d'une voix forte, levez la tête... levez la tête... Quoique vous vous appeliez Odette Firmerol !... Levez la tête !... Vous en avez maintenant le droit : Je meurs !

Et, comme une masse, il retomba mort.

CHAPITRE XV

MARIAGE.

Toute blanche sous un vaporeux nuage de tulle, Odette attendait le marié pour être conduite à la petite église de Bréneroy.

On était au mercredi matin.

Les voitures du baron et des invités étaient rangées devant le château. Lucien, consulté par les cochers, venait d'autoriser l'apparition, à chaque oreille de cheval, d'un flot de ruban blanc du plus réjouissant effet.

Il avait constaté déjà combien le cortége y gagnerait en gaieté, donné le dernier coup d'œil aux menus préparatifs, et rien n'eût été plus naturel que de le voir rejoindre la jeune femme.

Il n'y mettait toutefois aucun empressement.

Son œil inquiet sondait les profondeurs de la rampe, comme s'il en eut dû voir émerger l'objet de sa secrète préoccupation.

C'est qu'en vérité rien n'était plus contrariant, pour ne pas dire plus ridicule, que ce qui se produisait.

Le témoin, l'indispensable premier témoin, M. Clavel, enfin, ne paraissait pas.

Depuis son départ pour Paris on n'en avait point eu de nouvelles à Montchenetz. Au logis Turquet, on l'avait vu rentrer dans la nuit pour ne plus ressortir.

Se faire attendre un jour pareil, c'était une énormité bien autrement compromettante que celle de disparaître, un jour de fête, lorsque des danseuses insatiables comptaient sur son concours.

On ne vit jamais témoin plus fantasque, cousin plus capricieux !...

Lucien grinçait des dents.

Un grand quart d'heure s'étant écoulé encore depuis le moment fixé pour le départ, le marié n'y tint plus. Tout froissement à part, il lui fallait se préserver des railleries de toute la ville.

— Je crois convenable d'aller moi-même chercher Madame Clavel, dit-il au clerc de Madame Desplanches, qui l'assistait comme second témoin.

— Voulez-vous que j'y coure? offrit ce dernier.

— Je puis bien me dévouer pour une femme... pour une parente, riposta Lucien en se jetant dans une voiture.

Trois minutes après, le cocher s'arrêtait sur la route en face de Madame Clavel, qui montait en voiture au château accompagnée de son fils.

Les deux jeunes gens échangèrent un regard glacé, tandis que la vieille dame ouvrait à Lucien sa voiture.

— Monsieur, dit Gontran, je prierai ma cousine d'agréer mes excuses pour un retard involontaire...

— Vous serait-il arrivé quelque accident? interrogea Lucien.

— Oh! le pauvre enfant! exclama Madame Clavel; il m'est revenu de Paris fiévreux, renversé, effrayant! Ce matin, il avait presque le délire. Il lui a fallu un grand courage pour surmonter le mal et m'accompagner.

— Il m'a fallu beaucoup de respect pour Mademoiselle de Montchenetz, rectifia Gontran.

— Je suis désolé, monsieur, que cette cérémonie vous cause une fatigue, dit Lucien d'un air soupçonneux.

Madame Clavel se penchait à la portière pour voir les chevaux enrubannés.

Gontran mit son visage pâle bien en face du visage inquiet de Lucien, et d'un ton bas, plein de provocations difficilement contenues :

— C'est la cérémonie elle-même qu'il faut déplorer, dit-il.

Lucien sursauta. Une telle parole était une audace inouïe ou une révélation prochaine. M. Clavel aurait-il, par impossible, deviné quelque parcelle de son secret ?

La présence de Madame Clavel lui imposait le silence ; la prudence l'y contraignait d'une façon plus impérieuse encore.

— Vous voudrez bien m'expliquer ce paradoxe un peu plus tard, monsieur, se contenta-t-il de dire avec un sourire faux.

Gontran avait la fièvre encore. Ce mal étrange auquel sa mère faisait allusion ne l'avait point abandonné.

Il avait la fièvre du doute, l'horreur de ce qu'il voyait accomplir sous ses yeux, l'implacable nécessité d'y prendre part et la souffrance sans nom de laisser Odette livrée à un être détesté, sans doute à un être méprisable.

Puis toujours, toujours cette question brûlante: « Quel est le vrai coupable » ?

Quel est le vrai coupable, du fils triomphant ou du père courbé sous la honte ?

Ce fils, il l'avait vu troublé et comme gêné dans sa réussite.

Ce père, il l'avait vu sombre, mordant, presque ironique dans sa confession.

Et malgré lui, malgré l'aveu du père, dans la pensée affolée de Gontran, le père était innocent, le fils ne pouvait l'être.

12

Mais comment le prouver? et même hélas!
pourquoi le prouver?

A quoi bon faire la lumière sur une action
basse, dont les détails lui échappaient, dont le
mobile seul, cupide, inavouable, lui avait été ré-
vélé?

N'était-il pas trop tard pour ouvrir les yeux
épouvantés d'Odette?... pour lui révéler la honte
d'un beau-père dont elle portait le nom flétri?...
pour lui jeter au cœur un doute horrible sur la
complicité d'un fils, d'un mari, qu'elle avait loya-
lement accepté pour compagnon de sa vie?

Ces indécisions, ce trouble, cette douleur qui
avaient brisé son corps depuis son retour de Paris,
torturaient encore son âme en pénétrant dans le
salon de Montchenetz.

Mademoiselle de Bois–Gélu, qui plantait pour
la dixième fois, tantôt à droite, tantôt en arrière,
une fleur d'oranger dans les soyeuses boucles de
la mariée, fit une exclamation joyeuse en les
voyant entrer.

— Nous voici tous, nous sommes prêts, partons,
madame, dit-elle.

Elle fit une profonde révérence, respectueuse
et comique, à son amie qui souriait.

Ce mot « madame » bouleversa Gontran.

Absent depuis la cérémonie du mariage civil, il

n'avait encore entendu personne donner ce nom à Mademoiselle de Montchenetz.

« Madame! » cela ne voulait-il pas dire: « à jamais liée? »

Il restait muet, stupide, tandis que sa mère entremêlait les louanges et les exclamations tendres en contemplant Odette.

Celle-ci finit par remarquer — peut-être l'avait-elle vu tout d'abord — l'attitude étrange de son cousin.

Madame Clavel venait de prendre le bras de Lucien; Mademoiselle de Bois-Gelu sortait en avant; force fut à Odette de mettre sa petite main sur le bras de Gontran.

Ce contact si léger et si doux le fit tressaillir. Il murmura comme on parle en rêve:

— Vous n'exigerez plus de moi qu'une heure de courage, n'est-ce pas?

Si pure qu'elle fût, un peu de curiosité lui vint au cœur.

— Du courage! répéta-t-elle; eh quoi! c'est du courage qu'il vous faut pour remplir auprès de moi l'office d'un bon parent?

Elle s'efforçait de sourire, pour donner à son interrogation tremblante l'enveloppe de la gaîté.

— Oui, dit-il avec une émotion dont il ne put maîtriser l'intensité, du courage! car, renonçant à jamais à ce beau rêve d'un jour qui restera le roman de ma vie, je commets pire qu'un crime : une profanation !... en aidant, ne fût-ce que par ma présence, à vous remettre en des mains qui ne devraient point toucher la vôtre.

— Mon cousin... balbutia Odette, effarée de cet accent, de cette insinuation surtout.

Il ne s'arrêta pas. Les digues rompues laissaient fuir le flot.

— Connaissez-vous le nom que vous allez porter? Êtes-vous certaine que jamais tache n'en a flétri l'honorabilité? Ne craignez-vous pas de devenir, quoique innocente, solidaire de la réprobation qui peut monter et grandir autour de lui?

— Mais, monsieur...

— Et cet homme lui-même... ne devinez-vous donc pas que le doute me torture à son sujet?... Que j'ai vu l'abîme?... Est-il plongé tout entier dans cet abîme de honte?... N'en est-il, au contraire, que le bénéficiaire inconscient?

Elle frissonna de tout son corps.

Ils descendaient le grand escalier lentement. Au bas, sur le perron, les demoiselles d'honneur, avec une gaieté où perçait l'envie, raillaient le peu d'empressement d'Odette.

C'était étrange, en un pareil moment, en un semblable lieu, de voir ce couple attardé, pâle et grave, qui semblait chercher à reculer, de seconde en seconde, l'heure irréparable.

— Monsieur, dit Odette d'une voix basse où vibrait l'indignation, pour accuser ainsi, quel est votre mandat ? quelle preuve m'apportez-vous ?

— Des preuves ? je puis les trouver, je suis sur la trace... je puis préserver encore votre nom immaculé. Je puis confondre celui qui a eu l'art infernal de tout tromper ici... je puis...

— Vous oubliez, monsieur, que je suis depuis deux jours, aux yeux de la loi, la femme de M. Firmerol.

Odette appuya sur ce mot « la femme » avec une énergie douloureuse, tandis que dans ses grands yeux si doux s'allumait une lueur foudroyante.

Elle quitta le bras du jeune homme, et, le laissant tout étourdi sur le perron, elle se mêla aux demoiselles d'honneur jusqu'à sa voiture.

Lucien s'étant précipité pour l'aider à y entrer, elle le considéra d'un œil fixe comme si elle le voyait pour la première fois, évita sa main tendue et s'assit en faisant signe au baron de la rejoindre.

Madame Clavel suivit et mademoiselle de Bois-Gélu s'installa la dernière en constatant que jamais, au grand jamais, on ne vit figure de mariée plus étrangement révolutionnée.

C'est que la malheureuse Odette, sans savoir

12.

s'attacher son angoisse intime, avait senti, sous la parole passionnée de son cousin, s'affermir le soupçon vague que la conduite de Lucien lui avait inspiré.

Elle était à mille lieues de croire qu'elle avait épousé un escroc; mais elle n'était que trop convaincue de s'être donnée à un époux indigne d'elle.

La lumière n'était point assez complète pour éclairer les recoins sombres de cette histoire d'amour mystérieux et de mariage hâtif; mais elle avait jeté un jour assez vif sur le douteux personnage de Lucien pour autoriser toutes les craintes.

Il en résulta, qu'en entrant dans l'église, le hasard ayant rapproché les deux témoins et les mariés, Odette murmura d'une voix brève et dure en passant devant Gontran :

— Je n'oublierai jamais le cruel service que vous avez cru devoir me rendre.

Gontran demeura blême et muet.

Sa conscience, un instant dominée par la passion, lui criait, avec une implacable rigueur, qu'il avait commis une action coupable à vouloir dessiller des yeux dont le devoir désormais devait être de rester clos.

N'était-ce pas échouer misérablement, après tant d'heures de luttes pénibles, que d'avoir cédé aux suggestions d'une rivalité sans espoir?

Cette faute, il l'avait commise. Odette l'en punissait aussitôt par son indignation. C'était justice.

Je ne sais quelle gêne inavouée pesait sur tous les assistants. La tristesse de la mariée, la préoccupation de Lucien, l'embarras de Gontran, la visible impatience du baron donnèrent à cette dernière cérémonie un cachet de contrainte et de hâte.

M. le curé de Bréncroy, qui revenait précipitamment, quoique mal remis d'une indisposition grave, pour ne pas laisser à d'autres le souriant honneur de marier mademoiselle de Montchenetz, lui adressa une allocution grave et monotone, qui trahissait la souffrance et l'effort.

Pendant la fin de la messe, une vieille femme traversa le chœur d'un pas pressé pour aller réclamer, à la sacristie, les derniers secours en faveur de son mari, qui se mourait.

Cette coïncidence funèbre parut de mauvais augure aux invités.

Une corneille qui, depuis de longues années, nichait dans le clocher, où elle se tenait tapie et silencieuse, prit tout à coup son vol, s'abattit lourdement sur un vitrail ouvert et fit résonner dans l'intérieur de l'église son cri lugubre.

Le baron lui-même, qui n'était pas supersti-
tieux, eut un sursaut désagréable.

Les compliments s'échangèrent vite à la sacristie, où tout Bréneroy tint à défiler en grande parure.

Mais Odette, glacée, la main ouverte et refermée
par un geste machinal, encourageait si peu l'expan-
sion, que les félicitations les plus enthousiastes
tombaient, désenflées, devant son attitude.

Le cortége se reforma pour rentrer au château.

— Encore dix minutes ! se disait Gontran.

Et il montrait à mademoiselle Adolphine de
Bois-Gélu, accrochée à son bras, la face grima-
çante d'un blessé qui veut sourire pendant l'am-
putation.

Mademoiselle Adolphine lui faisait porter son
bouquet blanc et se plaisait — la bonne petite âme
innocente — à lui vanter la pâleur aristocratique
de la mariée.

Devant la grille de Montchenetz, le facteur du
télégraphe attendait le retour de M. Firmerol.

Il respectait trop les prérogatives d'un jour de
noces, ce brave facteur, pour s'être permis de
poursuivre Lucien jusqu'à l'église ; mais il montait une garde attentive pour le saisir au passage.

Instinctivement, Lucien n'aimait guère le télégraphe, dont la brutalité réserve souvent de déplorables surprises aux consciences troublées.

Il prit le télégramme avec inquiétude, et fit signe au facteur de le suivre à son appartement.

— Tenez, mon cher, lui cria le baron, qui voulut être tout à fait aimable, entrez dans mon cabinet, là tout près, cela vous évitera la montée d'un étage.

Force fut à Lucien de profiter de cette obligeance, car le baron trempait déjà sa plus belle plume dans l'encrier d'argent, en prévision du reçu à donner.

Il décacheta la dépêche et ne vit que trois mots : « Ton père est mort. »

Lucien eut la perception si nette du coup de foudre sous lequel son père avait succombé, qu'il faillit, sans en avoir conscience, s'écrier : « Je l'ai tué ! »

— Bon ! vous allez vous trouver mal ! exclama le baron.

Le télégramme était tombé, il le releva, le lut et dit avec une pitié sincère :

— Ah ! mon pauvre ami, quel affreux malheur !

— Qu'est-ce donc ? demandèrent les témoins par la porte restée ouverte.

Puis, se retournant vers Odette, que son exclamation avait attirée, le baron lui prit doucement la main.

— Voici déjà un crêpe de deuil sur votre robe

blanche, ma chère Odette ; M. Firmerol père vient
de mourir.

Lucien avait repris ses sens pendant ces paroles
échangées. Son père avait-il parlé avant de mourir?... Sa mère était-elle dans le secret de son au-
dacieux coup de main?... M. Rogerat ne serait-il
pas amené par cette catastrophe à découvrir quelque chose?... N'était-ce pas découvert déjà?...

Il ne lui était pas permis d'hésiter longtemps ;
d'ailleurs, sa nature se prêtait merveilleusement
à ces soudains revirements de fortune.

Deux larmes dociles vinrent prêter à ses joues
blafardes une expression attendrie.

— Mon père!... mon pauvre père! répétait-il
avec une épouvante qui pouvait passer pour de la
douleur.

— Pensez à consoler votre vieille mère ! souffla Odette en se penchant vers le fauteuil où il venait de se laisser glisser.

Ce mot parut avoir le don de lui rendre ses forces.

— Pauvre chère mère ! dans quelle affliction
doit-elle être plongée !... Je connais son culte
pour le compagnon de sa longue vie. Pauvre...
pauvre mère !

Il se leva, et, de l'air d'un homme affolé, se mit à
serrer les mains des assistants de cette triste scène.

— Adieu ! disait-il, adieu ! je vais la rejoindre

tout de suite... lui montrer qu'il lui reste son fils pour adoucir sa douleur !..... Adieu ! ne me retenez pas..... Il faut que je courre l'arracher à cette chambre funèbre...

Odette se rapprocha.

— Attendez-moi quelques instants, dit-elle, et nous partons.

Il joua l'étonnement.

— Vous, ma chère Odette ! Un jour comme celui-ci !... Ah ! je ne saurais vous faire assister aux scènes de deuil que j'entrevois... Ce serait trop de dévouement...

— C'est tout simplement, au contraire, le premier devoir de ma vie nouvelle, répondit la jeune femme.

Elle monta lentement dans son appartement, pour y dépouiller ce blanc costume nuptial, qui ne lui avait point causé les douces émotions dont il a le privilége.

A son exemple, tout le monde s'agitait déjà.

Sa femme de chambre, sur son avis, réunissait dans une malle le linge et les effets les plus indispensables à une absence de quelque durée.

Le baron, qui n'osait s'opposer à une résolution si légitime, donnait des ordres pour faire conduire les voyageurs à Moulins dans sa calèche.

Lucien ne perdit pas de temps non plus. Sous le

très-plausible prétexte qu'il allait emmener sa
mère loin des lieux désolés par la mort du plus
adoré des maris, il pria M. Desplanches de lui remettre une somme assez considérable pour faire
face aux dépenses d'un voyage immédiat et de longue haleine, peut-être d'une installation nouvelle.

Diverses sommes comprises dans le contrat se
trouvant naturellement encore déposées à l'étude,
le notaire trouva tout simple de dépêcher son premier clerc avec ordre de les rapporter et de les
remettre au chef de la communauté.

Car, en langage fiscal, c'est là le titre dont on
honore le mari.

Et Lucien n'usait que de son droit strict en ré-
clamant cette portion de la dot d'Odette, avec une
promptitude que les événements ne justifiaient
que trop.

Moins d'une demi-heure après, Odette reparaissait sévèrement vêtue d'une robe de soie noire, le
visage couvert d'une voilette épaisse, préludes du
deuil plus complet qu'elle allait porter.

Le premier clerc se faisait remettre décharge
de quarante-cinq mille francs par le chef de la
communauté.

Le cocher faisait dire que ses chevaux reposés,
étaient prêts à partir.

En face d'une grande douleur, le silence s'était

fait au château. Les invités songeaient même à se retirer avec autant de discrétion que de regrets.

Le baron ne le souffrit pas. On ne pouvait non plus le laisser seul au milieu d'une fête si soudainement interrompue. Et puis, il montait des cuisines assez de parfums affriolants pour récompenser la plus longue attente.

On resta donc, charmé de n'avoir pas à exécuter la retraite désastreuse un instant entrevue.

Gontran, effondré entre sa mère et Mademoiselle Adolphine de Bois-Gélu, était resté comme les autres, oubliant son projet de fuite, pour assister jusqu'au bout au drame intime dont le cœur de sa cousine subissait les assauts.

Remords d'avoir troublé sa quiétude, rage de la voir suivre noblement un indigne époux, désespoir de se sentir mésestimé par elle!... le malheureux jeune homme éprouvait toutes les tortures de ces multiples sentiments.

Odette embrassa tendrement son oncle, sa gouvernante, Madame Clavel et ses amies. Elle dit « au revoir » aux vieux amis de Montchenetz d'une voix brisée où ne palpitait pas l'espérance.

Pour Gontran, elle n'eut ni un regard, ni un mot.

Quand la calèche qui l'emportait avec Lucien eut disparu dans la direction de Moulins, M. de Montchenetz poussa un soupir énorme, dernier

sacrifice aux convenances; puis il regarda ses invités avec sympathie :

— Si nous déjeunions, hein ? L'abstinence, si
méritoire qu'elle soit, ne rendra pas un beau-père
à ma nièce.

Cette façon de rentrer dans le réalisme du jour
réunit les suffrages de tous les affamés, qui pé-
nétrèrent dans la salle à manger avec le désordre
animé dont une gaieté timide encore ne devait
pas tarder à sortir.

Mademoiselle de Bois-Gélu, qui avait soupçonné des velléités de fuite à la manière dont son
cavalier regardait la grille non refermée, se donna l'aimable tâche de le retenir.

Elle y parvint; mais quoiqu'elle eût de l'esprit,
elle ne réussit pas à se rendre compte si ce résultat devait être attribué à ses grâces personnelles
ou au profond abattement dans lequel était tombé
le pauvre garçon.

CHAPITRE XVI

PAUVRE ODETTE !

Pas une parole ne fut échangée entre les nouveaux époux le long de la jolie route ombreuse de
Bréneroy à Moulins.

L'immense chagrin, où Lucien se plongeait avec affectation, ne donnait pas la moindre prise aux consolations banales.

Odette sentait bien ne pouvoir offrir à son mari les consolations autrement puissantes de la tendresse partagée, qui prend la moitié des peines et soulage par sa seule sympathie.

Elle restait muette, souffrant de trouver son cœur si froid, si vide ; honteuse de paraître dévouée de fait, tandis qu'elle ressentait en réalité une sorte de colère farouche contre elle-même et contre celui qu'elle suivait par devoir.

Oh ! oui, de colère, contre elle-même surtout.

Ne l'avait-elle pas accepté ? Pourquoi donc souffrait-elle? Son devoir était de repousser tout soupçon mauvais ; pourquoi donc entendait-elle sans cesse à son oreille cette terrible question : « Connaissez-vous le nom que vous allez porter ? »

La jeune femme se débattait encore dans ses angoisses morales, quand la calèche s'arrêta devant la gare.

Le train de Paris était plein de voyageurs qui rendirent, par leur présence, toute conversation suivie impossible entre les nouveaux mariés.

Lucien se prêtait volontiers à ce qu'il eût regardé, en toute autre circonstance, comme un insoutenable contre-temps.

Odette s'en réjouissait presque. Il est des heures découragées où l'on ne veut point regarder en dehors de soi-même.

A Paris, Lucien l'installa dans un hôtel des plus convenables, à proximité de la Bastille, donna l'ordre de la servir chez elle et la pria, pendant sa courte absence, de vouloir bien demeurer dans la solitude que lui prescrivait son grand deuil.

— Votre courte absence !... ainsi vous allez seul ?...

— Rendre les derniers devoirs à mon père... si je suis assez heureux pour arriver à temps.

— Ne perdez-vous pas ici des heures précieuses ?

— Pour assurer votre tranquilité, non, ma chère Odette.

— Il me semblait bien naturel de vous accompagner auprès de votre mère.

— Je redoute pour elle, après réflexion, l'émotion que lui causerait votre vue. N'êtes-vous pas la fille désirée que mon pauvre père ne bénira jamais ?

— Mais, pour vous-même, Lucien, ma présence n'aura-t-elle pas quelque utilité ?

— Vous savez bien qu'elle me serait une joie. Je me la refuse pour ménager votre sensibilité, pour vous épargner des scènes poignantes.

— Au moins, ramenez-moi bientôt votre malheureuse mère.

— Oui, bientôt. Vous êtes un ange de bonté !

Odette demeura surprise de cette interdiction et secrètement résolue à en pénétrer le motif.

Lucien, qui connaissait les principes des hommes vraiment forts, et qui avait un immense intérêt à rester maître de lui-même jusqu'à la fin de la crise, ne donna qu'un baiser rapide au front d'Odette, le premier baiser !... et s'éloigna sans faiblir.

Peu d'instants après, il arrivait rue Saint-Placide, dévoré d'inquiétudes, partagé entre le désir d'imposer la confiance par son attitude, et la crainte de braver le danger par sa présence.

Mme Firmerol attendait son fils avec les impatiences folles des femmes désespérées.

Au travers de ses larmes, de ses souvenirs, de ses désolations sans bornes, Lucien put reconstruire la navrante histoire de la mort presque subite de son père. Rien dans cette mort ne l'accusait ouvertement. Le père mourut s'était tu.

On allait procéder aux funérailles. Mme Firmerol s'étonnait de n'avoir encore reçu ni visite ni message de M. Rogerat.

Ce silence la blessait au fond de l'âme. Lucien s'en trouvait vaguement rassuré.

Cela ne signifiait-il pas que, si quelque soupçon

s'était élevé, par impossible, le caissier seul en portait le poids, et que lui, le fils éloigné, y devait rester tout à fait étranger?

Quand le modeste convoi de cet homme de bien, qui était mort martyr de son honneur, quitta la rue Saint-Placide, il n'était suivi que des voisins et des locataires groupés autour de Lucien.

Pas un employé de la maison Rogerat ne vint se joindre au cortége.

Par instant, il semblait au fils coupable, qui marchait tête nue derrière le cercueil, qu'une voix allait en sortir pour dire toute la vérité.

Un peu après, on le voyait tressaillir tout à coup. C'est qu'à l'angle de quelque rue, ses yeux épouvantés avaient cru voir surgir la face furieuse de M. Rogerat.

Mais qui pouvait s'étonner de sa pâleur et de ses sursauts? Un fils qui conduit son père à sa demeure suprême ne passe-t-il pas par tous les déchirements?

Une heure après que le convoi eut quitté la rue Saint-Placide, un fiacre aux stores baissés, qui arrivait rapidement, s'ouvrit pour laisser descendre une jeune femme soigneusement voilée, dont l'hésitation et le trouble avaient grand besoin de ce double rempart de dentelle pour échapper à la curiosité.

Très-lentement, plus émue à chaque pas, elle pénétra dans la maison mortuaire, dont elle gravit les escaliers étroits et sombres avec un vif battement de cœur.

La porte du troisième étage était encore ouverte. Quelques voisines compatissantes n'avaient pas abandonné madame Firmerol, dont l'état d'exaltation les effrayait.

Elles entouraient le fauteuil où la malheureuse femme se lamentait avec des explosions de douleur sans cesse renouvelées.

L'entrée d'une dame inconnue, élégante et jeune, ne les surprit qu'à demi, quoique ce fût certainement un fait insolite dans l'intérieur modeste des Firmerol.

Mais on connaissait dans la maison la position de confiance que le défunt avait occupée vingt ans chez M. Rogerat, et si l'absence de ce dernier avait étonné d'abord, la vue de la visiteuse, que l'on supposa tout de suite appartenir à cette opulente famille, suffisait pour tout expliquer.

Instinctivement, la fleuriste du second et la fruitière du rez-de-chaussée cédèrent la place à la nouvelle venue, pensant bien que si madame Rogerat ou sa fille se dérangeait ainsi pour venir consoler la pauvre veuve, il était convenable de les laisser seules quelques instants.

En les voyant s'éloigner, Odette éprouva un vif soulagement. D'une main relevant son voile, de l'autre elle attira jusqu'à ses lèvres les doigts glacés de madame Firmerol.

— Ma mère, dit-elle avec une douceur infinie, sans vous connaître, je vous aime et je vous plains.

Madame Firmerol ouvrit des yeux hébétés de douleur et la regarda fixement :

— Ma mère ?.... répéta-t-elle d'un air étonné. Lucien est mon fils. Firmerol ne voulait plus l'appeler de ce nom... plus jamais... jamais! mais moi... oh! moi, je l'appellerai mon fils... toujours...

Ce fut au tour d'Odette de la contempler avec surprise. Dans l'incohérence de cette phrase, elle découvrait tout d'abord une division de famille, une réprobation paternelle étendue sur celui dont elle portait le nom.

Elle comprit en même temps que, dans ce cerveau frappé d'un coup terrible, la perception des faits et des choses avait perdu sa lucidité. C'était une enfant malade que cette vieille femme sanglotante.

Elle se mit à lui parler comme à une enfant, avec des inflexions caressantes et mouillées de larmes.

— Pauvre mère !... c'est votre Lucien qui m'a parlé de vous... je suis sa femme... vous n'avez pu oublier cela... sa femme a le droit de vous

aimer comme il vous aime... Elle a bien besoin
d'être aimée aussi ! oh ! comme elle se serrera près
de vous !... je pleurerai avec vous celui que vous
pleurez... Vous me direz combien il était bon !...

Madame Firmerol écoutait cette voix douce avec
un attendrissement profond. Ce beau visage pâle,
penché vers le sien avec l'expression d'une sympathie sincère, l'attirait comme un mystère charmant. Ses vieilles mains ridées s'élevèrent jusqu'à
la tête brune comme pour la caresser ou la bénir,
tandis que ses lèvres hésitantes répétèrent lentement

— Sa femme !... oui, je me souviens.... sa
femme... La femme de Lucien !...

Ses pensées reprenaient un cours normal. Elles
avaient fui, épouvantées, meurtries, de son cerveau vide. Elles y rentraient une à une sous la
bienfaisante action de cette parole affectueuse et
de ce beau regard.

— Mais alors... mais alors... vous êtes Odette ?

— Oui, Odette... Odette de Montchenetz.

Madame Firmerol se souleva brusquement
comme frappée d'un jet de lumière. Ses yeux
s'agrandirent et sa voix trembla.

— Si vous êtes Odette, vous allez pouvoir
m'apprendre ce que j'ignore... ce qui a tué Firmerol... ce qui me tuera, moi aussi.

13.

— Vous apprendre?...

— Puisque vous êtes Odette de Montchenetz, vous savez pourquoi mon bien-aimé mari mourant s'écriait : « J'ai fait pour vous, Odette... pauvre Odette, qui ne le saurez jamais !... plus que n'eût fait votre propre père ! »

— Que dites-vous? s'écria la jeune femme stupéfiée.

— Il disait encore : « Le vieux père qui ne vous a pas bénie... qui ne vous a pas embrassée... que vous ne pleurerez pas... Odette de Montchenetz, il a donné à votre beauté, à votre jeunesse, à votre innocence, un bien... plus grand que tous ceux-là : l'honneur ! »

— Êtes-vous certaine qu'il ait dit ces choses ? demanda doucement Odette, qui croyait voir la folie envahir de nouveau cette pauvre tête ébranlée.

Mais madame Firmerol se souvenait,

— Si je suis certaine?... Tenez, mon enfant, je ne comprends point ; seule vous pouvez m'éclairer ; mais j'ai entendu une parole étrange, à l'heure même où il allait me quitter. Soulevé sur son lit et les bras étendus, il vous parlait, Odette, à vous dont il n'avait jamais vu le visage. Il disait : « Levez la tête, quoique vous vous appeliez Odette Firmerol, levez la tête !... vous en avez le droit maintenant : je meurs !... » Et il mourut, comme il le disait.

La tête baignée de larmes de la veuve se renversa, livide, sur le fauteuil.

Debout, immobile, les cheveux dressés sur son front, qu'une sueur froide inondait, Odette répéta sourdement :

— Il a dit cela ?

Derrière elle, une voix masculine reprit avec éclat, presque avec triomphe :

— Il a dit cela !

Un homme entre deux âges, robuste, empourpré, venait d'entrer sans avoir été entendu.

Madame Firmerol sursauta quand ses yeux noyés rencontrèrent ce visage à demi satisfait, à demi confus.

— Monsieur Rogerat !... balbutia-t-elle en essayant de se lever.

Il la retint du geste, et vivement, sans préparation :

— Vous me soulagez d'un poids énorme... Vous m'ôtez un remords. Ah ! il a dit cela avant de mourir, mon pauvre Firmerol ?... Je ne le savais pas, je le croyais... Je croyais... Enfin, j'avais dû m'abstenir de paraître à son convoi... et pourtant, à l'heure passée, j'ai été pris d'inquiétude... j'ai pensé à votre chagrin, madame Firmerol, et vous voyez, je venais vous serrer la main.

L'excellent homme allait exécuter le mouvement qu'il indiquait, quand la veuve, reculant sa
main, se dressa devant lui sur ses jambes fléchis-
santes :

— Vous l'avez renvoyé, monsieur Rogerat...
après vingt ans !... Qu'avait-il fait ? interrogea-
t-elle d'une voix déchirante que les pleurs étouf-
faient de nouveau.

— Il avait fait ?... Il avait fait ?... Eh ! sapre-
bleu ! vous venez de m'apprendre qu'il avait fait
tout autre chose que ce dont je l'accusais. Mais
comment deviner ?... Votre infortuné mari, Madame, est une victime du dévouement paternel.
J'aurais dû me souvenir de quel fils il avait le
malheur d'être père.

— Vous vous trompez, monsieur Rogerat, Firmerol n'avait pas pardonné à Lucien.

— Il a fait mieux que lui pardonner, Madame,
il a sacrifié son propre honneur à celui de son fils.

— Mais, comment, comment ?...

— Il a endossé la responsabilité d'un crime
qu'il n'a pas commis... Oh ! cette parole que vous
venez de citer m'éclaire.

— Un crime !

— Un détournement de deux cent mille francs...
Tenez, je reconstruis toute la scène.

— Un vol !... Firmerol avouait un vol? interrompit-elle.

Rien ne saurait exprimer l'accent dont fut prononcé ce doute, ou plutôt cette négation.

— Non, pas précisément. Il reconnaissait avoir pris dans ma caisse, pour les y replacer vingt-quatre heures après, des titres formant une valeur de 200,000 francs, afin de faciliter le mariage de son fils avec une héritière. Je les avais constatés disparus de ma caisse, ces titres Berthaud et Clavel. Il me les rapportait.

— Firmerol aurait fait cette chose infâme ? cria la veuve avec explosion. Vous avez pu le croire, ne fût-ce qu'une minute ?... Firmerol, l'honneur même... la loyauté vivante !... Vous avez pu supposer qu'il aurait affronté votre regard... qu'il aurait reçu le baiser du soir de sa vieille compagne après un acte aussi dégradant ?... Ah! monsieur Rogerat, que vous connaissiez mal l'homme dont je suis... dont j'étais si fière !

Elle retomba, après cette protestation superbe. sans plus chercher à comprendre, brisée dans tout son être physique et moral.

Mais une autre personne releva le fil révélateur qu'elle laissait tomber.

Odette se tourna vers M. Rogerat, anxieuse et

blême, résolue à savoir, épouvantée de ce qu'elle
voulait apprendre.

— Qui donc alors est le coupable ? demanda-t-
elle avec une autorité soudaine qui frappa M. Ro-
geral.

Celle qui interrogeait ainsi devait en avoir le
droit. L'agent de change, qui venait spontané-
ment, sans soupçonner la révélation qui l'attendait, réparer par une démarche affectueuse pour
la veuve, sa dûreté pour le défunt, se repentit
aussitôt d'avoir parlé devant cette belle jeune
femme en deuil qu'il avait à peine aperçue.

Le soupçon qu'Odette de Montchenetz était devant lui le troubla dans sa conscience et dans sa
dignité.

Devait-il se faire accusateur, sans profit pour
personne, avec la perspective de jeter la discorde
dans ce ménage d'un jour ?

Certes, il eut la tentation du silence. Un regard
rapide sur cet intérieur humble, sur ces meubles
usés, sur cette veuve flétrie par le travail et la
douleur, bouleversa de nouveau ses sentiments.

Firmerol, qu'il avait estimé si longtemps, s'é-
tait condamné à cette misère relative — il le savait — pour son fils. Et pourtant, il avait cru
follement, aveuglement, à la culpabilité de cet
homme intègre, lorsque le seul nom de son fils,

pour lequel le père s'accusait, aurait dû l'avertir de sa propre erreur.

M. Rogerat éprouva subitement l'impérieux besoin de venger ce vieillard qu'il avait méconnu, de réhabiliter la mémoire de cet employé fidèle dont il avait refusé de suivre le convoi, de réparer son erreur en criant bien haut qu'il s'était trompé, qu'il avait eu mille fois tort de croire les apparences, et que le caissier Firmerol ne pouvait être effleuré d'un soupçon.

Aussi, quand Odette, les dents serrées par la terreur, — car le voile se levait, épais encore par places, sur le drame entrevu, — répéta sa question formidable : « Quel est donc le coupable ? » M. Rogerat sentit ses derniers scrupules s'évanouir.

— Lucien Firmerol, répondit-il durement.

Odette chancela. Depuis quelques minutes elle s'attendait à ce nom, dont chaque syllabe tomba soulignée par le mépris des lèvres de l'agent de change.

Elle ne protesta que par un seul mot :

— Vous rendez inutile le sublime mensonge du père.

Il s'inclina sans rien trouver à répondre. C'était vrai ; il venait de détruire l'œuvre obscure et dévouée du défunt ; mais ce Lucien, qu'un père avait voulu sauver, ne lui inspirait à lui-même qu'une horrible répulsion.

Le peu qu'il en avait appris suffisait à motiver cette impression, que l'événement présent rendait absolument légitime.

Pourtant, M. Rogerat, pas plus qu'Odette, n'eût pu dire avec exactitude par quelle voie Lucien Firmerol s'était approprié, pour quelques heures, le dépôt dont son père répondait sur son honneur.

Tous deux sentaient, à n'en pouvoir douter, que son habileté seule avait atteint ce but infâmant. Ils ne savaient rien de plus, et, ces terribles paroles échangées, se regardèrent avec cette commune pensée : « Et maintenant ?...

Un bruit de pas remplit l'étroit escalier. Un jeune homme parut sur le seuil et s'arrêta, stupéfait, en reconnaissant les visiteurs qui l'avaient précédé.

La vue d'Odette parut lui déplaire moins encore que celle de l'agent de change.

Au mouvement de dégoût qui secoua la jeune femme, M. Rogerat devina quel était le nouvel arrivant.

Il l'envisagea une seconde, parut recueillir ses souvenirs, et brusquement :

— Vous êtes M. Lucien Firmerol ? demanda-t-il.

Celui-ci s'inclina sans répondre.

— Je vous ai vu quelque part, monsieur... Oui, je me souviens, c'est chez moi... l'autre jour... samedi...

— Puis-je savoir le but de cet interrogatoire ?
fit Lucien avec une hauteur d'autant plus accentuée
que la présence inattendue d'Odette le remplissait
d'inquiétude et de colère.

— Que veniez-vous faire au bureau des titres
samedi dernier ? reprit M. Rogerat, sans s'émouvoir de ce ton tranchant.

Mais Lucien, auquel la présence d'esprit n'eut
pas fait défaut, manqua du temps matériel pour
articuler un mot.

M. Rogerat, illuminé par un souvenir subit,
lui jeta à la face cette apostrophe écrasante :

— Je me souviens, vous dis-je, de vous avoir
vu debout, en face de la caisse ouverte, quand
j'appelais votre père avec impatience. Plus n'est
besoin de vous demander ce que vous veniez faire ?
Les caisses, même fermées, vous attirent irrésistiblement. Rappelez-vous le passé.

— Monsieur !... gronda Lucien.

— Vous veniez voler l'honneur de votre père !

— Monsieur !... supplia Odette.

Le vengeur ne s'arrêta pas. Il avait au cœur
trop de colère pour entendre cette voix brisée.

— Je comprends ce qui était obscur. Je vois.
Votre père a quitté le bureau pour répondre à
mon appel. Combien de temps ?... Vingt secondes.
C'est assez pour qu'une main criminelle ait attiré

à elle les valeurs convoitées. Oh ! je sais, vous allez dire que vous deviez les rendre.... Soit. Le code n'a pas prévu le cas d'un fourbe qui trompe une fille honnête en achetant son union par le faux étalage d'une fortune volée. Je ne puis vous envoyer au bagne. Je vous laisse à votre infamie, si vous êtes encore capable de la comprendre.

Il lui tourna le dos avec un mépris indigné, salua la malheureuse Odette et prit la main de la veuve pour la serrer.

Cette main froide et rigide l'épouvanta.

— Maintenant, vous tuez votre mère, conclut-il avec dégoût.

On entendit ses pas s'éloigner sans que ni Lucien, ni Odette, n'eut fait un seul mouvement.

CHAPITRE XVII

LE DEVOIR.

La jeune femme retrouva la première l'énergie de sentir, de vouloir, de vivre.

Elle souleva sa belle-mère, qu'un évanouissement profond préservait de nouvelles douleurs, et la porta, en se soutenant aux meubles, jusqu'au lit que venait de quitter le défunt.

Lucien la regardait d'un air hébété, sans peut-être voir l'effort qui amenait le sang au visage décoloré de la pauvre enfant.

L'effondrément de son roman d'aventures le jetait dans un abîme d'appréhensions et de hontes. Il ne songeait guère à la triste créature qu'il venait d'entrainer dans sa chute ; il se demandait avec rage comment il se relèverait, lui seul.

Ce fut le retour des voisins qui le tira de cet engourdissement matériel, sous l'immobilité apparente duquel s'agitaient les passions révoltées.

Les uns revenaient du convoi, les autres rapportaient un peu de curiosité dans cet intérieur dont ils n'avaient pas vu ressortir la belle jeune dame inconnue, bien qu'ils eussent consciencieusement veillé pour guetter son départ.

Ils arrivèrent à point, du reste, pour aider Odette dans les soins instinctifs qu'elle prodiguait à la veuve, pour lui indiquer les modestes ressources que le petit ménage pouvait offrir en vinaigres et en réactifs.

Lucien, abattu sur le fauteuil, les contemplait d'un œil vague, aller et venir autour du lit. Il comprit que sa mère reprenait connaissance, mais que son intelligence ne se réveillait pas avec son corps.

Il vit arriver un médecin, amené par une voisine charitable, qui déclara la malade frappée d'une paralysie du cerveau.

Il entendit les exclamations discrètes des bonnes femmes et reconnut la voix d'Odette qui remerciait le docteur en le reconduisant.

Il distingua même cette parole de l'homme de la science, dont le regard professionnel l'avait enveloppé au passage :

— Soignez aussi votre mari, madame ; il faut des organisations exceptionnelles pour supporter le chagrin sans faiblir.

Odette, pourtant, ne parut pas prendre en considération cette dernière phrase. Son activité silencieuse s'exerça sans trêve, mais sans bruit, autour de cette malade presque inconnue qui était sa mère, sans qu'elle daignât remarquer la présence de cet être blême et muet qui était son mari.

Les heures passèrent. Vers le soir, les voisines rentrées chez elles, madame Firmérol endormie, Odette s'approcha du fauteuil où Lucien, écroulé comme un toit sans supports, semblait dormir.

— Monsieur, dit-elle, vous pouvez vous retirer. Je suffirai cette nuit à la garde de votre mère.

Il tressaillit, ouvrit les lèvres, ne trouva pas une parole à répliquer et passa dans la pièce suivante en chancelant comme un homme ivre.

Deux ou trois fois dans la nuit, ne pouvant trouver ni sommeil, ni repos, il vint coller son œil étonné à la fente de la porte.

Odette servait la malade et se laissait ensuite glisser à genoux au pied du lit. Ses cheveux dénoués répandaient leur flot brun sur la courtepointe d'indienne aux ramages déteints; ses mains jointes soutenaient son front : elle priait avec une ferveur de martyre.

A l'aube, elle était encore à genoux, quand Lucien pénétra dans la chambre.

Cette longue nuit avait rendu quelque lucidité à son esprit. Il avait envisagé sa situation sous ses nouvelles formes et découvert qu'elle n'avait décidément rien de trop désespéré.

Il avait perdu l'estime de la jeune femme, ce n'était que trop à craindre : mais de ces sortes de déconvenues un homme de cette trempe se console aisément.

L'essentiel était que sa fortune restait inattaquée, inattaquable, tombée désormais sous le régime de la communauté de biens par contrat de mariage, et affranchie de la surveillance d'un tuteur gênant.

Près de ce point capital, qu'il avait eu le tort de perdre un instant de vue, pour s'attarder à des défaillances indignes d'une nature aventureuse, tout le reste s'effaçait.

Par une pente insensible, sur laquelle il éprouva quelque douceur à se laisser glisser, il en était arrivé, vers la fin de la nuit, à cette effroyable conclusion : son père mort, c'était le silence ; sa mère privée de raison, c'était l'impunité.

Restait Odette.

Comment Odette, dont il connaissait encore très-peu le caractère, accepterait-elle les faits accomplis ? C'était sa dernière inquiétude.

Il prit une attitude à la fois contrite et caressante pour l'aborder, se demandant si cette jeune femme serait plus accessible aux démonstrations de tendresse qu'à la confession inévitable de ses torts.

La seule façon dont elle lui rendit son salut matinal dut lui montrer que le sentiment n'avait que bien peu de chances de réussite auprès d'elle.

— Vous vous fatiguez outre mesure, ma chère Odette, dit-il quand même avec une extrême douceur.

Cette appellation parut la froisser sans pourtant qu'elle se révoltât. Ses yeux creusés semblaient regarder avec effroi ce mari qu'elle n'aimait pas, cet homme qu'elle n'estimait plus.

— Je vous assure qu'une nuit de veille n'est pas au dessus de mes forces, répondit-elle simplement.

— Vous allez céder votre tâche dévouée à quelque garde-malade, n'est-ce pas ?

— Cela dépend de vos intentions à l'égard de votre mère.

— Mes intentions? répéta-t-il surpris.

— La voici veuve; je la crois peu fortunée...

Le regard d'Odette, arrêté sur les humbles meubles de la chambre, souligna involontairement ce dernier mot.

— Mais, je pourvoirai... dit-il vivement.

— Certes. Seulement, voulez-vous laisser cette malheureuse femme dans un intérieur désolé, où tout lui rappellera son bonheur détruit? Je ne le pense pas.

— Si vous croyez, ma chère amie...

Elle l'interrompit :

— Dès que Paris s'éveillera, je vais chercher pour elle une installation moins douloureuse... pour elle... et pour moi.

Ce dernier mot passa tout enfiévré sur ses lèvres pâlissantes.

— Pour vous, Odette ?... Vous avez dit pour vous ?

— Eh ! Monsieur, où irais-je ?... Voilà une étrange faveur que le ciel m'octroie ! Celle de trouver un refuge honnête auprès d'une pauvre infirme, que j'aimerai pour la dédommager de tout le mal que vous lui avez fait.

— Ma chère enfant, vous parlez sans savoir...

Vous ne voulez pas admettre que si j'ai eu l'épouvantable malheur de commettre une action... ré-
préhensible,... c'est par amour pour vous et par le
désir affolé de vous obtenir !... J'ai brûlé mes
vaisseaux et le destin m'a trahi !

Elle le toisa avec hauteur.

— Ne parlez pas d'amour. Vous vouliez ma
dot. Vous êtes le maitre. Cela vous suffit, j'imagine, sans qu'il soit nécessaire de m'imposer le
mensonge de vos sentiments.

Il se récria sans conviction, mais non sans éloquence, entassant preuves sur preuves pour légi-
timer, si c'était possible, l'odieux de ses convoitises et l'horreur de ses fourberies.

Elle l'écoutait avec un dédain visible, calme
et comme armée par la prière pour ce combat
prévu.

Quand il eut fini, elle eut la condescendance
d'attendre encore. Mais ses arguments, auxquels
son cœur faux ne communiquait pas la vie, étaient
épuisés déjà.

— Monsieur, dit-elle, vous me connaîtriez mal
si vous supposiez, ou que je puisse être attendrie
par l'étalage d'une tendresse dont je doute, ou que
je sois capable d'excuser ma propre froideur aux
yeux du monde par le récit de vos torts. Je sens
les obligations du nom que je porte désormais

comme un cilice. Si dures qu'elles soient, ma conscience ne me permet pas de les écarter. Je vous demande donc de demeurer auprès de votre mère, parce que la maison de mon oncle m'est interdite ; mais, s'il vous plaît mieux d'enchaîner à votre destinée une femme sans illusion, sans amour, sans estime, qui n'aura pour soutien que son honnêteté, me voici, Monsieur,... je vous suivrai.

— Sans estime !... Je saurai bien vous contraindre à me la rendre.

Elle secoua silencieusement la tête.

— Sans amour !... Êtes-vous sûre de ne pas m'aimer quelque jour, Odette ?...

Il voulut lui prendre la main, qu'elle retira par un geste si répulsif et si vrai qu'une rougeur ardente couvrit instantanément les joues de Lucien.

Ce n'était ni un caprice de jeune fille, ni une haine liliputienne, à la taille des natures vulgaires. C'était l'expression involontaire d'un suprême mépris.

Lucien frémit de rage en se sentant si vil à ses yeux.

—Eh bien ! dit-il avec colère, je ne me sens pas disposé à vaincre vos préventions. Vous seriez d'humeur, sans doute, à me faire payer cher le moindre sourire de vos lèvres ou le moindre regard affectueux de vos yeux de Junon. Restez à

cette hauteur, ma chère. Un pauvre mortel tel
que moi, que l'humaine nature a entraîné jusqu'au malheur de s'attirer vos dédains, ne saurait
s'accommoder des cimes glaciales où vous paraissez vouloir élire domicile.

Sous l'ironie, grondait une fureur haineuse.

Il fit un tour dans la chambre avec agitation.
La marche le porta jusqu'au lit où la malade
étendait ses membres raidis, en marmottant à
voix basse d'inintelligibles paroles.

Une lueur d'émotion passa dans ses yeux, si
vite envolée, qu'Odette ne put la lire.

— Je vous la confie, dit-il en revenant brusquement à la jeune femme, qu'il regarda d'un air
dur. Restez donc... et oubliez un mari que vous
dédaignez si fort.

Il n'essaya plus de l'attendrir, ni même de lui
prendre la main. Une colère sourde lui revenait
au fond de l'âme en sentant à quel degré de honte
il était tombé devant cette jeune femme belle,
impassible et glacée.

D'une main nerveuse, il jeta quelques billets
de banque sur un meuble et sortit brusquement,
comme pour briser le faible lien qui pouvait encore l'attacher à la malheureuse enfant.

Elle ne se détourna même pas pour le suivre
du regard indigné qui s'éteignait dans une larme.

N'avoir pas vingt ans et se sentir seule entre un mari méprisable et une vieille femme mourante, avec un nom détesté, l'avenir sombre et plus d'espérance au cœur !...

Pauvre Odette !... Le vieux Firmerol, agonisant, avait eu bien raison de répéter avec pitié : « Pauvre Odette ! »

Le médecin, qui survint vers huit heures, confirma ses premières prévisions. A son avis, madame Firmerol, frappée de paralysie partielle du cerveau et de paralysie totale des membres, pouvait traîner quelques mois, peut-être quelques années, une existence de souffrances qui useraient lentement le corps sans atteindre l'âme envolée déjà.

Ce pronostic, si désolant qu'il fût, eut le privilége de doubler le courage de la triste mariée. Dans son naufrage, au milieu des récifs où elle se heurtait et se blessait à chaque effort, elle pouvait s'accrocher à une épave, aborder un rocher.

Sans famille, sans affections, sans époux, cette femme malade, qu'elle ne connaissaissait pas la veille, mais à laquelle elle achetait si chèrement le droit de donner le nom de *mère*, revêtait à ses yeux le caractère doublement sacré de la protection et de l'infirmité.

Tandis que ses petites mains industrieuses

s'empressaient à soulager la malade, elle pensait avec un frisson de volupté amère :

—Elle est impuissante et abandonnée, je suis seule et libre... étrange liberté !... je la lui consacrerai. Je me donnerai à cette victime pour adoucir les dernières heures de sa vie brisée. Me dévouer... ce sera mon premier devoir !... ce sera mon dernier bonheur !

Elle se pencha vers la tête grisonnante qui creusait lourdement sa place dans le maigre oreiller. Elle contempla les rides multiples, les plis attristés, les sillons que la douleur et les privations longtemps subies traçaient sur ce visage.

Une grande pitié lui serrait le cœur. Elle jugeait cette mère, qui perdait en un jour son époux et son fils, plus à plaindre qu'elle-même, et la générosité naturelle de son caractère la fit pleurer sur ce désastre maternel autant que sur son propre désespoir.

Dans l'immense abandon où elle se sentait jetée par les circonstances, cette femme ainsi délaissée devenait son bien, sa chose. Elle la rattachait, par le devoir, à une existence sans but.

Odette, vers la fin de cette pénible journée, la seconde de sa vie nouvelle, n'eût consenti à céder à personne la tâche volontaire à laquelle elle se rivait.

Lucien ne reparut pas au triste logis.

Odette, qui fit réclamer ses bagages personnels à l'hôtel où elle était descendue avec son mari, à leur arrivée à Paris, apprit ainsi qu'il en était reparti sans laisser d'adresse.

Elle s'occupa activement de faire transporter sa belle-mère dans un autre milieu, et choisit à cet effet un petit appartement riant et salubre dans les larges horizons de la rue de Rennes.

Quand la malade y eut retrouvé sa chambre, ses meubles favoris, ses chers vieux souvenirs, elle retomba vite dans son apathie dangereuse, dont les réactifs ordinaires ne parvenaient que difficilement à la tirer.

Odette, sans perdre l'espoir de prolonger cette existence végétative, s'était adjointe une servante intelligente et robuste, qui l'aidait dans ses fonctions de sœur de charité.

Elle s'était créé un petit chez-soi tout à côté de la chambre de madame Firmerol, l'avait meublé fort simplement, et s'y regardait, non sans une certaine douceur, comme une recluse dont toutes les pensées, déjà détachées de ce monde, montaient, épurées et sereines, vers de plus hautes régions.

Au bout de quelques semaines, elle écrivit à son oncle pour lui apprendre qu'elle habitait Paris auprès de sa belle-mère infirme.

De son mari, elle n'osa point tracer le nom.

14.

Assez longtemps après arriva la réponse du baron de Montchenetz.

Il revenait de son voyage de noces, et, tout entier renaissant à sa jeunesse, il ne songeait même pas à s'étonner du parti qu'avait pris sa nièce. Pas davantage pensait-il à s'informer de Lucien.

Du reste, la lettre était courte, semblable à ces missives indifférentes qu'on griffonne à la hâte, pour n'avoir plus à s'en préoccuper.

Mais, dans les quinze lignes dont elle se composait, le baron avait trouvé le moyen d'étaler quatre fois le nom bienheureux de la baronne de Montchenetz.

Odette n'avait pas besoin de cette preuve naïve pour reconnaître l'influence de Coraly Turquet. Souveraine elle avait voulu devenir, souveraine elle était désormais.

— Je le savais, murmura la jeune femme. Plus une seule pensée ne me sourit à Bréneroy.

Elle disait cela, la pauvre Odette, et pourtant, sans qu'elle en eût conscience, un nom passa, lumineux, devant ses yeux clos ; une faible rougeur colora son front.

Mais, comme si cette vision l'eût troublée, elle se rapprocha de la paralytique et cacha peureusement sa jolie tête dans les vieilles mains refroidies de celle qui l'appelait son « ange charitable. »

C'était là le refuge contre ses souvenirs, là le réalisme implacable.

La vie de ces deux femmes était mûrée, monotone et paisible.

Le docteur félicitait parfois Odette du succès de ses soins. Si l'intelligence n'était pas revenue — ce qui était un soin providentiel de la miséricorde divine — du moins la malade avait retrouvé assez d'instinct affectueux pour comprendre le bien qui lui était fait, pour en montrer de la reconnaissance.

Madame Firmerol ne se souvenait de rien. Elle ne s'inquiétait pas davantage des motifs qui avaient amené et retenu près de son lit de souffrances cette belle jeune femme inconnue.

Il lui paraissait doux de s'entendre appeler « ma mère » sans qu'elle éprouvât le désir d'y répondre par cette appellation non moins tendre « Ma fille ! »

Odette n'eut pas la consolation d'être bénie par ce nom désiré ; mais la gratitude touchante de la malade suffisait à la récompenser.

M. Rogerat avait fait prendre plusieurs fois des nouvelles de la veuve, sans oser se présenter devant Odette, qu'il sentait avoir fatalement blessée dans l'intime de son être.

En dehors de cette sympathie, qui restait, du reste, dans les régions réservées d'une politesse ordinaire, Odette ne connaissait personne à Paris et ne faisait aucun effort pour lier de nouvelles relations.

Sa position, fausse entre toutes, de femme d'un mari sans honneur, de femme délaissée au sortir de l'autel, de femme sans avenir et sans famille, la rendait triplement timide et désireuse de rester inconnue.

Elle fut servie à souhait.

Les témoignages sympathiques de M. Rogerat s'éloignèrent ; les réponses de M. le baron de Montchenetz, de plus en plus froides et rares, n'apportaient plus que de loin en loin à la recluse les marques non équivoques d'un complet oubli.

Un jour, le *post-scriptum* d'une de ces lettres banales lui causa quelque surprise.

« Vous laissez donc votre mari voyager seul ? « écrivait le baron. Prenez garde qu'il ne dépense « beaucoup d'argent. M⁰ Desplanches s'étonne des « envois incessants qu'il lui fait à Vienne et à Flo- « rence. »

C'était la première fois qu'Odette recevait des nouvelles de Lucien, et rien ne pouvait lui être plus pénible que de les recevoir de cette main et sous cette forme.

Ainsi, c'était à Vienne, à Florence, dans quel- que autre capitale peut-être, que Lucien étourdis-

sait sa honte. Odette n'osait dire « sa consience »,
car elle avait compris que ce terrible témoin de
nos fautes restait muet chez le malheureux.

La question d'argent que soulevait son oncle
l'eût laissée parfaitement indifférente si son attention n'avait été éveilllée, à cette même époque,
par l'épuisement de ses ressources.

Elle était partie de Montchenetz non comme une
mariée insouciante, qu'un époux bien épris emmène triomphalement vers un heureux voyage,
mais comme une mariée attristée, qu'un deuil imprévu conduit à une cérémonie funèbre.

Les détails matériels de ce départ ne lui incom-
baient en rien. A peine songea-t-elle à glisser dans
un coin de ces bagages sa mignonne bourse de
jeune fille.

A Paris, après les révélations terribles qui bri-
sèrent les liens, si faibles déjà, à peine nnués entre Odette et Lucien, on se souvient que celui-ci,
prévoyant le dénûment de sa mère, mit, sans compter, quelques billets de banque sur un meuble avant
de s'éloigner.

Cette somme, qui se trouvait en réalité assez peu
considérable, constituait la seule fortune des deux
femmes. Il y fallut puiser pour les frais de funérailles de M. Firmerol, pour l'installation de sa
veuve rue de Rennes, pour le paiement du loge-

ment abandonné, pour les honoraires du docteur, les gages de la servante, les besoins journaliers de la malade et les modestes dépenses d'Odette.

Par caprices intermittents, il arrivait parfois un faible envoi d'argent au nom de madame Firmerol mère. Bientôt ils se firent rares, puis ils cessèrent tout à fait. Un jour vint — plus d'une année avait passait sur tant de malheurs — où la petite réserve était épuisée. Odette l'avait constaté la veille de la réception de cette lettre de Bréneroy, où le nom de Lucien lui sembla briller en caractères de feu.

Odette ne connaissait rien des difficultés réalistes de la vie. Son existence au couvent était à l'abri de toute préoccupation de ce genre. A Montchenetz, elle avait vécu dans le luxe campagnard dont le baron aimait à s'entourer.

Rue de Rennes, elle avait instinctivement renoncé à toutes ces jouissances, négatives pour une nature vraiment supérieure; elle n'en avait pas même senti la privation.

Cependant, si peu familiarisée qu'elle fût avec les questions monétaires, celle-ci s'imposait avec une autorité impérieuse, même pour son inexpérience.

Rien ne lui sembla plus naturel que de s'adresser à Me Desplanches, pour le prier de lui envoyer quelques milliers de francs sur le revenu de sa dot.

Mais rien ne peut exprimer sa surprise lorsque Mᵉ Desplanches, dans une lettre on ne peut plus correcte, lui refusa catégoriquement l'envoi demandé, faute de l'autorisation de M. Lucien Firmerol, chef de la communauté.

A son tour, le notaire paraissait supposer, comme la chose du monde la plus naturelle, que l'autorisation du chef de la communauté, sur l'observation de sa femme, allait lui parvenir au plus tôt.

Il ne devait pas en être ainsi.

Solliciter de Lucien un service de ce genre répugnait trop profondément à la jeune femme pour qu'elle y arrêtât seulement sa pensée.

Eût-elle connu l'adresse du voyageur, elle eût préféré manquer du nécessaire que de réclamer à celui qui l'avait si odieusement trompée une part de cette fortune acquise par une infamie.

Au prix de sa dot, elle s'estimait parfois heureuse d'être délivrée d'une présence intolérable.

Réfugiée dans sa dignité comme dans un asile suprême, il eût été difficile d'obtenir d'Odette la moindre démarche capable de compromettre cette attitude.

Elle chercha des ressources dans le travail

avec une ardeur courageuse, mais aussi avec une inexpérience absolue.

Il lui semblait, en se rappelant les éloges que ses doigts habiles recevaient jadis au couvent, quand ils faisaient naitre les fleurs les plus fines sur le réseau transparent d'une nappe d'autel, que ce gracieux talent pouvait être fructueusement réalisé.

Application, crochet, dentelles, tapisseries, il lui paraissait impossible que les belles mondaines n'appréciassent pas la grâce merveilleuse de ses petits chefs-d'œuvre.

Il lui fallut d'abord compter avec la concurrence des producteurs, l'indifférence des marchands, le bas prix du travail, le labeur incessant qu'il exigeait.

On lui reconnaissait du talent, on le payait mal néanmoins, et quand, malgré sa fierté, elle hasardait timidement une observation, il lui était répondu, avec un sourire froid, que vingt femmes, cent femmes, demandaient des commandes et n'attendaient qu'une vacance dans la production pour être admises à remplacer les mécontentes.

Odette ne se plaignait plus.

Penchée sur son métier des journées entières, elle ne quittait son absorbante occupation que pour apporter à la pauvre malade les soins habituels;

les voisins voyaient sa lampe allumée fort avant
dans la nuit.

La jeune femme, dont la courte existence s'était
écoulée dans le luxe, avait, sans doute, trop présumé, non de son courage, mais de ses forces.

Très-ébranlée déjà par les foudroyants événements qui avaient suivi son mariage, elle portait
une souffrance intime et profonde avec le stoïcisme
d'une martyre.

Cette souffrance se trahissait par un affaiblisse-
sement général, par une pâleur plus accentuée,
par une fatigue plus douloureuse quand les veilles
se prolongeaient.

Elle avait dû renoncer au petit appartement
commode et gai d'abord choisi pour premier asile,
et faire monter à la malade deux étages de plus.

Bientôt il lui fallut faire le sacrifice de l'unique
servante et se résoudre à remplir elle-même les
plus intimes fonctions du ménage.

Silencieuse, elle se soumit à ces obligations,
dures pour tous, navrantes pour elle, que la Providence menait en des chemins si difficiles.

Tant qu'elle fut seule à souffrir, Odette con-
serva cette impassibilité extérieure qui, sous la
blancheur du visage et la lenteur sereine des
mouvements, dissimulait tant d'angoisses.

Un jour vint pourtant où le masque se détacha
brusquement.

Le docteur laissait entendre que ses visites duraient depuis deux ans bientôt ; le pharmacien, plus carré, présentait une note considérable ; le propriétaire annonçait que deux termes arriérés paraissaient plus que suffisants pour motiver une expulsion.

La malade, chez qui ne survivaient plus guère que les appétits matériels, manifestait des exigences de plus en plus impossibles à satisfaire.

Et quand la malheureuse Odette, contrainte d'opposer un refus à ses désirs, n'avait que des larmes pour appuyer son apparente dureté, l'infirme entrait en des fureurs violentes pour retomber ensuite dans la plus lourde apathie.

En face de ses nécessités impérieuses, de ses menaces, de ses réclamations, qui montaient comme une marée envahissante, engloutissant cette illusion dernière dont s'était bercé son courage : le travail d'une femme !... elle jeta bas sa grande fierté de race.

Elle écrivit à son oncle pour le prier d'obvier à la gêne *momentanée* où la laissait l'absence prolongée de Lucien. Elle ne reçut pas de réponse.

La malade ne devait pas manquer du nécessaire cependant, et voilà que le nécessaire allait lui faire défaut !

CHAPITRE XVIII

L'HÉRITIÈRE DE MONTCHENETZ.

Un matin, rouge de confusion, Odette sonnait à la porte d'un homme qu'elle n'avait entrevu qu'une fois, et dont la terrible brutalité lui avait dévoilé le déshonneur de Lucien.

Elle s'était souvenue du remords dont M. Rogerat paraissait alors possédé au sujet de son caissier méconnu; elle se dit qu'au nom de la veuve ce cœur s'attendrirait.

Peut-être aurait-elle dû réfléchir que, malgré ce remords, l'agent de change s'était borné à quelques marques de sympathie et n'avait point songé à s'informer si la misère n'était pas entrée au logis.

Pour elle, Odette ne voulait rien accepter; elle entendait établir une ligne de démarcation entre les deux victimes de Lucien, pour que le bienfait qu'elle allait solliciter ne s'étendît que sur la mère et respectât la femme.

Dieu seul, pourtant, connut la grandeur du sacrifice qu'elle accomplissait en demandant d'une voix troublée : « M. Rogerat est-il visible ? »

Elle avait fermé les yeux pour ne pas entrevoir ce fatal bureau où Lucien avait englouti l'honneur de toute une famille.

— M. Rogerat voyage en Italie avec Madame et Mademoiselle, répondit le garçon de bureau.

— Et... et.., ce voyage... durera-t-il longtemps ?

— Monsieur ne l'a dit qu'à son associé.

— Je vous remercie.

Elle redescendit l'escalier le cœur soulagé, tandis que l'implacable raison lui soufflait que ce voyage d'Italie était un malheur de plus.

En rentrant, elle trouva le propriétaire qui l'attendait. Sans lui laisser le temps d'articuler une menace nouvelle, elle lui demanda un délai de trois jours au nom de sa malade.

Le propriétaire, qui avait le cœur encore plus fermé que la bourse, ne fut attendri ni par ce beau visage décomposé, ni par cette dignité douloureuse, ni par cette voix où palpitait l'orgueil contenu.

En grommelant, il accorda les trois jours sollicités.

— Mère, je vais vous laisser seule, dit Odette en se penchant vers le lit de l'infirme. Une voisine vous soignera. Ne me demandez pas, ne m'appelez pas... je ne pourrais vous répondre avant demain soir. Je vais faire pour vous une démarche qui me brise l'âme. Je vais essayer d'achever de payer la dette que j'ai contractée envers votre mari,... dont la mort même, hélas ! a été inutile.

Madame Firmerol ouvrit les yeux, la regarda sans comprendre, sans entendre, peut-être. Un mot seulement la frappa : « Votre mari ! »

Ce mot avait le privilège d'éveiller quelques parcelles flottantes de ses souvenirs engourdis. Sa langue, embarrassée, s'efforçait alors de prononcer quelques mots indistincts, et ceux qui lui revenaient ressuscitaient la plus horrible phase de l'agonie de défunt Firmerol.

Cette fois encore, elle retrouva les mêmes paroles.

— Mon mari !... Il disait : « Odette, levez la tête.. Vous en avez le droit maintenant; je meurs !»

Odette lui mit la main sur les lèvres. Elle n'avait pas besoin de cette répétition fatidique pour vénérer la mémoire de ce héros obscur.

Depuis deux ans, elle soldait sa dette à la veuve du héros.

Une âme charitable, qui habitait la mansarde au-dessus, avait parfois offert de suppléer Odette quand celle-ci devait s'absenter une heure. Elle accepta de bonne grâce de la remplacer tout un jour et une nuit.

Où dont allait Odette ?

Au seul lieu qu'il lui répugnait de revoir, vers la seule personne qui, pouvant lui être utile, avait laissé sans réponse son triste appel.

Quand la jeune femme aperçut Bréneroy, les pieds dans l'Allier, couronné du château de Montchenetz, vert et paisible comme elle l'avait quitté deux années auparavant, un gonflement de cœur l'étreignit, si douloureux quela respiration s'arrêta sur ses lèvres.

Surmontant cette impression poignante, elle eut un sourire navré.

— Les villes n'ont ni amour, ni regrets, ni désillusion. On ne les épouse pas, on ne les trompe pas, pensa-t-elle. Les villes sont heureuses.

Si Bréneroy était toujours le même, Montchenetz était fort embelli. Restauré, peint, enrichi de balcons forgés, de sculptures et de vitraux, il appartenait de plus en plus, par son architecture et son ornementation, à un genre hybride d'un goût douteux, mais d'un éclat positif.

Le département tout entier pouvait envier à la petite ville son élégant château.

Il pouvait aussi jalouser le châtelain qui en faisait les honneurs, et surtout la châtelaine qui y tenait cour plénière.

Si le triomphant baron y trônait avec une suffisance respectable à force de naïveté, la baronne Coraly y planait à des hauteurs où son époux était incapable de la suivre.

Coraly avait conquis la fortune, la noblesse, la soumission d'un vieux mari, l'admiration de toute une ville, la jouissance sans pareille de se venger des uns, d'écraser les autres, de rire de tous et de n'aimer personne.

Plus il y avait en elle de dédain pour les bourgeois paisibles de Bréneroy, plus elle entendait en recevoir les hommages, leur imposer ses caprices, leur dicter des lois et contraindre leurs femmes à adopter les modes qu'il lui plaisait d'inaugurer.

Le plus grotesque de cette comédie, c'est que les indigènes, mécontents et subjugués, s'inclinaient, admiraient, obéissaient.

La châtelaine ne bornait pas son empire aux étroites limites du pays. Elle frayait avec la société des environs et savait attirer jusqu'à elle la plus joyeuse jeunesse de Moulins.

Si ce n'était pas la fleur de l'aristocratie, au moins était-ce un choix heureux de femmes agréables et de cavaliers brillants.

Les fêtes succédaient aux fêtes dans la châtellenie de Montchenetz. L'or du baron roulait gaiement des mains de la belle Coraly dans celles des fournisseurs et des parasites, souvent même dans celle des invités, car on jouait gros jeu dans les salons de la baronne, et M. de Montchenetz n'était point heureux dans ses galanteries auprès de la dame de pique.

Mais il importait peu au baron de perdre toujours et de ne plus obtenir une soirée de repos dans son intérieur, pourvu que la femme dont il était si fier daignât se montrer satisfaite et sourire à son humble serviteur.

C'était l'esclavage sous sa forme la plus dévouée, la plus tendre, la plus enthousiaste, la plus aveugle surtout.

Il avait mis sa tête grise sous les pieds vulgaires, mais adorés, de la coquette créature, et se trouvait heureux de ce prosternement au delà de ce qui peut s'exprimer.

Assise dans l'éternelle patache de Moulins à Bréneroy, Odette avait appris la plus grande partie de ces choses sans les demander, sans vouloir les entendre, par le flux de paroles, d'exclamations et de réflexions dont les voyageurs, qu'elle ne connaissait pas, du reste, avaient salué le nom de la baronne prononcé par l'un d'entre eux.

C'étaient de bonnes gens retirées du commerce, qui savaient du château ce que toute la ville en savait, sans toutefois être admis à l'honneur d'y pénétrer!

Peut-être, si Odette eut relevé sa voilette, eussent-ils reconnu celle qu'on appelait autrefois « l'héritière de Montchenetz », mais, sous l'épaisse dentelle, ils n'avaient garde de la soupçonner dans cette femme triste, abattue et silencieuse.

« L'héritière de Montchenez ! » Qu'il y avait longtemps déjà que ce nom ne s'appliquait plus à Odette. On l'avait presque oubliée, cette belle jeune fille disparue, qui n'avait plus montré son frais visage à Bréneroy.

Les bonnes gens en parlèrent aussi.

— Vous souvenez vous,... la mariée, comme elle était pâle et avait l'air ennuyé ?

— Oui, certes. Et le marié ?.. Il regardait mademoiselle Odette d'un air tout drôle... et il regardait aussi autour de lui, par instant, comme s'il avait eu peur.

— Un singulier mariage, tout de même !... On ne les a plus revus.

— On dit que le mari est à l'étranger.

— Ah bah ?

— Et la femme à Paris... qu'elle l'aimait beaucoup et ne peut se consoler de son abandon.

— Elle n'avait pas l'air de tant l'aimer, ce jour là !..

— Oh !... les femmes !... Est-ce qu'on peut savoir ?

Puis ils parlèrent encore de Coraly, du baron,

15.

des invités, des fêtes, des chasses, des toilettes,
du château, et toujours ainsi, jusqu'à Bréneroy,
mordant et encensant tour à tour.

Au bas de la rampe si connue, Odette fit arrêter
la diligence, et, d'un pas alangui, elle entreprit
l'ascension.

Autrefois, légère et vive, elle mettait une vanité
enfantine à escalader la montée en quelques minutes, sans s'arrêter, le sourire ou la chanson aux
lèvres, pour arriver au sommet aussi fraîche,
aussi alerte, qu'au départ.

Aujourd'hui, elle allait lente et souffreteuse,
retardant sa marche pour redemander à chaque
caillou, à chaque fente de muraille, quelque
souvenir de jeunesse.

Devant le saut-de-loup du kiosque Turquet, elle
détourna la tête.

Un peu plus haut, elle s'arrêta tout à fait, contempla longuement le parc qui lui faisait face, et,
lasse, troublée, s'assit sans le savoir derrière le
même massif de noisetiers d'où Lucien l'avait observée, pour la première fois, en quittant l'étude
de Me Desplanches, à l'aurore de son malheur.

A son tour, elle laissait errer sur la terrasse son
mélancolique regard. Chère terrasse, où elle avait
tant rêvé !

Les rêves de ce temps envolé revinrent-ils à sa

mémoire ? Revit-elle son isolement, son illusion de quelques heures, la réalité qui lui était apparue sous les traits de Lucien, tandis qu'une espérance vague avait revêtu ceux de Gontran Clavel ?

Elle pencha sa tête sur ses mains croisées et demeura longtemps, perdue dans ses souvenirs.

Un bruit de pierres, chassées par le pied d'un passant, la tira de cette rêverie.

C'était un domestique à la nouvelle livrée de Montchenetz — une livrée voyante, criarde et superbe — qui descendait vers la ville.

— Allons ! il est temps, pensa la jeune femme, en faisant un effort pour se lever.

Elle retomba pourtant sans avoir achevé le mouvement commencé, et ses yeux agrandis se rivèrent à la terrasse.

Sous les marronniers, plus larges et plus ombreux qu'autrefois, un couple de promeneurs venait d'apparaître.

C'était une jeune fille de seize à dix-sept ans, petite et moulée dans un frais costume de mousseline blanche, que relevaient des flots de faille pourpre.

Des tresses énormes, d'un ton chaud et vigoureux, s'enroulaient autour de sa tête fine, au front bas, couvert de frisons vaporeux.

Une taille mince, une démarche capricieuse, un air mutin, des yeux rieurs, quelque chose de pro-

voquant, de charmant. Elle émrgeait, toute gracieuse, d'un fouillis de mousseline et de rubans
empourprés.

Elle avait passé son bras rond sous celui d'un
cavalier, qu'elle regardait en face en riant à pleines
dents.

Le joli rire! on l'entendait du talus de noisetiers.

Le cavalier riait aussi.

Odette était devenue blanche en le reconnaissant.

Si rapides qu'eussent été leurs tardives relations
de famille, si fugitif qu'en dût être le souvenir, ce
ne fut pas sans une émotion vague que le
noble et charmant visage de Gontran Clavel lui
apparut distinctement.

Depuis deux ans, elle avait voulu oublier ces
traits empreints de loyauté, cette voix qui l'avait
troublée, et jusqu'à ce nom mêlé aux derniers
beaux jours de son indépendance.

Elle s'y croyait parvenue.

Eh bien! non; non, rien n'était mort de ce passé
si court, si plein, dont l'amertume même n'était
pas exempte de je ne sais quelle bizarre saveur.

Odette le sentait revivre tout entier; sollicité
par cette vision inattendue, il lui rendait ses vingt
ans et ses espérances.

Pauvre Odette! ce retour du passé n'eut que la
durée d'un éclair.

Gontran marchait à pas lents sur la terrasse, le visage à demi tourné vers sa compagne, dont il paraissait écouter avec plaisir le babillage gracieux.

Plus petite que lui, celle-ci levait vers ses yeux des yeux spirituels, pleins de rayons.

Le jeune homme en recevait l'éclat sans sourciller, sans en paraître ému, sans chercher non plus à le fuir.

Derrière eux débouchèrent du parc trois couples, dix couples, une trentaine de messieurs souriants, de jeunes femmes élégantes, que l'heure du lunch ramenait vers le château.

On l'avait bien dit dans la patache de Bréneroy : il y avait toujours, à Montchenetz, société nombreuse et joyeuse.

La jeune fille aux cheveux ardents semblait retarder la rentrée et peser de son poids, bien léger sans doute, au bras de son cavalier, pour le retenir.

Bientôt Odette, qui la dévorait du regard, la vit s'éloigner brusquement de Gontran avec un geste de coquette menace et s'élancer la première dans le vestibule grand ouvert.

Gontran Clavel parut hésiter une seconde, puis il franchit délibérément l'entrée et disparut.

Odette se leva par un mouvement instinctif et redescendit la rampe sans retourner la tête. Se présenter au château à cette heure de fête était au-dessus de ses forces. Risquer d'y rencontrer M. Clavel l'épouvantait plus encore.

Comme un automate, elle prit la direction de l'étude Desplanches.

Sur la grande route déserte, ses yeux distraits croyaient voir marcher, sautiller et rire une belle fille aux tresses rouges nouées de rubans rouges, dont la ceinture rouge flottait à la brise naissante.

Quand elle entra dans l'étude en demandant M• Desplanches, le premier clerc, qui avait été l'un des témoins de son mariage, eut quelque peine à la reconnaitre d'abord ; mais quand elle releva son voile, il s'excusa, s'empressa et l'introduisit près du notaire.

M⁰ Desplanches parut fort surpris et médiocrement satisfait de la voir.

— Ah ! chère madame ! quel étonnement !... vous êtes si rare !.. Que vous a donc fait notre Bréneroy pour que vous le traitiez avec tant de rigueur ?

— Un devoir bien grave me retenait à Paris, monsieur, répondit la jeune femme simplement.

— La santé de madame votre belle-mère, n'est-ce pas ?... j'ai appris par Monsieur le baron, en effet, qu'elle était fort souffrante.

— Fort souffrante. M. Lucien Firmerol ne vous en a-t-il jamais parlé ?

Elle avait fait un grand effort pour prononcer ce nom avec calme.

— M. Lucien Firmerol ?... répéta le notaire avec embarras; oh ! il ne m'écrit jamais longuement... des lettres d'affaires... des règlements de comptes... c'est à peu près le fond de notre correspondance.

— Lui-même, qui voyage beaucoup...

— Qui voyage toujours, corrigea le notaire.

— ... Ne se rend pas bien compte de l'état de sa mère... sans quoi, je suis certaine qu'il lui consacrerait plus de temps.

Odette raffermit sa voix pour articuler ce noble mensonge.

— Très-probablement, madame. Il se fait si bien illusion même, que, dans sa dernière lettre, qui contenait décharge définitive de votre dot, il m'annonçait son départ pour l'Orient.

Odette se releva vivement. Le but de sa visite était atteint sans qu'elle eût l'angoisse d'articuler une question brûlante.

« Décharge définitive de votre dot, » avait dit le notaire. Donc la fortune d'Odette était tout entière aux mains de Lucien. Elle n'avait plus un centime à en réclamer; plus un centime à en attendre.

— Le but de ma visite était de vous prier de prendre quelques renseignements...à votre prochain envoi de fonds…mais, puisqu'il est déjà fait…

Elle salua en hâte et marcha vers la sortie de ce fatal cabinet, dont la portière relevée avait laissé arriver jusqu'à Lucien Firmerol aux abois le violent désir du baron de marier promptement sa nièce et pupille.

Le notaire ne la retint pas. Sa conscience n'était pas assez satisfaite du rôle qu'il avait joué imprudemment, hâtivement, deux ans plus tôt, pour qu'il ne se sentit soulagé en la voyant s'éloigner sans plus d'explications.

Certes, quoiqu'il fût encore loin de la vérité, il n'était pas sans soupçonner que ce jeune ménage, qu'il avait contribué à réunir, vivait en mauvaise intelligence.

Il devinait bien aussi que le mari était en train de croquer à longues dents la dot conjugale et que la femme, pour avoir accepté dans son ignorance le régime de la communauté de biens, pourrait bien quelque jour connaître la ruine.

Quand Odette se retrouva seule dans la rue poudreuse, le sentiment de son isolement la ressaisit avec une force nouvelle. Dans cette ville où elle avait été si enviée, pas une maison où il lui fût doux d'aller frapper.

Rien que Montchenetz, qu'elle redoutait de ne pas lui être hospitalier, et dont elle regardait comme un devoir, cependant, de franchir le seuil.

Après une prière mentale, d'une intensité de ferveur connue surtout des âmes brisées, après un souvenir à la malade pour laquelle elle montait un si cruel calvaire, Odette reprit courageusement le chemin du château.

Cette fois, elle n'éprouva ni hésitation ni défaillance : les malades n'attendent pas si les créanciers attendent parfois.

Les domestiques qui l'introduisirent dans le cabinet du baron ne l'avaient jamais vue. C'étaient des domestiques parisiens, fort au courant du service, des habitudes et des relations de leur maîtresse.

Ils toisèrent la jeune femme avec quelque dédain, tant sa modeste toilette leur inspirait peu d'estime.

Le valet de chambre lui demanda sa carte. Odette se sentit rougir, car elle avait de trop bonnes raisons pour avoir jamais fait imprimer de cartes au nom de « Firmerol. »

Il lui en restait quelques-unes à son nom de jeune fille; elle n'eût peut-être pas songé à s'en munir; mais la petite poche de son porte-monnaie en contenait deux ou trois, jaunies par le temps.

Le domestique auquel elle la remit, et qui se permit d'y couler un regard indiscret, ne fut pas peu surpris d'y voir tracées en lettres anglaises :

« Odette de Montchenetz », un nom inconnu au château.

La jeune femme attendit longtemps, assise dans ce cabinet qui, seul de tout le château peut-être, avait conservé une partie de son ancien ameublement.

La vue de cette pièce, où si souvent elle avait fait la lecture au baron, lui causa un attendrissement qui n'était point sans charme.

Elle se sentit plus disposée à la confiance, moins arrêtée dans son orgueil, plus attirée vers le parent oublieux, mais bon, qu'elle attendait.

Si, dans ce moment, le baron fût entré la main tendue, elle l'eût embrassé tendrement, trouvant la force de lui dire sans trop souffrir : « Cher oncle, je suis malheureuse et triste, aidez-moi. Donnez-moi un peu d'or pour ma malade, une caresse affectueuse pour votre Odette, et je repars, consolée, pour mon poste d'abnégation. »

CHAPITRE XIX

LA REVANCHE DE LA BARONNE.

Au lieu du baron, ce fut madame de Montchenetz qui parut, le front soucieux, la lèvre maussade, comme une femme qu'on dérange au milieu de ses plaisirs pour la convier à une corvée inattendue.

Elle était rajeunie, peinte avec art, vêtue avec goût, toujours un peu vulgaire d'attitudes, mais incontestablement belle.

Dans sa main, elle roulait distraitement la carte d'Odette.

Le premier salut des deux femmes fut d'une étrange froideur. Les yeux de Coraly, toutefois, s'allumèrent aussitôt d'une flamme inquiétante. Il y eut un éclair dans ceux d'Odette, un seul, qui s'éteignit aussitôt.

Coraly s'étendit gracieusement sur l'ottomane, prit un temps, et d'une voix sèche :

— Madame, dit-elle, je suis à me demander depuis quelques minutes ce qui nous vaut l'honneur de votre visite. Deux années d'abstention nous avaient fait supposer que vous gardiez un bien mauvais souvenir du château de Montchenetz.

— Vous vous trompiez, madame, répondit Odette ; Montchenetz m'a toujours été cher ; mais je ne m'y savais pas aimée.

— Voilà qui n'est pas aimable. Peut-être devrais-je dire : voilà qui est ingrat. Est-ce le mariage qui vous a donné cette indépendance d'appréciations ?

— Le mariage ne m'a guère appris que les rigueurs de l'existence.

— Vraiment !... Que dites-vous là ?... Nous nous plaisions, votre oncle et moi, à vous supposer très heureuse.

Odette sentit l'ironie, et doucement :

— Si remplir un devoir sévère est un bonheur, je suis heureuse, en effet, répondit-elle.

— Je sais que vous avez près de vous une belle-mère infirme. Cela est très-bien... très-bien. Vous avez agi là comme une fille véritable... Du reste, pour un mari qu'on aime, tout devient facile.

Odette ne répondit pas.

— Ma chère madame, reprit la baronne avec un petit accent protecteur, il eût été gracieux à vous de laisser quelquefois votre belle-mère aux mains de vos domestiques, pour venir remercier votre oncle de ses bontés passées... et aussi... jouir avec lui du bonheur que nous lui faisons.

Coraly avait appuyé sur le mot « nous » avec une intention méchante qui n'échappa point à son interlocutrice.

— Ah ! vous vous demandez qui donc contribue à faire une vieillesse heureuse et choyée à ce cher baron ?.... Vous ne voyez guère que des étrangers, hors moi, autour de lui. C'est une erreur, chère madame. Une vraie famille se serre autour de M.

de Monchenetz, et je puis avouer avec joie qu'elle est parvenue à lui adoucir extrêmement le sacrifice qu'il a dû faire en se séparant de vous.

Un sourire amer plissa les lèvres d'Odette.

— Pour m'aider dans ma tâche, continua Coraly, — car vous savez que le bonheur du baron est mon seul but, — j'ai l'affection sérieuse d'une femme distinguée, madame Clavel, l'esprit d'un jeune homme charmant, son fils, et enfin, et surtout, la grâce, l'entrain, la beauté d'une ravissante enfant, qui ressuscite votre jeunesse dans l'intimité de notre existence commune.

— La jeune fille aux rubans rouges ! murmura Odette.

Coraly l'entendit-elle ?

Peut-être, car un mauvais sourire éclaira son arrogante physionomie.

— Cette enfant est la joie de la maison, insista-t-elle ; vous savez que notre proche parenté en fait presque la fille du baron.

— Votre parenté ?... ne put se défendre d'interroger la jeune femme.

— Sans doute. Ernestine est la seule enfant d'une sœur que j'ai perdue bien jeune. Pauvre petite !... Que serait-elle devenue si je n'avais entouré ses premières années de soins maternels ?... si je n'avais veillé sur son éducation ?... dirigé ses goûts... fait d'elle, en un mot, la plus gracieuse incarnation de la reconnaissance ?

— Je ne me souviens point d'avoir vu mademoiselle Ernestine entre vous et M. Turquet, dit vivement Odette. C'est sans doute à distance que vous en faisiez une fille accomplie.

Sans le savoir, Odette avait touché une corde vive dans le cœur de Coraly, dont les traits prirent une expression plus haineuse encore.

— Le bruit d'une enfant eût fatigué un vieillard. Elle était dans un excellent pensionnat parisien.

— Je la félicite d'avoir retrouvé une famille, lorsque tant d'autres perdent la leur, dit Odette non sans amertume.

— Mais vous-même ne résisteriez pas au charme ! continua Coraly avec une complaisance plus accentuée. Elle a toute la grâce d'un ange et toute la malicieuse espièglerie d'un lutin. Jolie comme on ne l'est pas ! Et si gaie... si riante... ! Le baron ne peut s'en passer tout un jour. Et... je sais un jeune parent... qui monte au château un peu plus que de raison, depuis qu'Ernestine en illumine les vieilles pierres.

Odette eut un frisson nerveux, dont elle éprouva quelque peine à dominer l'ébranlement.

— Madame, dit-elle avec trouble, permettez-moi de vous faire observer que l'heure s'avance, et que je suis bien peu libre d'en disposer loin de ma malade. Mon oncle est-il disposé à me recevoir?

Coraly leva les mains au ciel.

— Votre oncle?... oh! chère madame, n'attendez pas le baron aujourd'hui : il chasse. Quand M. de Monchenetz chasse, son retour est toujours problématique.

— Sa chasse doit-elle donc durer plusieurs jours?

— A Dieu ne plaise! Croyez-vous que le baron puisse rester aussi longtemps sans embrasser sa chère petite Ernestine? Mais il rentrera tard, fatigué... et ne pourra certainement pas vous accorder l'entretien que vous paraissez désirer.

— Je reviendrai demain matin, dit douloureusement Odette.

— Il est probablement inutile de prendre cette peine. Je crains, vu la vie surchargée du baron, que vous ne soyez pas plus heureuse, conclut Coraly en se levant pour donner congé, sans prendre le moindre soin d'adoucir son accent aigre. Adieu, chère madame.

En traversant le vestibule, les explosions de gaieté qui s'échappaient du salon, par les portes ouvertes, causèrent à la triste Odette l'impression d'un sarcasme nouveau saluant sa visite, en solliciteuse, dans cette maison qu'elle avait si longtemps considéré comme la sienne.

La vengeance de Coraly se faisait sentir par mille épines mystérieuses dont une main de femme sait seule envenimer la piqûre.

Avait-elle lu, sur le front d'Odette, la secrète souffrance que lui faisait éprouver une simple allusion au plaisir que M. Clavel semblait prendre à la compagnie d'Ernestine ?

On eût pu le croire, en remarquant le soin particulier qu'elle prit d'interpeller un domestique qui passait :

— Jean, descendez au Bord de l'eau et dites à madame Clavel de ne point attendre M. Gontran : nous le gardons à dîner.

Le domestique s'éloignait déjà.

— Ah !... priez madame Clavel de bien vouloir venir nous rejoindre ce soir.

Elle daigna se retourner alors vers Odette et la salua d'un signe de tête protecteur.

Odette fit quelques pas vers la grille, sans éprouver d'autre désir que d'échapper aux regards hostiles de cette femme triomphante.

Près d'en franchir le seuil, pourtant, une bouffée de parfums connus lui arriva dans un vol de brise, et lui fit involontairement tourner la tête.

C'étaient les héliotropes étagés sur la terrasse qui lui envoyaient un familier bonjour. Elle avait si souvent ravagé leurs odorantes moissons !

Les petites fleurs bleues, à la senteur orangée, étaient toujours là, belles et vivaces : le temps, qui lui avait pris, à elle, son bonheur, ses illusions et jusqu'à son foyer, avait respecté les fleurettes.

Son regard, qui les caressa doucement, erra d'abord sur la terrasse déserte et finit par embrasser tout le château.

A une fenêtre, elle ne put s'y tromper, une tête masculine semblait l'observer avec curiosité.

Si vite que se reculât cette tête grisonnante, épaissie, alourdie, Odette avait reconnu son oncle.

Coraly avait donc grossièrement menti.

Son premier mouvement, tout instinctif, fut de retourner vers l'entrée et de réclamer contre l'exclusion dont elle se voyait l'objet.

Quelque chose l'avertit que ce serait affronter une humiliation inutile, et que son oncle était trop bien gardé pour qu'elle pût parvenir jusqu'à lui.

Il existait à Bréneroy un honnête hôtel point luxurieux, point à la mode, que la jeunesse dorée du pays ne choisissait jamais pour ses banquets, ni pour ses bals par souscriptions.

Un petit monde de vieux rentiers sans famille, en avait fait son Eden. Les voyageurs qui cherchaient le calme autant que le confortable intérieur le connaissaient bien..

L'hôtel Pernache était tenu par une vieille femme

dont la fille ainée, morte depuis longtemps, avait été la nourrice d'Odette.

On avait beaucoup aimé Odette enfant dans cette tranquille maison. Depuis qu'elle était devenue une grande demoiselle on ne la voyait guère, mais on s'en souvenait toujours.

Odette se repentit de n'avoir pas songé plus tôt à ces braves gens, auxquels elle alla tout droit demander l'hospitalité.

Ce furent des cris de surprise et de joie en la reconnaissant. La mère Pernache en faillit pleurer, et la seconde fille en pleura tout à fait.

La plus belle chambre était-elle libre?... Le dîner serait-il assez bon ?... madame Odette se trouverait-elle bien dans ce modeste hôtel ?

Mademoiselle Pernache s'agitait et s'inquiétait tandis que sa mère, plus intelligente, avait compris presqu'aussitôt qu'Odette ne serait ni difficile, ni exigeante, et qu'elle ne venait à l'hôtel que pour ne pas aller au château.

A vrai dire, elle ne soupçonnait cependant pas que la jeune femme s'y fût inutilement présentée déjà.

En servant un petit dîner très-soigné dans la chambre d'Odette, elle s'autorisa de son âge et de leurs anciennes relations pour l'interroger quelque peu.

Odette était bien changée, mais si jeune et si fort
semblable encore, comme candeur et simplicité,
à la jeune fille d'autrefois, que madame Pernache
ne se sentait pas intimidée.

— Voyez-vous, ma petite madame Odette, lui
disait-elle en s'empressant autour de la table, je
comprends tout le mal que ça doit vous faire de
savoir cette belle madame Coraly, aussi méchante
qu'elle est jolie, installée comme souveraine dans
votre Montchenetz. Vous êtes un brin fiérotte...
vous ne pouvez pas supporter ça de sang-froid,
et c'est tout juste. Ah ! c'est qu'il faut voir comme
elle règne et commande, cette personne-là !...
Dans le pays rien n'est assez bon pour elle ; il
faut faire venir de Paris : toilettes, provisions,
musiciens, danseurs et jusqu'à une nièce !... Encore une petite vipère que mademoiselle Ernestine !... Sortie on ne sait d'où... ou plutôt, les
bonnes langues de Bréneroy l'expliquent à merveille... moi, vous savez, je n'en peux rien dire.
Toujours est-il que l'on ne parlait guère de cette
jeunesse-là du temps de M. Turquet... et que, si
elle existait quelque part à Paris, madame Coraly
Turquet avait des raisons de ne s'en pas vanter.
M. Turquet mort, on n'en a pas parlé davantage.
Sans doute qu'un joli brin de fillette comme cela
eût gêné la belle veuve. Mais plus tard, quand

votre pauvre oncle a été bien englué, au point de
faire une baronne de Montchenetz toute neuve
avec l'héritage de feu Turquet, on a produit tout
doucement la mystérieuse demoiselle. On a persuadé au baron qu'elle manquait à son bonheur
et complétait la famille. On en a fait une petite
dauphine à laquelle la succession de Montchenetz
irait comme un gant, et, Dieu me pardonne! je
crois que si l'on cherchait bien dans les papiers
du baron, on y trouverait déjà un testament en
faveur de ces deux femmes endiablées.

Odette, perdue dans un horizon nouveau, écoutait ce bavardage plein de révélations, qui confir-
mait brutalement ses soupçons vagues, ses
craintes indécises.

Coraly, qui la détestait, qui avait à se venger
de ses dédains passés, avait eu l'art d'implanter
au logis une rivale adroite qu'elle inspirait et gui-
dait, pour détruire à la fois les espérances d'avenir de la légitime héritière, et jusqu'à la part d'affection qui lui était due.

— Et puis, continuait madame Pernache, les
plaisirs vont bon train au château. On y mange
comme chez Gargantua... on y boit sec...., le baron aime ça; il paraît même que vous l'en aviez
déshabitué, madame Odette, mais que madame Coraly n'a pas voulu le contrarier : sans doute, y

trouve-t-elle son compte. On y joue gros jeu
et l'on y danse toute la nuit. Les chasseurs des
environs s'y donnent rendez-vous comme jadis,
quand vous étiez petite ; mais ils mènent un train
d'enfer, maintenant, et c'est madame Coraly qui
donne le branle. Les écus du baron vont vite. Si
vite qu'ils aillent, cependant, le capital reste : la
baronne n'est pas si sotte que de le laisser gaspil-
ler. Elle y compte puiser une belle dot pour son
Ernestine.. et madame Clavel le sait bien.

Le nom de sa cousine, inopinément prononcé,
fit tressaillir Odette. Était-il donc possible que
madame Clavel, si hautaine, fût mêlée à ces indignes compromis ?

Certes, elle ne le demanda pas. Madame Pernache
ne s'en donna pas moins le plaisir de l'expliquer.

— Vous vous souvenez bien, madame Odette,
que la bonne dame n'est pas riche. M. Gontran
Clavel n'a guère que sa place. Elle s'accommode
assez bien de son manque de luxe dans sa jolie
petite maison du *Bord de l'eau*, dont elle a fait
un bijou. Il y a là des tableaux, et des tapisseries !... et des fleurs !... la baronne n'a pas mieux.
Tout cela, par exemple, ça plaît aux yeux, ça ne
donne pas des rentes. Madame Clavel en voudrait
pour son fils. C'est assez naturel, on ne peut pas
la blâmer ; moi, qui vous parle, si j'avais pu ma-

rier Toinette convenablement !... enfin, elle va
sur ses trente-neuf ans,... il n'y faut plus songer !
Madame Clavel a vu venir la petite Ernestine, si
éveillée avec ses seize ans. Elle n'y a pas pensé
tout d'abord, voulant donner à son fils mademoiselle de Bois-Gélu, qui est si laide ! M. Gontran
n'a pas trouvé que la dot fît oublier le visage, et
en cela il a bien raison. Je me rappelle, moi, que
lorsque j'épousai Pernache, mes parents faillirent
me déshériter, car ils voulaient me faire prendre
Boudrin, le charron, qui était borgne et bête. Ah !
mais non !... Madame Clavel a donc renoncé à
mademoiselle Adolphine de Bois-Gélu et s'est re-
tournée vers mademoiselle Ernestine Duval. C'est
pas très-noble, comme vous voyez. Dans le pays,
on n'y fait pas attention. On a oublié même le
nom de Duval, et, si madame Coraly le veut bien,
on dira bientôt « mademoiselle Ernestine de Montchenetz. » Il y en a... des courtisans !... qui le
disent déjà.

Odette haussa doucement les épaules.

— Pour lors, ça paraît marcher au château.
Madame Clavel y monte tous les jours, flairant
une grosse dot sous les cheveux rouges de la
petite. M. Gontran s'est fait joliment tirer l'oreille ;
il renâclait comme nôtre jument *Didine* quand il
lui faut passer le gué. Pendant plusieurs mois,

on a bien cru que jamais M. Clavel ne se familia-
riserait avec Montchenetz. Il était devenu comme
un sauvage..... on ne le voyait plus. Si vous vous
souvenez, madame Odette, cela avait même commencé avant votre mariage. C'est à peine s'il
daigna se montrer ce jour-là. Les bonnes gens disaient même, en le voyant si sombre, qu'il regrettait peut-être de vous avoir connue si tard. Des
folies, quoi !... Quand il a été las de sa vie sauvage, il a fini par se soumettre à sa mère, par l'accompagner à Montchenetz, et par faire la cour à
mademoiselle Ernestine. Tout le monde parle de
leur mariage comme d'une chose arrangée.

— Madame Pernache, je suis bien fatiguée, je
vais essayer de dormir, interrompit Odette dont
le doux visage pâli exprimait la souffrance.

— Eh bien ! je vais vous laisser reposer, ma
chère petite dame ; dormez bien, ne rêvez pas à
votre méchante tante, qui est en train de vous
voler votre héritage : Dieu ne la bénira pas.

Madame Pernache se retira sur cette prédiction
consolante, mais Odette ne put dormir.

Elle demeura une partie de la soirée accoudée
à la fenêtre, qui dominait au loin les maisons du
Bord de l'eau.

Une d'elles, l'ancienne maison Forgeot, fut

éclairée quelque temps par une lampe qui s'éteignit vers neuf heures.

Évidemment, madame Clavel quittait son petit domaine pour aller achever la soirée au château.

Odette reconnaissait bien cette maison, cause indirecte et première du pitoyable roman de sa vie. Elle en vit sortir sa cousine, dont l'ombre droite et fière passa devant l'hôtel Pernacho, suivie d'une servante et d'un fallot.

Deux ans auparavant, elle l'avait rencontrée pour la première fois près de là, au bras de son fils...

Le flot des souvenirs montait toujours, étreignant la pauvre Odette. Pour s'y soustraire, elle voulut envisager froidement le présent et considérer Gontran Clavel non plus comme le rêve brisé de sa vingtième année, mais comme le prochain époux de mademoiselle Duval.

Ce nom fit miroiter devant ses yeux les cheveux ardents, les rubans rouges, les nuages de mousseline et le rire provocant de la terrasse, quand Ernestine y passait, coquette, au bras de Gontran.

Pour ne plus penser, elle pria.

Sainte et consolante ressource, qui donne aux cœurs malades la force de réagir! ce fut à elle que la triste jeune femme dut quelques heures de repos.

CHAPITRE XX

SOUS LE JOUG.

Au matin les bruits de l'hôtel trouvèrent Odette debout, venant d'écrire une lettre, attendant qu'on fut éveillé pour la faire porter à son adresse.

Les commérages de la mère Pernache avaient éclairé le chaos de ses premières sensations. Elle sentait que sa place n'était plus à Montchenetz, tant qu'elle n'y serait directement invitée par son oncle, sa fierté n'étant pas de celles qui s'accommodent des à peu près en matière de délicatesse.

Où trônait Coraly, où s'était implantée une jeune fille inconnue dont le baron semblait faire sa fille, Odette ne devait pas exposer sa personnalité, déjà si éprouvée, aux chances d'un accueil insultant.

La veille, elle ne savait pas encore.

La mère Pernache, qui accourut à son coup de sonnette, lui promit que la lettre serait portée séance tenante et la réponse, s'il y en avait une, rapportée au pas gymnastique.

Sans s'en douter, Odette avait bien choisi son heure. C'était celle où la baronne dormait profondément.

Aussi, bien que la correspondance du baron passât d'ordinaire par ses mains, le valet de chambre ne crut-il pas devoir la faire réveiller pour lui remettre une lettre qu'un petit garçon apportait de la ville.

Ce fut donc directement au baron que la missive d'Odette fut portée.

M. de Montchenetz venait de s'éveiller de l'épais sommeil qui suit les longues courses et les plantureux repas.

Il eût volontiers remis la lettre à un autre moment si le domestique n'eût réclamé la réponse au nom du petit commissionnaire.

— Voyons, dit le baron avec humeur.

« Mon cher oncle, écrivait Odette, vous étiez hier au château, vous m'avez vue, vous ne m'avez pas appelée. On m'a dit, à moi, que vous chassiez. Je dois croire que ma présence vous est importune à Montchenetz ; je n'y retourne pas. Malgré votre silence, votre froideur, j'espère que vous aimez encore la pauvre Odette qui, victime d'une fatalité sans nom, est aujourd'hui ruinée, abandonnée, avec la charge chère et écrasante d'une infirme dont elle est seule à soulager la lamentable existence. Pour cette infirme, j'ai besoin de vous voir. Je n'ose dire « pour moi, » car le seul sentiment, qui me fasse désirer notre rapide réunion, est peut-être éteint dans votre cœur. Si je me trompe, venez, donnez-moi quelques minutes, prouvez-moi que vous n'avez pas oublié votre triste

ODETTE.

Hôtel Pernache, 6 heures du matin.

Le baron retourna dix fois cette courte lettre dans ses mains avant de manifester l'impression qu'elle faisait naître en lui.

Son regard restait hébété et sa physionomie inquiète.

Le nom d'Odette agitait en lui certains souvenirs de tendresse et de protection sur lesquels une tendresse nouvelle, plus ardente, avait jeté un voile d'oubli.

Il l'avait bien aperçue, la veille, par une fenêtre, cette Odette autrefois affectionnée autant qu'elle pouvait l'être d'un égoïste vieux garçon.

S'il n'avait écouté que son premier mouvement, il l'eût appelée volontiers. Seulement, il s'était souvenu que madame Coraly avait fort à se plaindre de cette nièce ingrate, et qu'elle interdisait toute tentative de rapprochement.

Car elle avait eu l'habileté de dépeindre, sous les couleurs de l'ingratitude la plus impardonnable, la réserve douloureuse dans laquelle la malheureuse Odette s'était renfermée, après la catastrophe intime d'un mariage dont elle rougissait.

C'est à peine si le baron avait osé répondre, par quelques lignes embarrassées, aux lettres dignes et rares qu'Odette lui écrivait de Paris depuis deux ans.

Faible, borné, aveuglé et sous le joug, le baron en était arrivé à épouser les querelles de sa chère Coraly, sinon dans leurs causes, du moins dans leurs résultats.

Odette avait jadis gravement blessé Coraly; Odette méritait le ressentiment de cette femme généreuse qui se bornait à exiger l'exclusion de son ancienne ennemie.

Enlacé par le cœur, par les sens, par la vanité, par la gourmandise, par le plaisir, le baron ne sentait pas les liens et se contentait d'obéir à la laisse.

Coraly ayant décidé, quand la carte d'Odette lui avait été remise, qu'il devait être à la chasse, M. de Montchenetz s'enferma passivement, et, refoulant une façon de remords qui l'étreignit pendant une minute, il regarda s'éloigner du château l'orpheline qu'il avait sacrifiée d'un cœur si léger.

Dans la soirée, il avait oublié cette apparition, sur laquelle Coraly n'avait même pas pris la peine de lui donner une explication sommaire.

Au matin, la lettre d'Odette le secoua dans sa torpeur bestiale. Comment, elle était là?... à

l'hôtel Pernache?... Elle avait besoin de lui?...
Elle se disait ruinée... abandonnée?... Était-ce
possible?

Machinalement, il se vêtit en songeant à ces
étranges nouvelles, dont il n'avait jamais daigné
approfondir les premiers pronostics arrivés jusqu'à lui.

Comme il allait sortir, Coraly parut enveloppée
dans un peignoir de cachemire, la chevelure en
désordre et le sourcil froncé.

Elle était de fort mauvaise humeur d'avoir été
troublée dans son sommeil, avec cette circonstance aggravante qu'elle surprenait son mari en
flagrant délit d'insubordination.

Mademoiselle Augusta, la précieuse camériste
des anciens jours, demeurée la confidente des
jours de triomphe, avait interrogé le petit commissionnaire, qui attendait sur le perron le résultat de la missive à lui confiée par dame Pernache.

En apprenant que cette lettre émanait d'une
jeune dame en noir, bien triste, arrivée la veille
à l'hôtel Pernache, et qu'on y entourait de mille
soins, mademoiselle Augusta jugea la chose assez
grave pour aller éveiller sa maîtresse.

— Qu'est-ce donc, mon cher? où courez-vous
si matin?... dit-elle aubaron, dès le seuil.

Il s'arrêta, d'autant plus interdit que, positive-

17

ment, et sans calculer davantage, il allait descendre à Bréneroy les yeux fermés, comme un
homme qui se noie sans oser regarder la rivière.

— Vous n'allez pourtant ni à la chasse, ni à la
pêche, ni à Moulins, que je sache ?

— Non... non... balbutia-t-il.

— Vous alliez au devant de madame Lucien
Firmerol ?

— Oh !... se récria le pauvre homme.

— Eh ! tenez, voilà la lettre de cette intelligente personne, une quémandeuse sans pudeur,
qui n'a pas craint de venir solliciter votre charité
jusque dans la maison dont elle a osé, jadis, m'in-
terdire l'accès.

— Coraly !...

— Vous avez déjà oublié les humiliations dont
votre nièce a voulu me couvrir, n'est-ce pas ?
Vous êtes un cœur faible, mon pauvre baron !...
Moi, je me souviens, et, si je suis seule à soutenir
la dignité de notre nom, au moins dois-je le faire
jusqu'au bout.

— Tu as mille fois raison... mais laisse-moi
l'expliquer...

— Quoi donc ? fit-elle avec hauteur ?

— Odette est malheureuse.

— Vraiment ? Elle n'avait qu'à ne pas épouser
ce beau soupirant qu'elle n'aimait guère, il est

vrai, mais qu'elle préférait encore à la perspective
de me voir entrer au château comme votre femme,
avant qu'elle n'en fût sortie elle-même.

— Il l'a ruinée.

— Tant pis ! c'est une infortune assez fréquente
par le temps de spéculation effrénée qui court.

— Il l'a abandonnée.

— Ah! cela ne prouve pas en faveur de l'amabi-
lité de son caractère, ni du charme de son intimité.

— Elle soutient sa belle-mère infirme.

— Faut-il rédiger, sur l'heure, une supplique
à l'Académie pour briguer le prix Monthyon en sa
faveur ?

— Ma petite Coraly, tu te moques toujours...

— Je suis très-sérieuse, au contraire.

— Permets-moi de te rappeler qu'Odette a toujours été pour moi...

— Ah! voyons, voyons ce qu'elle a été pour
vous. Une nièce attentive? jusqu'au jour où le
mariage lui a rendu la liberté de ne plus vous
écrire que deux fois l'an. Une pupille dévouée?...
Jusqu'au jour où elle a remis sa fortune entre les
mains d'un époux peu délicat qui, paraît-il, l'a
croquée. Une parente respectueuse?... témoin
certain soir où, devant vous, elle osa refuser de
mettre les pieds sur mon petit domaine avec une
impertinence sans seconde.

— Je t'en prie, chère amie...

— Ne parlons plus d'elle, voulez-vous ?... Je
venais vous prévenir que nous passerons la journée chez les Maucourt. Les voitures seront prêtes
à neuf heures.

— Chez les Maucourt ?... on n'en avait pas
parlé !...

— Eh bien ! j'en parle. D'ailleurs, Jean vient de
partir pour les prévenir.

Il s'approcha de sa femme piteusement, comme
un enfant grondé qui sollicite son pardon.

— Écoute, dit-il en se faisant humble, ne me
boude pas pour cela. Je n'irai pas voir Odette,
puisque cela te fâche si fort... Je pourrais... je
pourrais... lui envoyer un peu d'argent.

Elle eut un haussement d'épaules plein de pitié.

— Tenez, dit-elle, je suis meilleure que vous
ne le supposez. Je vais moi-même lui faire remettre des secours. Vous pouvez vous en fier à
moi.

— Quoi !... vraiment !... tu voudrais...

— Et pourquoi non ? Je suis jalouse à juste
titre de l'affection que vous pourriez avoir con-
servée pour cette petite personne, plus adroite
qu'intéressante. Mais j'entends, en revanche, partager vos charités.

Elle tira des poches de son peignoir un porte-monnaie de cuir de Russie dont le parfum sauvage emplit la chambre.

— Une enveloppe, je vous prie, dit-elle en tirant des billets bleus qu'elle déplia lentement pour en apprécier la valeur.

— Songez qu'elle soutient une infirme ! hasarda le baron en lui poussant un buvard et un encrier.

De la tête, elle fit un signe d'impatience, emplit l'enveloppe, la cacheta sans laisser au baron le temps d'en distinguer le contenu, et, appelant Augusta qui faisait le guet à courte distance :

— Au petit commissionnaire, dit-elle vivement.

Le baron étouffa un grand soupir.

— A neuf heures, mon ami, fit-elle en se levant d'un air de fatigue ; vous n'avez que le temps de vous mettre au bain et de songer ensuite à votre toilette.

Elle sortit, en retirant ses mains que M. de Montchenetz retenait pour les embrasser encore, le laissant tout inquiet d'avoir mécontenté sa femme et soulagé cependant d'en être quitte à ce prix.

Pour Odette, plus une pensée.

Quand le petit commissionnaire revint à l'hôtel Pernache, il aperçut la jeune femme qui attendait son retour au balcon.

Si pâle qu'elle fût déjà, elle devint plus pâle

encore en distinguant une lettre aux mains du messager.

Il avait répondu, ce pauvre oncle, faible, mais bon !... il allait suivre sa lettre !... Comme elle était prête à tout lui pardonner, s'il venait.

Elle prit la lettre, s'enferma dans sa chambre, et, tout d'abord, ne reconnut pas l'écriture du baron.

Elle ouvrit, plus émue, certaine cependant, par les explications du petit garçon, que sa lettre, à elle, avait été lue par le baron.

De l'enveloppe déchirée s'envola un billet qui vint tomber à ses pieds, de façon à lui laisser lire sur le fond bleuâtre, en caractères noirs : *Cent francs*.

— Une aumône ! exclama la jeune femme avec un frisson de dégoût.

Elle releva le billet de cent francs et chercha des yeux un buvard absent, une écritoire introuvable. Vite, vite, elle voulait renvoyer cette obole humiliante à celui qui ne craignait pas d'insulter sa misère.

Mais on n'écrivait guère à l'hôtel Pernacho. Une feuille de papier, grise de poussière, accompagnait seule l'encrier tari, où s'était figée sa plume rouillée depuis la veille.

Son regard revint à l'enveloppe vide. Une écriture féminine y étalait des caractères irréguliers fort dissemblables de la lourde écriture du baron.

Odette comprit que l'insulte venait d'*elle*, et de lui l'abandon !

Un flot de larmes jaillit de ses yeux enfiévrés où s'éteignit la colère.

Elle n'eut plus la force de s'indigner contre l'homme faible, qui vivait devant sa femme dans un aplatissement tel que tout sentiment de famille était mort en lui.

— Je n'ai plus rien à faire ici, dit-elle à haute voix, comme pour s'encourager à une résolution nouvelle.

Par la fenêtre ouverte elle envoya dans la direction de Montchenetz un demi-salut ironique, où la tristesse dominait encore le mépris.

— Madame Coraly, je garde votre aumône pour madame Firmerol mourante. Quelque jour, je vous la rapporterai, quoique vous me bannissiez du berceau de ma famille.

Elle appela madame Pernache, qui accourut tout endimanchée.

— La diligence pour Moulins, à quelle heure ?

— A neuf heures, ma chère petite dame.

— Envoyez, je vous prie, retenir une place pour moi.

— Êtes-vous donc si pressée de nous quitter ?

— Ma belle-mère attend.

— Et puis, vous ne vous plaisez plus ici... insinua la mère Pernache avec un coup d'œil d'intelligence.

Odette se détourna pour réunir ses effets.

— Comme ça se trouve!... puisque vous voulez absolument partir, madame Odette, je vais avoir l'honneur de vous faire la conduite jusqu'à Loysel, où passe la diligence. J'y ai affaire ce matin, avec Moutonnier, l'aubergiste.

— Cela me fera plaisir, répondit la jeune femme, à qui cette humble affection souriait.

CHAPITRE XXI

QUI M'AIME ME SUIVE!

A neuf heures, après un furtif regard jeté de son balcon sur la riante maison du *Bord de l'eau*, Odette prit la diligence au passage, en compagnie de madame Pernache, qui n'en était pas médiocrement flattée.

La digne femme, en apprenant l'honneur qui allait lui échoir, avait sorti de sa grande armoire certain châle à palmes pour lequel défunt Pernache avait fait des folies, et un bonnet flamboyant qui ne faisait son apparition qu'aux occasions solennelles.

Aucune ne pouvait l'être davantage à ses yeux.

Avec toutes les marques du respect affectueux dont elle se 'sentait pénétrée, madame Pernache prit place à côté d'Odette dans l'intérieur de la diligence.

D'ordinaire, elle voyageait en rotonde, mais ce jour-là!...

Les deux femmes étaient seules, ce qui permit à la pauvre Odette de céder, presqu'à son insu, à la douceur, depuis si longtemps étrangère à son isolement, de pleurer sur elle-même dans un cœur ami.

Elle ne se confiait ni ne se plaignait, mais la mesure de ses chagrins débordait par gouttes pressées, sans suite, sans amertume, comme sous une irrésistible pression.

Madame Pernache ne comprenait pas toujours, n'interrompait jamais, et, doucement, essuyait les petites mains dégantées sur lesquelles tombaient de grosses larmes.

Ce geste muet, cette sorte de caresse, que la brave femme avait l'intelligente bonté de faire succéder à son éternel babillage, attendrissait Odette et la consolait un peu, tant elle avait besoin d'être consolée! .

17.

A la montée de Loysel, elle était plus calme. Dans son cœur dégonflé, cette sympathie, vulgaire et sincère, avait apporté comme un soulagement.

Le conducteur dégringola de son siége, et, suivant la coutume du pays, encadra sa figure rougeaude à la portière pour insinuer que « si ces dames voulaient faire la montée à pied... une belle promenade... joli pays à traverser... ce ne seraient pas le *Gris* et la *Rousse* qui s'en plaindraient. »

— Bien, mon garçon ! nous comprenons, dit en riant la mère Pernache. Le *Gris* et la *Rousse* doivent t'aimer, s'ils te rendent ce que tu leur donnes.

Odette n'avait pas même entendu.

— Vous pouvez demeurer là, madame Odette ; je vais faire un bout de montée à pied ; la côte est rude pour ces bonnes bêtes.

— Je veux bien marcher un peu, répondit Odette ; l'air me fera du bien et la chaleur est très-supportable.

Elle sauta lestement sur la route et régla son pas léger sur le pas alourdi de sa compagne.

Elle ne parlait plus. L'heure des ouvertures involontaires et des retours sur le passé s'était enfuie déjà.

Madame Pernache eut la délicatesse de le sentir.

La matinée était belle, relativement fraîche ; le pays, sans être aussi joli que le promettait le conducteur, avait un certain charme agreste qui reposait à la fois les yeux et l'esprit.

Plongée dans ses rêveries, Odette voyait des sillons verts, des ombrages, des sentiers coupant çà et là les terres grasses. Des troupeaux animaient le paysage, une bergère chantait.

Cela lui parut calme et doux comme une idylle. Elle regardait encore cet horizon rustique quand un bruit de voitures, de chevaux et de voix joyeuses emplit brusquement la route.

D'un chemin de traverse venait de déboucher une cavalcade, qui escortait une calèche découverte autour de laquelle bondissaient les grands lévriers de Montchenetz.

Dans la calèche, le vieux baron faisait une mine béate, en face de Coraly renversée sur les coussins, et de madame Clavel, droite et fière comme autrefois, plus qu'autrefois.

Deux cavaliers et une amazone d'âge incertain, encore fort élégante, qui marchaient les premiers, mirent leurs montures au pas, la montée devenant plus difficile.

La calèche les imita.

Derrière la voiture, une jolie jeune fille, contrariée de cet arrêt, secoua ses tresses d'un rouge opulent, en disant à son cavalier :

— Monsieur Gontran, j'ai grande envie de ne pas suivre le mauvais exemple de Madame de Bernay... la peureuse !... elle saisit toutes les occasions d'aller au pas. Moi, cela m'assomme.

— Vous avez, mademoiselle, un excellent cheval, que la montée n'épouvante pas, et, s'il vous plaît de le maintenir à une allure plus vive, la brave bête ne se plaindra pas.

— N'est-ce pas, monsieur Gontran, et vous non plus ?

Mademoiselle Ernestine passa sa petite main sur la crinière flottante de sa coquette monture, en adressant à son compagnon un sourire plein d'interrogation.

Les yeux de Gontran y répondirent sans doute suivant ses désirs, car, après un haussement d'épaules à l'adresse de la calèche, d'où on paraissait l'interpeller, elle mit son cheval au trot en disant prestement :

— Hop !... qui m'aime me suive !

Elle fila comme un trait, dépassant la peureuse madame de Bernay, et narguant la calèche, d'un air railleur.

Gontran enleva son cheval pour la suivre.

Un bien petit incident l'arrêta net.

Oh ! oui, un bien petit incident... de si mince importance même que, dans la calèche, personne ne daigna le voir.

C'était une voyageuse descendue de la diligence de Bréneroy; elle montait la côté sur le bord extrême de la route et pouvait à peine se défendre des explosions bruyantes et remuantes d'un grand lévrier qui sautait autour d'elle avec des cris de joie.

— A bas, Riby!... à bas ! disait-elle en l'écartant d'une main émue que le fidèle lévrier léchait au vol.

Gontran crut voir trouble.

— Odette ! murmura-t-il.

Ses yeux inquiets enveloppèrent la voyageuse d'un regard interrogateur, cherchant à percer l'épaisse voilette, doutant encore, malgré la voix entendue et la grâce jamais retrouvée de la démarche.

Odette avait vu, elle ausssi. Un lambeau du court dialogue était tombé dans ses oreilles avides, et quand Gontran s'élançait pour suivre Ernestine, elle avait serré les lèvres pour ne point crier de souffrance.

Il était immobile pourtant, la regardant toujours. Les promeneurs avaient continué leur marche. Mme Pernache était en avant. La diligence atteignait déjà le plateau.

Elle et lui, seuls, sur la grande route blanche, une même émotion les saisit.

Odette abaissa vivement son voile pour lui cacher, en même temps que son visage, les ravages que deux années d'épreuves y avaient imprimés.

Il mit pied à terre par un mouvement si rapide qu'elle n'eut pu s'y opposer.

— Ma cousine, balbutia-t-il en la saluant avec respect, vous êtes-vous donc enfin souvenue de nous?

— Ah ! fit-elle avec amertume, vous ne savez rien de moi, vous non plus !...

— Que puis-je savoir ?... vous avez gardé le silence. Un silence si complet que nous avons souhaité y voir l'égoïsme inconscient des gens heureux.

Elle sentit un brin d'ironie dans ce doute.

— Nous ?... qui nous ? reprit-elle vivement. Dois-je entendre votre mère, qui vient de passer sans me reconnaître ?... mon oncle, qui n'a pas voulu me recevoir hier ?... sa femme qui s'est cru le droit de m'humilier par une aumône ?... cette belle fille, qui se demande là-haut avec colère pourquoi vous ne l'avez pas suivie comme toujours ?... ou vous, enfin, qui seul reconnaissez votre cousine Odette, dans la triste voyageuse ?...

Tandis qu'elle parlait, un grand étonnement se

peignait sur les traits expressifs du jeune homme. Il se croyait en droit d'adresser au moins le reproche d'oubli à cette parente, dont le sort l'avait tant ému jadis, et voici qu'elle renversait nettement la proposition.

— Je ne comprends pas, s'écria-t-il... ce dont vous accusez M. de Montchenetz ; quant à la baronne, sa rancune de femme irait-elle vraiment jusque-là !...

— Vous pouvez l'apprécier mieux que je ne saurais le faire. Votre intimité au château...

Il protesta par un geste vif.

— Oh ! si vous pouviez voir en arrière !... quelle tristesse; quel écœurement dans ma vie désillusionnée !...

— Et quel intérêt puis-je avoir à regarder en arrière? interrompit-elle avec hauteur, car elle sentait que cet entretien heurté glissait déjà dans les personnalités dangereuses.

Il s'inclina avec humilité; puis, répondant à une même pensée que ni l'un ni l'autre n'osait exprimer :

— Je crois, dit-il, que nous nous sommes trompés tous.

— Vous, non. Vous avez vu juste, mais trop tard. Mon existence était à jamais fixée. J'en suis le cours difficile sans me plaindre trop haut.

Oubliez ce qui vient d'échapper à ma lassitude...
et... Adieu...

— Ne vous reverrai-je donc pas?

— A quoi bon? Nos voies sont si différentes !...
Voyez, on vous appelle là-haut !... A Paris, j'ai
une agonie lente à soulager.

Il voulut la retenir encore, mais elle répéta du
même ton triste et calme :

— Adieu, mon cousin.

Il la suivit d'un regard effaré, comme il eût
suivi de l'œil une apparition fantastique.

C'était si peu l'Odette qu'il croyait revoir!

Depuis son fatal mariage, une sorte de conspi-
ration du silence semblait l'avoir enveloppée. On
n'avait parlé d'elle au château que pour faire
ressortir l'ingratitude de sa conduite envers son
oncle, auquel elle daignait à peine écrire de
courtes lettres, deux fois l'an.

Madame Clavel, avec un sourire mystérieux,
avait laissé entendre que les jeunes ménages,
tout occupés de leur bonheur, n'avaient guère le
temps de s'occuper des vieux parents.

De Lucien, on parlait moins encore. Mais Lucien était le mari d'Odette et cela devait faire
excuser bien des oublis, bien de la négligence pour
tout ce qui n'était pas elle.

Maître Desplanches avait bien dit, une fois, dans

le hasard d'une conversation, que M. Lucien Firmerol voyageait. Cela n'avait rien de surprenant
en soi et ne prouvait pas que le jeune mari n'eût
par emmené sa femme.

Rien n'avait donc appris à Gontran, ne fût-ce
que pas insinuation, l'épouvantable réalité contre
laquelle se débattait la pauvre Odette.

Il s'était répété cent fois le jour qu'elle devait
être heureuse, qu'elle avait gardé ses illusions
sur son mari, qu'elle avait oublié le trouble
passager dont il l'avait vu saisie à la date néfaste
de son mariage, que les jeunes filles de vingt ans
n'ont pas une profondeur de sentiment à l'abri
des réalités souriantes de la vie, et que tout étant
pour le mieux du côté de ce ménage, plus mal
assorti dans le fond que dans l'apparence, il serait
un grand sot d'en prendre souci plus longtemps.

Madame Clavel, qui s'était alarmée de sa sau-
vagerie et en avait, sans doute, pénétré le mystère, jugea sage de ne plus appeler, dans les rares
occasions où elle en parlait, M. et Madame Lucien
Firmerol que « notre couple de tourtereaux. »

Gontran en grinçait; mais ces jours-là il se
laissait entraîner à Montchenetz, où Mademoiselle
Ernestine Duval venait d'être introduite par sa
tante.

Toutes ces probabilités, dont il avait depuis

deux ans pansé sa blessure intime, venaient d'être détruites par la rencontre d'Odette, triste, malheureuse.

Il en était foudroyé.

Triste?... mais elle n'aimait donc pas ce mari si peu digne d'elle?... Malheureuse?... mais elle avait donc subi quelque spoliation de cet homme rompu aux plus criminelles tentatives?

Qui lui apprendrait cette navrante histoire, dont il se sentait passionnément curieux de connaître les détails?

Sur le plateau, à l'entrée du village de Loysel, la cavalcade s'égayait à ses dépens.

Madame de Bernay et ses deux cavaliers n'avaient pas assez d'épigrammes pour ce coureur d'aventures qu'on apercevait encore chapeau bas, pétrifié, ridicule, au grand soleil, en pleine route, tandis que la dame voilée dont il s'était féru subitement s'envolait, en patache, vers une autre contrée.

Madame Clavel, qui soupçonnait son fils capable de grandes folies en matière de sentiment, n'était pas sans inquiétude sur cette équipée.

Le baron, soucieux, avait reconnu la voyageuse plus qu'il ne lui plaisait de l'avouer. Il ne disait mot, de peur de trop dire.

Madame de Montchenetz examinait d'un œil dur

la scène de la grande route, et se repentait d'avoir ménagé cette « vipère trouvée sur son chemin.

Mademoiselle Ernestine... oh ! mademoiselle Ernestine venait d'amasser dans son cœur étroit une rancune majeure, à dents crochues, une rancune en tout point digne de celle que nourrissait sa tante Coraly, une rancune de famille, enfin, et ces dames étaient bien proches parentes !...

Abandonnée par son cavalier en faveur d'une inconnue, la belle fille rousse vint se camper à l'extrémité du plateau pour attendre la diligence où elle espérait bien la voir remonter.

Enfant gâtée, d'une éducation sommaire, elle eût trouvé très-simple de cravacher un peu la dame voilée ; mais elle n'osa pas, dans la crainte de montrer trop ouvertement à M. Clavel la jalousie qui faisait saigner sa vanité.

Odette avait rejoint la diligence, dans laquelle madame Pernache ne devait plus l'accompagner. Elle s'arrêtait à Loysel, chez Moutonnier, l'aubergiste du village.

Odette lui prit la main, la serra, lui dit adieu et merci ; puis, cédant à un mouvement de secrète reconnaissance, elle embrassa la brave femme sur les deux joues.

Celle-ci, rouge de joie, étouffée d'orgueil, huchée sur le marche-pied jusqu'au clic-clac suprême

du conducteur, épargna, sans le savoir, à la jeune
femme l'insultant regard dont Ernestine s'apprê-
tait à saluer son départ.

Quand la patache s'ébranla de nouveau, Ernestine courut à la calèche.

— N'attendons pas M. Gontran, dit-elle avec
une gaieté feinte, il est changé en statue. On voit
ses cheveux bruns reluire au soleil comme des
paillettes. Il ne pense pas plus à remettre son
chapeau qu'à nous rejoindre, c'est une pétrifica-
tion instantanée.

— Cependant, railleuse, dit Coraly, tu vas
perdre ton cavalier, si nous ne sommes pas encore
un peu miséricordieux pour son équipée.

— J'en retrouverai d'autres chez les Maucourt.

— Ah! mon Dieu!... et l'heure du déjeuner!
s'écria le baron, dont les convoitises gastrono-
miques primaient toute préoccupation.

— Cher petit oncle aimé, on part. Qui m'aime
me suive!... Je sais bien que vous me suivrez,
vous...

Elle piqua son cheval, et toute la cavalcade
s'ébranla sur ses traces.

CHAPITRE XXII

LE RÉVEIL.

Un rayon de soleil assez vif, qui brûla Gontran entre les yeux, le réveilla de son étrange médita-tion, on ne peut plus mal placée sur une grande route.

Un peu de poussière sur le plateau était tout ce qui restait à l'horizon de la diligence et de la cavalcade.

Gontran, du reste, ne songeait pas plus à re-joindre l'une que l'autre.

Et même, s'il avait été absolument contraint de choisir, eût-il préféré s'attacher à la poursuite de la *Rousse* et du *Gris* qu'à la fringante monture d'Ernestine.

Prenant son cheval par la bride, il atteignit la fin de la montée, et vint l'attacher au rond de fer scellé dans les murs de l'auberge Moutonnier.

Gontran avait un peu le regard et l'allure d'un somnambule. Quand le garçon d'écurie s'approcha pour donner à boire au cheval, il dit à une grosse femme assise sur le seuil :

— Voilà un monsieur qui a l'air d'avoir attrapé un rude coup de soleil.

La grosse femme, qui n'était autre que la mère Pernache, esquissa sa plus belle révérence en faveur du nouveau venu, dont le visage s'éclaircit en la reconnaissant.

Ne l'avait-il pas aperçue marchant non loin d'Odette, peut-être avec Odette? En tout cas, elle la connaissait et pouvait lui parler d'elle.

C'était plus qu'il n'en fallait, dans sa disposition d'esprit, pour l'amener à toutes les concessions.

— Ah! cette bonne madame Pernache! s'écriat-il familièrement; je ne m'attendais guère à vous trouver à Loysel.

— Ma foi! ni moi non plus, monsieur Gontran.

— Je vous croyais en route pour Moulins avec... avec ma cousine.

— Je vous supposais sur le chemin du château de Maucourt avec toute votre société.

— Non. Mon cheval est fatigué. Je fais halte ici.

— Et moi, je suis venue pour faire un marché de pommes de terre, de compte à demi avec Moutonnier.

Gontran, qui désirait fort continuer la conversation, avisa une tonnelle toute fleurie de clématites, dans un jardinet, mal-soigné, et s'y dirigea en demandant à madame Pernache si elle ne s'y trouverait pas mieux que sur un seuil inondé de soleil.

Très-flattée, elle l'y suivit, en priant M. Clavel de ne pas la trouver trop osée si elle se permettait de lui rappeler que la bière de Moutonnier avait une réputation dans l'arrondissement.

— Vraiment ? Nous allons en essayer. Un cruchon, garçon, et qu'elle soit fraîche, votre bière.

— A la glace, monsieur Clavel, cria le patron lui-même, qui connaissait bien le garde général des forêts.

C'était peut-être beaucoup promettre. Pourtant la cave de Moutonnier était ventilée de telle sorte que la bière parut exquise au jeune homme fatigué.

Madame Pernache se déclara trop honorée... trop confuse... mais incapable de refuser une politesse aussi délicatement offerte.

Et ce disant, avec une intrépidité de voyageuse que la poussière a grandement altérée, elle laissa remplir son verre avec la complaisance la plus absolue.

Gontran, qu'un demi-verre avait suffi à rafraîchir, mit à profit cette bonne volonté pour ramener l'entretien sur le petit voyage que la bonne dame venait de faire entre Bréneroy et Loysel.

C'était ouvrir l'écluse.

— Et un voyage dont je me souviendrai, monsieur. La pauvre chère petite madame Odette !... un ange !... sa confiance venait plus grande à

chaque tour de roue. Elle pleurait ! je lui essuyais
les mains... et, pour me remercier, elle me laissait deviner sa vie : la vie d'une sainte !... Pauvre
petite fille, que j'ai vue si mignonne !... car c'est
bien une petite fille : je peux bien le dire !... Son
mari l'a emmenée en sortant de l'église pour assister à l'enterrement de son père. Au retour, sa
mère a tout appris... Ah ! monsieur, si vous me
demandez quoi, je n'en sais rien... La chère âme
ne sait pas accuser... elle se lamente seulement
un peu quand c'est trop fort en dedans et que le
chagrin pourrait l'étouffer... Toujours est-il qu'il
avait fait je ne sais quoi d'assez mal, ce mari, pour
que la mère en l'apprenant en ait perdu la raison...
là, sur l'heure. Et le fils maudit est parti pour ne
revenir jamais... Vous entendez, monsieur ? il
s'est rendu justice, cet homme... il a senti que sa
femme ne pourrait pas le regarder en face sans
lui montrer, au fond de ses yeux, qu'elle ne l'aimait pas. C'est un mauvais homme et un mauvais fils aussi, que ce monsieur Firmerol. Figurez-
vous qu'il a laissé sa mère paralysée, à demi idiote,
aux soins de cette jeune fille inconnue, qui sortait
de l'église de Bréneroy, tout juste pour lui servir
d'infirmière. Il envoyait de l'argent de loin en
loin, sans même s'inquiéter si cela suffisait aux
besoins d'une malade et d'une petite mariée...

sans mari. Oh! tenez, monsieur Gontran, c'est
affreux de penser qu'elle a été contrainte de tra-
vailler, plutôt que de demander à ce mari l'argent qu'il n'envoyait plus... Elle était bien trop
fiérotte, aussi, la pauvre petite femme, pour solliciter des secours de son oncle. Pour arriver à le
faire, il a fallu que la force fût à bout et la misère
trop grande.

— La misère! sursauta Gontran, qui était pâle.

— Eh oui! monsieur!... Elle ne l'a pas dit,
mais je l'ai bien compris à des mots qui lui sont
échappés. Comment ça pourrait-il être autrement?... M. Firmerol a mangé la dot, oublié la
mère, abandonné la femme. Madame Odette a beau
ronger le bout de ses petits doigts sous l'aiguille,
on sait bien ce que ça rapporte, avec la concurrence des machines à coudre... une invention
pour empêcher le monde de vivre!... Et puis,
monsieur, son oncle... permettez-moi de vous le
dire, quoique vous soyez grand ami du château...
son oncle ne se conduit pas bien non plus avec
cette nièce qu'il aimait tant autrefois. Il n'a pas
voulu la recevoir, il lui a envoyé l'aumône!...
Ah! comme on sent que madame veuve Turquet
a passé par là!... Comme on sent qu'elle a peur
de compromettre... mais pardon, monsieur Gontran, je vois que je parle contre vos sentiments.

C'est plus fort que moi, la petite Odette a été nourrie par ma fille ainée, je la regarde un peu comme de ma famille.

Gontran s'était levé d'un mouvement si brusque, que la mère Pernacho avait pu se tromper sur la sensation qui le motivait.

Ce qu'il venait d'entendre, et surtout de deviner, lui qui connaissait le secret de ce déplorable mariage, le jetait dans un trouble profond.

Combien il s'était trompé sur Odette !... N'avait-il pas osé la soupçonner d'oublier, dans un bonheur facile, les doutes que devait lui inspirer la loyauté de Lucien Firmerol ?

Mille fois plus grande, plus noble qu'il ne l'avait entrevue, elle s'était élevée par le sacrifice et la douleur, la résignation et le travail, à des hauteurs où il avait le remords de se sentir incapable de la suivre.

Il avait été trompé par les mensonges de Coraly, par les coquetteries d'Ernestine ; il était devenu le commensal de Monchenetz quand la légitime héritière en était bannie ; il pouvait être accusé d'ambition comme l'était déjà madame Clavel ; il devait surtout rougir de son erreur immense d'avoir pu, ne fût-ce qu'un jour, croire qu'une Ernestine Duval pouvait lui faire oublier une Odette de Monchenetz.

Cette image d'Ernestine, aux voyantes couleurs, s'était enfuie déjà, subitement, quand celle d'Odette, effacée, en deuil, humble et triste, s'était dressée tout à l'heure sur la route.

Maintenant, l'une s'effaçait d'une façon absolue, comme ces peintures plus éclatantes que solides que pâlit un rayon de soleil, que déteint une averse, que détache un choc imprévu.

L'autre s'affirmait et rayonnait d'une clarté douce, dans le prisme où la plaçaient les bavardages naïfs et précieux de madame Pernache.

Quel martyre il entrevoyait!... et quel courage, derrière cet abandon dont il ne pouvait se défendre de frissonner de joie.

L'égoïsme!... Les meilleures natures sont marquées à sa griffe dans quelque recoin du cœur.

Une résolution généreuse venait pourtant de naître chez le jeune homme ; mais, si elle devait dicter sa conduite, peut-être n'avait-elle pas assez de puissance pour maîtriser ses sentiments.

— Au revoir, madame Pernache, dit-il en jetant une pièce de monnaie au garçon, je suis charmé d'avoir causé avec vous ce matin. Vous savez que je suis l'un des témoins du mariage de ma cousine. Peut-être qu'en cette qualité, elle me permettra de lui être utile de quelque façon discrète, en attendant que M. Firmerol se rapproche de sa mère, ce qui ne pourrait tarder.

Gontran ne pensait peut-être pas tout ce qu'il disait là ; il crut néanmoins nécessaire, en vue d'un avenir incertain, de ne prêter en rien aux interprétations fâcheuses que pouvait inspirer le délaissement d'Odette.

— Dieu vous bénisse, monsieur ! conclut la vieille femme, dont la simplicité dévouée ne voyait pas les choses de si loin.

Gontran courut à l'écurie, reprit son cheval bien reposé et parfaitement capable de fournir une course de longue haleine, et se lança à franc étrier sur la route de Moulins.

Ce qu'il voulait ?

Il ne le savait certainement pas au juste, car le récit coupé, morcelé, de la mère Pernache laissait encore beaucoup de brouillard sur la véritable situation d'Odette.

Il la savait ruinée, c'était le plus positif ; il la sentait lassée, triste, avec la misère à la porte.

Il ignorait jusqu'à sa demeure.

Pourtant, courageux et vraiment animé du désir de la sauver à l'insu d'elle-même, il se mettait à sa poursuite non pour être vu d'elle, mais pour la voir.

— Si je la retrouve à Moulins, pensait-il, je la suivrai à Paris sans qu'elle le sache et je serai bien maladroit si je ne parviens pas à la secourir avec assez de délicatesse pour qu'elle ne puisse ni repousser ni même remercier, car ma main ne sera pas reconnue.

L'essentiel était donc de la rejoindre avant le départ du train pour Paris.

Son cheval avait des ailes et ceux de la patache de Bréneroy en étaient absolument dépourvus, ce qui autorisait toutes les espérances de Gontran.

Elles se réalisèrent.

Quand son cheval fit une entrée rapide dans la cour de la gare, la sonnette électrique annonçait aux retardataires que le train encaissait son contingent de voyageurs.

La brave bête qui avait fourni cette course ne laisait pas de causer quelque souci à Gontran. Elle appartenait aux écuries de Montchenetz, dont le baron prenait grand soin.

Fort heureusement pour lui, il reconnut un employé qui, son service du matin terminé, allait prendre le repos bien gagné du reste du jour.

— Holmin, lui dit-il, pouvez-vous me faire un vrai plaisir?

— A vos ordres, Monsieur.

— Prenez mon cheval, mettez-le en pension à l'*hôtel de la Couronne-d'Or*. Je viendrai demain le reprendre.

18.

Il courut au guichet, qu'on lui ferma sur le nez. Ses supplications n'émurent en rien la buraliste; mais le coup de poing qu'il ne put se défendre de décocher au grillage maudit appela l'attention du gendarme de service.

Gontran eut la présence d'esprit de comprendre qu'il partirait moins encore par ce moyen là et se calma par un énergique effort de volonté.

Il aperçut le chef de gare, lui dit très-vite et très-poliment qu'une affaire grave l'obligeait à ne pas manquer le train; qu'il lui serait grandement reconnaissant de le laisser partir.

Le chef de gare ouvrit lui-même la porte de son cabinet donnant sur la voie, retint du geste le sonneur de cloche qui allait faire le signal, et donna l'ordre de délivrer un billet au retardataire pendant qu'il s'engouffrait dans un wagon.

Un employé lui apporta ledit billet en suivant la périlleuse main courante du train, qui déjà se mettait en marche.

Gontran, essoufflé, triomphant, s'accota dans un angle pour reprendre haleine et bâtir un plan.

Il se croyait bien certain de retrouver Odette à l'arrivée à Paris, quoiqu'il ne l'eût pas même entrevue pendant son embarquement difficile.

CHAPITRE XXIII

EN VOITURE, MESSIEURS !

Odette était bien dans le train, en effet. La diligence de Bréneroy, qui est exacte et méticuleuse comme une vieille fille, l'avait déposée dans la cour de la gare à l'heure voulue.

Un peu remise de ses émotions, soulagée par les larmes qu'elle avait versées devant la bonne Pernache; consolée, sans trop savoir pourquoi, par la rencontre de son cousin, elle retournait à son rude devoir avec une désillusion nouvelle et un courage doublé de foi.

Il lui semblait que son infortune étant comble, la main de Dieu, qui l'avait soutenue jusqu'alors, ne pouvait tarder à manifester sa puissance en la soulevant au-dessus de ses misères morales et physiques.

Plus était profond l'abîme où elle se débattait, plus son cœur croyait à la Providence, tardive peut-être, mais immanquable.

Cette confiance, qu'elle n'avait jamais ressentie aussi complète que depuis quelques heures, chantait doucement en elle le cantique du désir!

« Seigneur ! mon exil est long !... Vous m'a-
vez éprouvée, j'ai obéi ; quand viendra la fin de
l'épreuve ?... Faites que ce soit bientôt, dès que
celle que vous m'avez donnée à garder n'aura plus
à souffrir. Si vous la prenez dans votre repos, ne
me prendrez-vous pas avec elle ?... Je n'aime pas
la vie, qui m'a blessée... Il doit faire si clair et si
bon dans votre paix éternelle ! »

On le voit, cette confiance d'Odette n'était qu'un
immense détachement. Ne voyant rien au monde
qui pût la retirer du gouffre douloureux où elle
se débattait, et sentant toutefois que Dieu n'abandonnait pas ce que les hommes délaissaient, elle
regardait au ciel pour mettre d'accord le réalisme
qui l'étreignait et l'espérance qui ne voulait point
mourir.

Ces pensées l'avaient occupée depuis Loysel.

A peine assise en wagon, elle allait en reprendre le cours comme une source d'énergie. La
méditation de l'éternité est une force.

Le compartiment qu'elle occupait s'ouvrit sous
une main hâtive, et un voyageur vint tomber sur
les coussins, en face d'elle, avec la lourdeur d'un
homme fatigué.

Machinalement, elle le regarda et poussa un cri.

Le voyageur, à son tour, leva les yeux sur elle
et fit un instinctif mouvement pour fuir.

Le train s'ébranlait. Il retomba, le sourcil froncé.

Odette et Lucien Firmerol se trouvaient en présence.

— Vous!... vous... Monsieur!... balbutia la jeune femme dont la terreur s'accrut en remarquant le visage altéré de son mari.

Il était vieilli de quinze ans, les traits rayés de petites rides multiples, entrecroisées, révélatrices; les yeux caves, les cheveux rares, le cou porté en avant, comme les scribes ou les joueurs; les épaules osseuses et voûtées.

Son extérieur tout entier révélait le désordre de sa vie. Ses vêtements, d'une forme élégante, flétris, témoins des jours troublés et des nuits de fièvre, étaient plus accusateurs encore, quoique bien différents d'apparence, que ceux dont il était couvert lorsque, deux ans auparavant, il arrivait sans sou ni maille à Bréneroy.

C'était alors la misère noire, en linge douteux, en bottes éculées.

C'était maintenant la misère en quête d'une poignée de louis, pour les jeter tous ensemble sur une table de jeu.

Lucien Firmerol s'était remis promptement de son trouble.

— Parbleu! madame, fit-il en esquissant un sourire, qui grimaça entre ses lèvres décolorées,

je suis on ne peut plus surpris de cette rencontre.
Vous me faites, j'espère, l'honneur de croire que
j'en suis également charmé.

— Il vous eût été facile de la provoquer plus tôt
et d'une façon plus naturelle encore, monsieur,
répondit-elle en raffermissant sa voix.

— Je n'aurais pas été sûr ne pas de vous déplaire.

— Veuillez admettre que mon appréciation est
de peu de valeur , et songez, monsieur, que vous
avez laissé votre mère mourante en mes mains.

— Vous voudrez bien recevoir mes actions de
grâces pour les soins que vous lui avez donnés,
madame.

— Qui vous en a instruit ?

— Mais... la confiance que j'avais en vous ne
pouvait pas me tromper, dit-il galamment.

— Subtilités !... qu'un peu d'affection filiale eût
pu remplacer avantageusement, fit-elle avec ironie.

Mais, presqu'aussitôt, elle sentit que Lucien
pourrait voir du dépit, des reproches dans ses paroles, et son accent reprit une gravité attristée :

— Votre mère végète depuis deux ans, monsieur. Elle s'affaiblit chaque jour. Vos envois ont
suffi quelque temps à ses besoins, qui se sont
multipliés avec l'intensité des crises. Mon travail
a fait le reste. Le travail d'une femme est peu ré-

tribué ; il faut qu'il le soit bien peu pour que je vous rappelle, monsieur, que votre mère manque de médicaments aujourd'hui, et pourra manquer de pain demain.

Un peu de sang monta aux joues creuses de Lucien.

— En êtes-vous donc là ? murmura-t-il.

— Vous vous demandez peut-être ce que je faisais sur la route de Moulins. Ceci l'explique.

— Viendriez-vous de Bréneroy ?

— Je viens de faire pour votre mère ce que je n'aurais jamais fait pour moi. Je viens de solliciter la charité du baron de Montchenetz. Je viens de recevoir une aumône de madame Coraly.

— Odette !

— Vous avez réduit votre mère à cette humiliation. Je ne dis pas que vous m'y avez réduite moi-même. Je ne relève que de ma conscience, et ma conscience m'a dit que c'était bien.

— Ah ! si vous saviez quelle existence vertigineuse j'ai traversée depuis que votre mépris m'a condamné à une vie d'aventures !

Odette se redressa, indignée : puis, froidement :

— Je vous ai offert de vous suivre.

— Il est vrai ; mais de quels yeux regardiez-vous votre mari ?

— De quels yeux méritait-il d'être regardé ?

Lucien haussa les épaules.

— Nous allons encore discuter sur la faute
capitale de ma vie, celle d'avoir voulu vous con-
quérir à tout prix !... Nous ne pourrons jamais
nous absoudre mutuellement. J'ai été coupable de
trop vous aimer, soit.

— Au nom de Dieu, qui voit les cœurs, ne
jouez pas la comédie de l'amour ! fit-elle avec
autorité.

— Oh ! vous ne comprenez rien à ces choses.
Je vois que deux ans écoulés n'ont pas modifié vos
impressions. Ils ont malheureusement modifié
notre situation à tous deux ; elle est fort peu brillante. Vous savez que je suis décavé ?

— Je ne sais pas autre chose que ceci ;
M. Desplanches vous a remis ma dot.

— Et je l'ai perdue, ma chère, par une fatalité
inimaginable.

« Ma chère » ! qui donc lui parlait ainsi ? L'œil
sévère d'Odette rappela subitement à Lucien prêt
à l'oublier, que la familiarité n'était pas de mise
entre eux.

Il fut, du reste, très-soulagé. Son aveu, qui pouvait soulever une explosion d'indignation, une
colère bien légitime, tomba devant le dédaigneux
silence d'Odette comme une pierre dans une eau
sans fond.

Un peu de rides à la surface de l'eau, un pli des lèvres, ce fut tout.

— Vous aviez déjà beaucoup à vous plaindre de moi, reprit-il très-vivement comme pour l'étourdir de ses raisonnements creux ; j'espère que vous ne me faites pas l'injure de m'accuser de cette ruine.

— Je la subis, dit Odette d'un ton glacial.

— Ce sont les événements !... J'ai été victime d'une série de malchances dont on ne peut se faire aucune idée dans le monde paisible où vous vivez. Si j'en ai souffert, c'est pour vous deux... Rendez-moi cette justice que, tant que la déveine ne s'est pas acharnée sur votre serviteur, il n'a point oublié sa mère. Mais depuis... ah ! je suis vraiment bien malheureux !...

— Trêve d'hypocrisie, monsieur. Vous avez joué, vous avez perdu, vous n'avez aucun repentir ; peut-être avez-vous des regrets de l'aisance disparue. Que vous ayez ou non quelque affection pour votre mère, je vous exhorte à l'aider à mourir sans trop de privations. Où allez-vous ?... est-ce au travail ?... En ce cas, nous allons faire route ensemble. Si ce n'est qu'au plaisir ou plutôt aux expédients, je crois que tout est dit entre nous et que nous pourrons reprendre chacun notre route.

— Au travail ?... Vous êtes charmante ! avec

19

cela que le travail est facile à trouver quand on
en a perdu l'habitude depuis des années.

— Avez-vous des amis qui puissent vous servir?

— J'en avais un surtout. Tenez, voyez la persistance de ma déveine; j'en arrive : il est mort
hier. Tout Moulins est à son enterrement.

— Ah ! vous en arrivez?... Ils vous ont donné
les moyens d'atteindre à une position convenable?

— Ils m'ont donné... parbleu ! ils m'ont donné
quelques centaines de francs.

A son tour, la jeune femme prononça avec stupeur les mots que Lucien avait dits tout à l'heure:

— En êtes-vous donc là ?

— Et où voulez-vous que j'en sois? Les amis
s'usent comme le bonheur, comme la veine. Les
miens sont finis.

— Enfin, que comptez-vous faire?

— D'abord, me réjouir de vous avoir rencontrée. Et puis, m'inspirer des circonstances. Dans
ce diable de Paris, la fortune surgit parfois tout
à coup sans qu'on ait d'autre peine à prendre que
de la cueillir. Je me sens du goût pour cette
recherche. Ne m'y aiderez-vous pas, maintenant
que le hasard a rapproché ce que nos querelles
de nouveaux mariés avaient désuni?

— Rapproché !... protesta Odette effrayée.

Il sourit pour la rassurer. Tant de choses passèrent dans la rapidité de ce sourire que le frisson la saisit.

—Voyons, Odette, un homme seul échoue souvent. Une jolie femme est d'un puissant secours. Le cas échéant, je vous demanderai le vôtre.

Elle s'écarta par un instinctif mouvement de dégoût, en face de cette dégradation morale, mille fois plus sensible, sous la raillerie et le mensonge, que la dégradation physique sous un maquillage imparfait.

Plus rien n'était à espérer du côté de cet homme taré, tombé si bas qu'il n'éprouvait même plus le désir de la réhabilitation.

Son avenir, qu'elle était habituée à considérer comme à jamais détruit, lui apparut, à cette minute d'angoisse, menacé d'une épouvante nouvelle, la plus horrible, la plus proche, à laquelle les convenances et les lois elles-mêmes ne lui permettraient pas de se soustraire.

Ses lèvres tremblantes se refusèrent à poursuivre cette cruelle conversation.

Ils étaient seuls.

Elle sentait peser sur elle le regard persistant de Lucien. Un malaise vague faisait pâlir son visage, dont la voilette cachait mal les contours distingués.

Lucien se disait, en la contemplant, qu'elle était

charmante, un peu amaigrie, mais gracieuse ;
qu'elle était bonne, dévouée, généreuse ; qu'elle
lui pardonnerait avec du temps et des attentions ;
qu'il avait là une bien séduisante occasion de devenir une façon de mari honnête et qu'il ne serait
plus assez sot pour la laisser échapper.

Du reste, elle avait bien lu dans cette âme vile,
malgré son inexpérience et sa candeur : de remords, il n'en éprouvait pas l'ombre.

Enhardi par leur solitude, Lucien voulut la
mettre à profit pour avancer « ses affaires de sentiment », comme il jugeait, dans sa pensée cynique,
le hasard qui venait de le placer en présence de la
jeune femme.

Venir à Moulins pour mendier un secours près
d'un ami, échouer et trouver, par compensation,
une femme courroucée, mais ravissante, qui est la
sienne et qu'on a eu le tort de délaisser au sortir
de l'autel, c'était une situation piquante, d'un imprévu des plus attrayants.

Il fallait se faire pardonner d'abord.

Lucien, qui n'eût pas été trop mauvais comé-
dien, se composa une physionomie attendrie, avec
un sourire hésitant et un brin de flamme dans les
yeux ; la pose, enfin, qu'il jugea nécessaire pour
parler à la fois de regrets, d'admiration et d'espérance.

Quand il crut l'avoir trouvée, il murmura d'une voix insinuante :

— Odette, je vous en prie, écoutez-moi ; vous comprendrez ce que je souffre !

Elle ne répondit pas. Il vit seulement frissonner ses épaules.

Il n'eut pas le temps de renouveler son appel, car la voix sonore d'un employé annonça le long des portières :

— Croissey !... Croissey !...

Le train avait ralenti sa marche sans que Lucien l'eût remarqué. Il s'arrêtait maintenant devant la petite gare avec les grincements et les murmures qui accompagnent chacune de ses évolutions.

M. Firmerol en éprouva un vif dépit. Le masque qu'il imposait à ses traits s'en détacha et tomba tout d'une pièce, laissant voir le visage d'un homme ennuyé de lui-même, des autres et de tout.

Il regarda une fois encore la femme qu'il avait sacrifiée et dont il s'était soucié si peu. Dans sa folle passion pour le jeu, il avait oublié jusqu'à son existence.

Elle le lui rendait maintenant, où, immobile et glacée, elle ne daignait même pas répondre quand il lui parlait.

— Monsieur Firmerol ! dit une voix stupéfaite à la portière.

Lucien se retourna de fort méchante humeur, et se trouva face à face avec Gontran qui, dans sa rapide inspection des wagons pour apercevoir Odette, restait pétrifié en reconnaissant un homme qu'il supposait si loin.

Les deux cousins se mesurèrent du regard avec une colère soudaine ; souvenirs mal éteints, honte rétrospective, soupçons inavouables : il y avait toutes ces choses et d'autres encore dans la flamme de leurs prunelles.

— Lucien près d'Odette !...Elle disait ne l'avoir point revu depuis deux années ! pensa Gontran.

— Gontran dans le même train qu'Odette... dont le voyage à Bréneroy paraît peu naturel! pensa Lucien.

L'un fit un mouvement tout instinctif pour escalader la portière ; l'autre, un geste non moins brusque pour descendre du wagon.

Lucien sauta sur la voie sans avoir détourné les yeux de Gontran.

Odette, enfoncée dans un angle, les yeux clos par la terreur, l'âme envolée vers d'autres sphères, n'avait rien vu, rien entendu.

— Monsieur, dit brutalement Lucien, vous vous êtes exclamé en m'apercevant, comme si ma présence avait le malheur de vous déplaire.

— Je croirais volontiers, au contraire, monsieur,

que la mienne doit vous être particulièrement désagréable, répondit vivement M. Clavel.

— En quoi donc, s'il vous plaît?

— En ce qu'elle peut vous rappeler certaine
visite, au bureau des titres de la maison Rogerat,
que nous eûmes la fatalité de faire à peu de distance l'un de l'autre.

Lucien devint blanc.

— En voiture, messieurs! cria l'employé.

— Ne serait-ce pas plutôt, reprit Lucien, parce
que la coïncidence qui vous fait voyager avec madame Odette Firmerol pourrait me paraître au
moins inopportune ?

— En vérité !... vous oseriez mêler le nom de
mademoiselle de Montchenetz à notre ressentiment?

« Mademoiselle de Montchenetz », ce mot fit
bondir Lucien, que sa ruine, son échec près de sa
femme et la rencontre de Gontran exaspéraient
déjà.

— Messieurs !... on part... en voiture, messieurs ! redisait l'homme du train.

Il est des heures où une sorte de délire intérieur
trouble les idées, paralyse le raisonnement, pousse
le bras, délie la langue et précipite les catastrophes.

Lucien semblait avoir le délire.

— Voilà un homme ivre, là bas, dit le chef de
train en remontant à son poste.

— Allons donc, messieurs, en voiture ! cria l'employé pour la quatrième fois.

Le cerveau de Lucien paraissait près d'éclater. Pourquoi ? Il ne savait au juste ; tout lui était une ironie cruelle ou une bravade dangereuse, depuis cette femme qui dédaignait de lui répondre, jusqu'à cet imprudent qui lui rappelait les hontes de son passé.

Ce passé, Gontran le connaissait donc ? Et par qui pouvait-il en être instruit, si ce n'était par Odette ?

Un soupçon brutal, indigne d'une conscience droite, l'étreignit pour la seconde fois en trois minutes.

— Ainsi, balbutia-t-il avec une fureur qui étranglait sa voix, elle vous prenait pour confident ?

— Monsieur, vous êtes un misérable ! dit Gontran en oubliant aussi sa réserve hautaine.

Lucien se retourna comme une bête fauve. On eût dit, à voir le bouleversement de ses traits et la contraction de ses lèvres, qu'il allait s'élancer, dévorer, déchirer.

— Ils sont fous ! dit philosophiquement l'employé, qui renonçait à se faire entendre d'eux. Qu'ils restent, puisqu'ils le veulent,

Et il donna le signal du départ.

Comme si le son strident du sifflet eût aiguillonné son élan, Lucien fit un pas et imprima sa main violente sur la joue de son interlocuteur.

Celui-ci n'eut ni le temps, ni surtout la volonté, de répondre à cet outrage.

Le train s'ébranlait déjà.

Sans calculer le danger, Lucien, échappant au chef de gare qui voulait le retenir, courut au vagon et en saisit la poignée ; mais son pied manqua la marche et ses jambes glissèrent, engagées sous le train dont l'allure devenait rapide.

Les voyageurs jetèrent des cris d'horreur, que le bruit de la vapeur couvrit aussitôt.

— Il est perdu ! cria le chef de gare en suivant le train en marche d'un œil effaré.

Le malheureux n'avait pas lâché la poignée, où sa main crispée se serrait convulsivement. Son corps, emporté dans cette course vertigineuse, se heurtait aux parois extérieures et s'y broyait en détail.

Sa tête, ballotée, meurtrie, saignante, frappait avec un son lugubre tantôt le marchepied, tantôt le bas de la portière, enfin le sol.

C'est que la main venait de s'ouvrir sous un cahot et le corps avait roulé sur les rails.

Le train tout entier passa...

Cependant les cris des voyageurs avaient été entendus, la machine diminuait son allure, et bientôt le train s'arrêta.

19.

Les employés s'élancèrent sur la voie et la par-
coururent au pas de course.

A deux cents mètres en arrière gisait une masse
informe, une sorte de bouillie sanglante, quelque
chose d'horrible et de terrifiant.

Beaucoup de voyageurs étaient descendus et
s'approchaient ; à leur tête, Odette, blanche comme
un suaire.

Quand elle fut à quelques pas du cadavre, une
femme compatissante dut étendre les bras pour
la soutenir.

Mais c'était en haut qu'elle puisait sa vaillance...

A ce moment, venant de Croissey, arrivait sur
le lieu de l'accident une locomotive et un tender,
sur lequel plusieurs personnes étaient montées.

Le chef de gare de Croissey, témoin impuissant
du malheur qui se préparait, avait aussitôt orga-
nisé une machine de secours qui apportait un médecin, un gendarme et lui-même.

Gontran s'y trouvait aussi.

Demeuré sur la voie après la brutale agression
de Lucien et consterné par l'épilogue hideux de
ce petit drame intime, il avait poursuivi le train
en marche de ses cris inutiles.

— Vite, un tender, avait crié le chef de gare.

— J'y monte ! dit résolûment Gontran.

Et il le fit sans plus d'autorisation.

Quand la locomotive de secours stoppa près du funèbre groupe, Gontran fut le premier descendu.

La première stupeur était passée parmi les employés du chemin de fer, gens pratiques, gravement compromis par l'accident, mais contraints de se hâter pour ne pas en causer d'autres en laissant le train longtemps immobile sur la voie.

— Messieurs, dit le chef de train, ce cadavre est celui d'un voyageur qui n'était peut-être point seul ici de sa famille ; qui le réclame ?

Deux voix dirent en même temps :

— Moi.

Odette et Gontran s'étaient avancés à la fois vers la triste dépouille.

Le jeune homme la regarda d'un air suppliant, et à voix basse :

— Je vous en supplie, laissez-moi vous épargner cet affreux spectacle. Messieurs, cet infortuné était mon parent.

Odette le remercia du geste.

— Je ne sais pas me soustraire à un devoir, murmura-t-elle.

Puis, plus haut :

— Messieurs, M. Lucien Firmerol était mon mari.

Tous s'inclinèrent.

Les constatations du médecin ne pouvaient être longues en face de ces débris humains.

Celles de la justice, représentées par le procès-verbal du gendarme, ne prirent que peu de minutes.

Trop de témoins se trouvaient là pour affirmer que le malheureux s'était élancé à la poignée du wagon, en dépit de toute prudence, et malgré l'appel épouvanté du chef de gare.

On enleva la funèbre dépouille dans une couverture et on la transporta à Croissey.

Une voiture avait été détachée du train de Paris pour être adjointe au tender.

Près d'y monter tous deux, Gontran retint Odette d'une main douce et ferme.

— Permettez-moi de vous rappeler un autre devoir, lui dit-il.

Ses yeux pleins de fièvre, sans larmes, l'interrogèrent.

— Et la pauvre paralytique?

Elle frissonna et, sur ses traits pâles, passa une suprême hésitation.

— Entre elle et lui ! dit-elle douloureusement.

— Pour celui-là, vous ne pouvez plus rien. Laissez-moi vous suppléer. Je ne saurais, moi, malgré le dévouement dont je vous supplie de me croire animé, vous remplacer auprès de la malade.

Elle réfléchit deux secondes.

— Vous avez raison, fit-elle avec effort. C'est la Providence qui vous a amené là pour que ma pauvre infirme retrouve sa garde-malade.

Il lui tendit la main comme pour lui jurer le concours d'un camarade et l'abnégation d'un ami.

Il y eut quelque chose de si loyal dans ce geste qu'elle se sentit rassurée, apaisée, confiante.

— Faites le nécessaire, dit-elle simplement en lui donnant la main à son tour.

Elle retourna prendre place dans le train de Paris, ce qui ne surprit qu'à moitié les spectateurs, tant M. Clavel se multipliait déjà pour assumer sur lui seul la responsabilité des tristes cérémonies qui restaient à accomplir.

CHAPITRE XXIV

ASSEZ DE LARMES.

Des larmes abondantes soulagèrent Odette lorsqu'elle se retrouva seule en wagon. S'efforçant de prier pour l'infortuné qui venait de trouver la mort sous ses yeux, elle puisa dans cette pieuse préoccupation un calme relatif.

Le pardon montait à ses lèvres avec la prière et le souffle de la charité rafraîchissait son cœur.

Le voyage lui parut plus rapide, l'attente moins

longue. Enfin, Paris lui apparut comme le sommet de son calvaire.

Inquiète, empressée, elle grimpa les cinq étages
qui la séparaient de la paralytique, et, dès le seuil,
le visage amical de la voisine lui sourit.

— Elle ne va pas plus mal, lui dit cette femme.
Avez-vous fait un bon voyage?

Odette n'eut pas la force de répondre. Ce
voyage, comment le qualifier?

La malade, suivant son ordinaire, accueillit sa
belle-fille en se plaignant de manquer de ceci et
de cela, inutilités coûteuses qu'elle regrettait, tandis que le nécessaire lui faisait défaut sans qu'elle
le remarquât.

Odette l'embrassa avec une tendresse doublée
de cette pensée sans palliatif, que, désormais, tout
le poids de cette vieillesse inconsciente lui incom-
bait. Son soutien naturel, si peu digne de sa tâche
filiale qu'il se fût montré, n'était plus qu'un souvenir, et quel affreux souvenir !...

La voisine était une bonne âme, peu façonnée
aux délicatesses de sentiments et aux formes du
langage.

— Voyons, dit-elle à brûle-pourpoint, rappor-
tez-vous de l'argent?

Odette n'avait point annoncé le motif de son
voyage. Il fallait donc que sa détresse fût bien

visible pour que cette femme ne craignit pas de lui en parler ouvertement.

Comme elle s'applaudit d'avoir humblement gardé l'aumône de Coraly !

Doucement, elle répondit :

— Est-il venu quelque note de fournisseur !

— Je le crois bien, c'est une procession ici.

— Je vais les contenter. Vous, madame, je ne puis que vous remercier du fond du cœur. Plus tard... j'espère...

— Là.., allez-vous pleurer à présent ?... Ce que j'en ai fait, c'est par amitié. On n'est pas riche, mais on a son amour-propre.

Celui d'Odette était durement froissé, hélas ! son cœur l'était bien plus encore.

Le même soir, les fournisseurs, munis d'un à-compte, promirent de ne plus l'assourdir de leurs réclamations.

Le propriétaire, en reconnaissant qu'elle avait quelque crédit, voulut bien lui en accorder à son tour.

Mais le lendemain ?... mais l'avenir ?...

Odette, pour répondre à ces menaçantes questions, n'avait que le ciel, qu'elle regardait avec foi, et son aiguille, qu'elle tirait avec vaillance.

Elle ne dit point à la malade la terrible scène du chemin de fer, à laquelle elle ne pouvait reporter sa pensée sans un trouble profond. Celle-ci ne l'eût pas comprise.

Mais elle se défendit comme d'une faute de se souvenir que cette mort affreuse lui rendait sa liberté.

Gontran, sans avoir pu rassembler ses idées pour envisager l'étrange événement qui le mettait en face du cadavre de son ennemi, de son cousin, de son rival, se trouva brusquement ramené à Croissey et mis en demeure d'affirmer les droits qu'il avait réclamés.

M. le maire de Croissey, le chef de gare, le brigadier de gendarmerie sympathisèrent à cette situation difficile et lui aplanirent les difficultés légales d'une inhumation dans un petit pays inconnu.

Il avait télégraphié à M. de Montchenetz, pour lui apprendre la catastrophe dont son neveu venait d'être victime, et le hasard qui l'avait rendu acteur dans cette tragédie.

Le baron répondit télégraphiquement ses regrets de ne pouvoir assister aux funérailles, étant saisi tout à coup d'un accès de goutte.

Intérêt vrai ou faux, curiosité peut-être, à coup sûr désœuvrement, une partie de la société de Bréneroy daigna se rendre à l'appel que Gontran prit sur lui de lui adresser.

M. Clavel, en effet, crut devoir, après la vie

mystérieuse de Lucien Firmerol, donner une certaine publicité à sa mort épouvantable.

Les journaux s'étaient déjà emparés de cet événement pour en échafauder un de leurs faits-divers les plus dramatiques.

M⁰ Desplanches fut le premier arrivé à la petite église de Croissey. Ce client-là lui avait causé assez d'ennuis secrets, et presque de remords, pour qu'il ne fût pas fâché de le voir, de ses propres yeux, bien et dûment mis en terre.

Il n'osait pas prononcer le nom de la jeune veuve, dont il avait facilité le triste mariage.

Ce fut Gontran qui le prononça le premier. Dans son empressement à soustraire Odette à l'horrible spectacle de la voie ensanglantée, il l'avait fait remonter en vagon sans même lui demander son adresse.

— Mon cher notaire, il faut envoyer de l'argent à mesdames Firmerol ; elles peuvent en avoir besoin, hélas ! dit-il en revenant du cimetière.

— Il n'y a qu'une petite difficulté, répondit M⁰ Desplanches, c'est que le défunt m'a soutiré successivement toute la dot de sa femme et que j'ai lieu de croire qu'il l'a mangée.

— Alors ?

— Alors, je ne saurais faire des avances hypothéquées sur le bon vouloir problématique... très problématique... du baron de Montchenetz à l'égard de sa nièce.

— De sorte qu'à votre avis, le baron lui-même...

— Oh ! ... Madame la baronne ne le souffrirait pas.

Gontran n'insista pas davantage.

Dans le cimetière de Croissey, dans un coin vert, tout fleuri de lierre grimpant et de roses, à l'ombre d'un vieux mur ensoleillé, dormait, du premier repos véritable qu'il eût goûté jamais, le malheureux être faux, flétri, sceptique et déshonoré qui eut nom Lucien Firmerol.

. . . .

En cachette, pour s'épargner les reproches de Coraly, le baron écrivit quelques lignes de condoléance à Odette ; mais d'offre de service, point.

Le pauvre baron n'avait pas seulement aliéné, par son mariage, son cœur, son indépendance et sa dignité ; il avait aliéné sa bourse, dont madame Coraly se réservait le joyeux et exclusif usage.

Grande fut la colère de madame Clavel en apprenant le rôle que son fils jouait en cette sanglante affaire.

Pour des raisons qu'elle jugeait majeures, il lui déplaisait fort que la personnalité d'Odette reparût en scène, sous quelque forme qu'on essayât de la lui dissimuler.

Or, son œil exercé l'entrevoyait très-clairement derrière ce dévouement, ce zèle, qui désignaient Gontran à l'admiration des indifférents et à la gratitude de la jeune veuve.

Mademoiselle Ernestine en était extrêmement choquée, ce qui désolait la mère prudente toujours en quête d'un bel établissement.

S'aliéner le cœur, prêt à se donner, d'une jolie fille, sur laquelle soufflait l'heureux vent d'un héritage superbe, pour reconquérir les bonnes grâces d'une petite femme misérable, triste et sans avenir, c'était de la folie pure !

Que devint-elle lorsque Gontran, avec un respect qui n'excluait pas la fermeté, lui déclara que l'opinion de mademoiselle Ernestine Duval lui devenait de plus en plus indifférente, que celle du baron le laissait froid et qu'il venait d'apprendre récemment à mépriser celle de madame Coraly.

Ce fut une orageuse soirée que celle qui suivit cette explication entre la mère et le fils. La petite maison du *Bord de l'eau* entendit les exclamations furibondes et les cris désolés de madame Clavel. Elle recueillit aussi la volonté nettement exprimée du jeune homme qui savait enfin *vouloir*, mais elle en garda le secret.

Deux jours après, Gontran allait à Paris rendre compte de sa mission à sa cousine.

Sa mère l'accompagnait.

Ceux qui s'étonneront de cette volte face n'auront jamais compris la violence, l'illogisme et les concessions de l'amour maternel.

Menacée par son fils d'une séparation qu'elle redoutait plus que tout au monde, madame Clavel, mécontente, grondeuse, mais vaincue, venait rendre à Gontran le service qu'il attendait de son affection.

Odette fut profondément surprise en la reconnaissant, et tout aussitôt elle comprit, avec une émotion sincère, que son cousin avait pris le seul moyen possible de se présenter devant elle en se couvrant de la présence maternelle.

L'entrevue fut longue, attristée par l'état de madame Firmerol qui s'aggravait visiblement, et par les souvenirs qui furent forcément agités.

— Je viens passer quelque temps à Paris, dit madame Clavel sans trop d'efforts ; vous me permettrez de vous aider dans votre tâche et vous me donnerez la joie de vous aider aussi dans vos charges.

Odette rougit prodigieusement.

— Une parente qui a traversé des temps difficiles a bien acquis, ce me semble, le droit de vous obliger sans vous froisser en rien, reprit plus affectueusement madame Clavel.

Odette se pencha vers sa cousine, et des larmes chaudes jaillirent de ses yeux.

Elle sentait si bien la main de Gontran..... le cœur de Gontran.

— Oui, dit-elle tout bas.

Ce fut tout.

Madame Clavel, en descendant l'escalier obscur de la maison étroite, où les pauvres femmes cachaient leur gêne atroce, prit le bras de son fils, et le serrant à le briser.

— Tu renverses tous mes plans; tu me condamnes à te voir finir tes jours dans la médiocrité; tu m'obliges à me mentir à moi-même, tu m'amènes à sourire à cette jeune femme qui me fait tomber du haut de mes rêves; que t'ai-je fait pour m'imposer cette contrainte?

— Je l'aime, répondit-il simplement.

Gontran retourna seul à la petite maison du *Bord de l'eau.*

Madame Clavel n'était point de ces mères entières dans leurs vues et immobilisées dans leurs sentiments. On devinait en elle la profondeur de calcul de l'ambition, les petites joies de la vanité, la persévérance et la volonté; mais on eût trouvé, en creusant cette couche, au plus intime de son cœur, une grande passion pour le bonheur de son fils, un grand respect pour la mémoire de son mari.

Or, ce mari aimé, toujours regretté, qu'elle
avait épousé par le libre choix de sa volonté,
le sachant pauvre, pour lequel elle avait sacrifié
les jouissances aristocratiques de sa naissance et
près duquel elle avait vécu dans la médiocrité,
semblait se dresser devant sa conscience aux
heures où les résolutions nouvelles de Gontran
la mettaient en révolte, et lui dire, de cette tant
chère voix du passé : « Et nous ? »

Oui, certes, ils s'étaient aimés, ils s'étaient unis,
ils avaient traversé la vie appuyés l'un sur l'autre,
sans fortune, sans regrets.

Odette et Gontran recommençaient cette vision
disparue. Était-ce bien un rôle maternel que de
briser ce rêve, de séparer ces deux printemps,
l'un tout brillant de fraîcheur, l'autre voilé de mélancolie, également beaux et pleins de promesses ?

L'ombre de feu M. Clavel ne l'eût point permis.

La mère se résigna.

Elle était demeurée à Paris, près de la triste
maison où elle avait apporté l'espérance. Sa présence était le soutien moral et l'appui matériel de
la jeune femme dont la malade réclamait désormais
tous les instants.

Une nouvelle attaque acheva de paralyser le
corps et d'éteindre le cerveau.

Un soir, Madame Firmerol rendit à Dieu, sans

souffrances, cette âme vaillante qui avait ployé sous le poids de peines trop amères.

— Qui donc vais-je aimer maintenant? se demanda Odette en pleurant près de la vieille mère endormie à jamais.

Et son cœur n'osa pas répondre, tandis que son front s'empourprait.

CONCLUSION.

Quand une année entière eut passé sur ces deuils et ces émotions, Odette reprit un matin la route de Bréncroy, qu'elle n'avait pas parcourue depuis le jour où le malheureux Lucien l'avait sillonnée de son sang.

Après tant de pleurs versés en silence et de brisements de cœurs noblement supportés, elle ne se croyait pas le droit d'être heureuse enfin, sans appeler sur ce tardif bonheur la bénédiction de celui qui fût son protecteur.

Elle montait à Montchenetz seule, cette fois encore, mais l'âme pleine d'allégresse et du soleil plein les yeux.

M. Clavel ne l'accompagnait pas, parce qu'à la suite de son éclatante défection le jour de la cavalcade, mademoiselle Ernestine avait exigé que les portes du château lui fussent fermées.

Ordre bien superflu, car, en apprenant qu'O—

dette en avait été bannie la veille, Gontran s'était
juré de n'y jamais remonter.

Madame Clavel, depuis son retour à la maison du
Bord de l'eau, sans partager absolument l'indignation dont son fils restait animé, en partageait du
moins la disgrâce.

Odette refaisait en esprit, le long de la rampe
solitaire, l'odyssée lamentable de sa dernière visite au château et souriait tout d'abord du changement de sa destinée.

Le Petit parc de Turquet s'ouvrit tout à coup sur
son passage. Il s'en envola un bruit de voix joyeuses et d'éclats de rire, cortége habituel des châtelaines de Montchenetz.

Depuis quelque temps, le baron devenant maussade sous l'influence de la goutte, elles avaient
adopté ce gracieux retrait pour leurs après-midi
de plaisirs.

Sur le seuil parut Ernestine, infiniment plus
belle, plus assurée que dans la première éclosion
de ses seize ans. Appuyée au bras d'un gommeux
provincial des plus réussis, elle l'étourdissait de
son coquet babillage et du feu de ses grands yeux.

Odette eut un rapide serrement de cœur. Elle
avait vu, un jour.... mais Gontran s'était accusé
le premier d'avoir cherché l'oubli à cette source
vulgaire... et Gontran, la retrouvant malheu-

reuse et pauvre, avait quitté pour elle sa brillante espérance, sans un seul soupir de regret.

Derrière Ernestine venait Coraly, très-engraissée, vieillie, peinte et soucieuse comme si un nuage eût couvert son ciel.

Une volée de désœuvrés entourait les deux femmes.

Ce n'étaient plus les châtelains du voisinage, ni même les bourgeois de la petite ville. Les uns et les autres s'étaient lassés de ces plaisirs sans trève et de ces femmes sans dignité.

C'étaient des étrangers, des Parisiens, peut-être des chercheurs d'aventures qu'affriandaient les grâces mûres de la tante et la dot opulente de la nièce.

Le pays tout entier savait à merveille que la baronne avait obtenu du baron un testament en bonne forme qui faisait de la coquette Ernestine la plus désirable héritière du département.

Mais le pays tout entier savait aussi que, ce point capital obtenu, Coraly ne prenait même plus peine de déguiser la profonde indifférence que lui avait toujours inspirée le baron, non plus que l'ennui mortel qu'elle ressentait en province.

Madame de Montchenetz aspirait à Paris comme à l'élément où sa nature vicieuse devait se sentir à l'aise. La considération de la petite ville, si

20

laborieusement achetée, ne lui suffisait plus. D'ailleurs, cette considération allait encore lui manquer ; la province l'avait de nouveau percée à jour.

Les deux femmes reconnurent Odette et échangèrent un regard vif.

Le souvenir de Gontran mit une flamme dans l'œil d'Ernestine.

— Elle a l'audace de se présenter à mon oncle ! dit-elle sans baisser le ton. Allez-vous le souffrir, ma tante ?

Coraly eut un geste de dédain.

— Laisse, dit-elle du bout des lèvres, je me trouve assez vengée.

Odette passa du même pas calme, le front serein et le cœur sans fiel.

Quand elle demanda à voir M. de Montchenetz, le valet de chambre parut surpris que l'on pût manifester un tel désir. Il ne crut pas, toutefois, devoir s'y opposer, Coraly n'ayant pas laissé d'ordre à cet égard, et introduisit la jeune femme.

La chambre du baron, fort négligée et trahissant la parfaite insouciance des maîtres et des valets, n'était plus celle où Odette, enfant, jouait près de son oncle.

C'était une petite pièce assez laide dont Coraly n'avait pu tirer un meilleur emploi.

Étendu dans un grand fauteuil, le baron sommeillait lourdement. Ses jambes gonflées reposaient sur des coussins, sa tête rouge et bouffie pendait sur sa poitrine.

Ses paupières étaient énormes, ses yeux enfoncés, ses lèvres tombantes ; ses doigts, tordus dans la violence d'une crise de goutte, n'avaient pas repris leur forme primitive.

Il souleva péniblement ses paupières, eut quelque peine à reconnaître Odette et balbutia des mots sans suite, comme un enfant qui redoute d'être surpris en faute.

— Rassurez-vous, mon pauvre cher oncle, dit doucement Odette en s'agenouillant près de lui sur un tabouret. Je ne viens ni me plaindre du passé ni réclamer de service. Je viens vous remercier de la protection que vous avez accordée à mon enfance et vous demander votre bénédiction.

L'air d'ébétement du baron se changea en surprise profonde.

— Ma bénédiction?... que vas-tu donc faire?

— M. Gontran Clavel, mon cousin...

— Ah! Ernestine ne lui pardonnera jamais, interrompit-il.

Odette sourit sans amertume.

— Je deviendrai sa femme dans huit jours.

— Eh bien!... tu seras peut-être plus heu-

reuse... que moi... moi, vois-tu, je ne suis pas
heureux. Coraly ne m'aime plus.

Cet égoïsme féroce toucha la jeune femme
comme la manifestation d'une fin prochaine. Pour
que le baron accusât Coraly, il fallait qu'il fût
frappé à en mourir.

— Elle vous reviendra, dit-elle à tout hasard.

— Non..., elle s'en va, au contraire..., elle
veut aller demeurer à Paris,... avec Ernestine.....
Que deviendrai-je, moi, seul ici ?...., Je l'aime
pourtant comme le premier jour et ne lui refuse
rien... Elle s'ennuie... Elle a toujours des visites... et des fêtes, et... des admirateurs... et
de l'argent... et ses volontés obéies d'avance...
Elle s'en va... elle va me laisser mourir... sans
elle... Si elle voulait attendre un peu... je ne serai
pas longtemps... la goutte me travaille... et le
chagrin... Oh ! le chagrin surtout ! elle ne m'aime
pas... elle me maltraite... elle permet aux domestiques de me laisser sans soins... personne ne me
respecte ici. Moi qui l'ai tant adulée !...

Il pleurait comme un enfant ; il en avait la faiblesse et les plaintes mal articulées.

Une immense pitié saisissait Odette pour ce
vieillard avant l'âge, pour ce malade sans secours,
pour ce mari sans famille.

— Dieu vous consolera, dit-elle. Élevez vers

lui votre cœur pour qu'il en apaise le ressentiment.

— Dieu m'a oublié. M. le curé prétend que Dieu n'a pu bénir ma maison... qu'il appelle la maison du scandale.

— Le Seigneur est la miséricorde, si son ministre est l'avertissement.

Ne me prèche pas, j'ai la tête trop lourde. Et puis... si Coraly rentrait !...

Une terreur vague passa dans ses yeux.

— Je reviendrai, dit-elle tristement.

Odette se leva, prit les mains de son oncle, et les baisa pour se retirer.

Elle comprit qu'il la voyait s'éloigner avec plaisir, dans la crainte de la baronne.

Il sonna vainement pour la faire accompagner. Pas un domestique ne daigna se rendre à cet appel.

La jeune femme sortit épouvantée du châtiment que la Providence infligeait au malheureux baron.

Elle avait dit : « Je reviendrai ! » et ne voulait pas l'abandonner lorsque tout lui manquait à la fois. Au *Bord de l'eau*, où elle était attendue, la tendresse de Gontran adoucit un peu sa pénible impression.

Le lendemain, la baronne annonçait son départ pour Paris, tout en ajoutant que la santé de M. de Montchenetz faisait préférer à celui-ci le séjour du château.

Au milieu des préparatifs d'un départ compli

qué, d'un mouvement considérable, Odette ne put pénétrer jusqu'à son oncle.

M. le curé de Bréneroy, qu'elle avait prié de visiter le malade, ne fut pas plus heureux.

Odette dut revenir à Paris le cœur assailli d'un pressentiment funèbre.

Pressentiment trop justifié !

Le baron mourut dans la nuit d'un foudroyant accès de goutte.

Aussitôt après la cérémonie des funérailles, mademoiselle Ernestine, qui avait des connaissances étendues en matière de succession, et que le gommeux dont elle allait faire son mari conseillait habilement, déclara à la baronne que le château lui appartenait en propre, qu'elle entendait en tirer parti en le vendant le plus tôt possible.

Et comme Coraly stupéfaite se récriait, elle ajouta que, pour ce faire, le mariage étant par excellence l'émancipateur des filles en tutelles, elle allait hâter le sien afin de se soustraire à la protection fatigante de sa tante.

Coraly n'avait peut-être aimé au monde qu'une chose, après sa beauté, c'était Enerstine.

Quand Ernestine la frappa brutalement, en plein cœur, Coraly eut, pour la première fois, l'intuition qu'il pouvait exister une justice divine.

. . . .

En revenant de l'église de Notre-Dame-des-Champs, où leur union venait d'être bénie, Odette et Gontran, recueillis dans leur bonheur, ne se parlaient que par un regard attendri.

Madame Clavel, moins émue, trouvait place dans sa joie pour des idées plus positives,

— Si nous faisions un procès? dit-elle tout à coup.

Les nouveaux époux sursautèrent.

Ils étaient à un million de lieues d'une telle préoccupation.

— Nous sommes les héritiers naturels, continua madame Clavel avec conviction.

— Nous sommes le bonheur! sourit Gontran.

— Vous savez, Odette, qu'on va vendre Montchenetz.

— Nous avons la petite maison du *Bord de l'eau*, répondit la jeune femme.

— C'est une fortune qui passe à portée de votre main, ma fille.

— Oh ! je suis bien riche !... fit-elle radieuse.

— Chère, dit Gontran, je vous obéirai. Vous qui devriez porter aujourd'hui la blanche parure des fiancées et qui êtes vêtue de deuil, vous qui devriez régner à Montchenetz et que je vais conduire dans ma modeste demeure, dites, parlez: que faut-il faire?

— Garder notre paix!

— Sans fortune ?... murmura madame Clavel.

— Mère, la médiocrité n'inspire ni envie, ni haine. Restons dans la médiocrité.

— Odette, ma chère bien-aimée, ne regretterez-vous jamais ce que vous ne voulez pas revendiquer aujourd'hui ?

Elle eut un sourire angélique.

— Eh !... que regretterai-je ? Vous m'avez mis le ciel dans le cœur.

— Tout cela est charmant ! insista la mère; pourtant il me semble que les sacrifices... que je vous ai faits volontiers, mes enfants, méritent bien une compensation. Donnez cette préoccupation, ce but, à ma vieillesse. Détrôner Ernestine !... Jugez donc !... c'est la logique, c'est le droit, c'est la justice de Dieu !... Et c'est aussi le Code.

— Eh bien ! faites, faites ! dit vivement Gontran.

— Faites, ma mère, acquiesça doucement Odette avec plus de condescendance, certes, que de rancune. Peut-être le devons-nous à la mémoire de mon oncle.

— Enfin voilà une loyale revanche! conclut triomphalement madame Clavel; nous ferons le procès, et nous le gagnerons !... et nous rentrerons à Montchenetz par la grande porte !... et la belle lignée des Clavel de Montchenetz... mais cela vous regarde, mon fils.

FIN.